巡査の休日

新装版

佐々木 譲

ハルキ文庫

角川春樹事務所

目次

巡査の休日

プロローグ

その入院患者はふいにベッドから跳ね起きた。

右肩に銃傷を負った患者だ。銃弾摘出の手術を受けて九日、ようやく切開部分がふさがったところだった。まだ痛むと、本人は今朝も申告していた。わずかな刺激にも激痛を訴えた。もう何日か、この札幌医科大学病院の特別病棟で安静にしている必要があると判断されていた。

なのにその患者が、ベッドから飛び出したのだ。点滴のチューブが外れ、スタンドが倒れた。患者は看護師の横のワゴンから医療用の鋏《はさみ》をつかむと、女性看護師に飛びかかった。その看護師は、患者の包帯を取り替えようと屈《かが》みこんだところだった。入院患者は、小柄な女性看護師に背後から組みつき、彼女の首に左手をまわした。鋏の先端が、看護師の首に当てられている。

ほかの三人の女性看護師たちが悲鳴を上げて、ベッドのそばから飛びのいた。外科医も驚きの声を上げてベッドから離れた。午後四時、ちょうど入院患者のための回診の時刻だった。

病室のドアの前では、警備員ふうの制服を着た初老の男が棒立ちになった。病院安全管理専門員である。北海道警察を定年退職した元警察官だ。院内では、単に警備員と呼ばれることが多い職種の男だった。警備員であるから、丸腰である。警棒ひとつ携帯してはいない。

医師や看護師たちは、互いに身体《からだ》をぶつけながらドアの前まで逃れた。警備員はドアの前で隙間《すきま》を空けた。外科医や看護師たちは廊下に飛び出した。

入院患者は、看護師の首に鋏を突きつけたまま、ドアへと向かった。

警備員は、丸腰のまま患者に怒鳴った。

「鎌田《かまた》、放せ。逃げられないぞ」

鎌田と呼ばれた入院患者は、鼻で笑った。その右手に力がこめられた。鋏の先端が看護師の首の皮膚を突き破った。看護師は悲鳴を上げた。警備員はひるんであとじさり、廊下に出た。

廊下には制服警官がいた。この患者が運びこまれて以来、道警本部はずっと警備の警官を病室前に配置していたのだ。その制服警官は病室内の騒ぎに、すでに拳銃を抜いて身構えていた。

鎌田は、看護師を楯《たて》にするように廊下に出た。廊下の先を、いましがたの医師たちが駆けていた。

その反対側にも、看護師や患者がいた。リハビリ中の、歩行器具に身体を預けた女性も。みなその場で凍りつき、棒立ちになっていた。

鎌田は、人質にした看護師を突き飛ばすように廊下を進んだ。その勢いに気圧《けお》されるように、制服警官も警備員も後退した。

警備員も、病室を警備していた制服警官も、この鎌田という患者がどれほど危険な男か承知している。強姦《ごうかん》殺人の指名手配犯だ。九日前には若い女性の部屋に侵入した。しかし警戒中の女性警官に撃たれ、住居不法侵入現行犯で逮捕されたのだ。銃傷の治療のため、この札幌医大病院に緊急入院、監視付きの特別病室で治療中だった。

その彼が、回診時、包帯が取り替えられるその隙をついて、脱走をはかっている。すでにひとをひとり殺している以上、看護師の首に突きつけられた鋏はブラフではなかった。強気に出て鎌田を取り押さえようとすれば、確実に看護師の首に鋏を突きたてることだろう。

制服警官は拳銃を構えたまま廊下をあとじさった。

「放せ！」警官は叫んだ。「鎌田、放せ」

鎌田は、歩調をゆるめなかった。看護師の首からは、いまは血が滴っている。淡いピンクの制服に血の染みができていた。廊下にも点々と赤い染みが生まれた。

鎌田はいま、パジャマのズボンに裸足《はだし》、上半身は裸で、袈裟《けさ》懸《が》けに包帯をしている。髪は伸び放題、無精髭《ひげ》が生えていた。ひとことで言えば、異様すぎる風体だった。尋常ではない精神のありようを想像させた。言葉も論理も通じないと、そう思わせるだけの極端な破綻《はたん》があった。

階段の前、整形外科の受付と待合室では、ようやく外来患者たちが事態を呑《の》み込んだところだった。大騒ぎしながら、廊下の奥へと逃げ出し始めた。階段を駆け下りてゆく外来患者たちもいた。鎌田は、看護師の首に医療器具を当てたまま、その階段を降り始めた。看護師はとうとうその場で膝《ひざ》からくずおれた。

鎌田はすぐに、階段の手すりに腰を当てて震えている老女に近寄ると、こんどは彼女の首に鋏を当てた。

制服警官は待合室部分からなお叫んだ。

「放せ、鎌田、放せ」

鎌田と呼ばれた入院患者は一階に降りると、そのままロビーを通り、エントランスの自動ドアを抜けた。エントランスのすぐ外に、タクシーが一台停《と》まっていた。運転手が、後部席の老人を外から手を貸して下ろそうとしているところだった。運転手は鎌田に気づくと、怯《おび》えた表情を見せて、一歩うしろに下がった。老人はそのまま後部席に取り残された。

鎌田はそのタクシーの運転席側に回ると、老女から腕を放し、運転席に乗り込んだ。制服警官は、鎌田を追って外に飛び出し、鎌田に拳銃を向けた。しかし撃つことはできなかった。タクシーの中には老人、そばにも運転手を含め何人もの市民がいるのだった。

タクシーは病院の車寄せから急発進した。南一条通りに出るとき、ちょうど病院前を走っていた二台の乗用車が相次いで急停車した。一台の乗用車はクラクションを鳴らしてタクシーを避《よ》け、そのまま反対車線を走る軽トラックにぶつかった。派手な衝撃音が、南一条の通りに響いた。

制服警官は、左手で署活系無線のマイクを取り出し、荒い息をつきながら報告した。

「鎌田光也《みつや》が、札幌医大病院を脱走。タクシーで南一条通りを西方向に逃げました。たったいまです」

四月もなかば、洞爺湖《とうやこ》サミットを二カ月後に控えて、札幌市内には日本じゅうの警察本部が送り込んだ警備応援の制服警官があふれている時期だった。


小島百合《こじまゆり》巡査は、北海道警察本部大通警察署の二階の刑事部屋に入った。強行犯係のスペースまで歩くと、若い刑事が会議室のひとつを指差した。小島百合はうなずいて、その会議室へと向かった。歩きながら盗犯係のスペースに目を向けた。そこには、いましがた先に呼び出された佐伯宏一《さえきこういち》の姿はなかった。彼は会食の中断の理由を、緊急事態と説明した。現場に飛び出していったのかもしれない。

会議室には、タバコの煙が充満していた。私服姿の捜査員たちの視線が小島百合に集中した。相当に緊迫したやりとりが続いていた、と思わせるだけの空気だった。小島百合は小さく頭を下げた。

生活安全課長の栗崎勉《くりさきつとむ》警視がいた。先日のストーカー逮捕の際に現場で指揮を執った課長代理の青木謙司《あおきけんじ》警部もいる。青木は小島百合に、自分の向かい側の椅子《いす》に腰掛けるよう指示してきた。小島百合は、ほかの六人の捜査員たちの目を意識しながら、その席に着いた。

青木が言った。

「電話でも話したが、鎌田の件で新展開だ。緊急事態だ」

小島百合は訊《き》いた。

「村瀬香里《むらせかおり》のほかにも、被害者がいましたか？」

村瀬香里というのは、ストーカー被害に遭っていた風俗嬢だ。ストーカーの鎌田光也は、帯広《おびひろ》で強姦殺人を犯していたとわかり、小島百合が張りつけ警戒についた。捜査本部の読みどおり、その村瀬香里の前に鎌田光也が出現し、間一髪、小島百合が鎌田を倒して彼女を守ったのだった。九日前のことだ。

青木は首を振って言った。

「いや。だけど、村瀬香里がもう一回被害に遭うかもしれん。鎌田光也が逃げたんだ」

小島百合は、一瞬その言葉が理解できなかった。

「逃げた？　だって、怪我《けが》をして治療中のはずですが」

課長の栗崎が、いまいましげな調子で言った。

「医大病院から、人質を取って逃げた」

「逃げた！」小島百合は思わず栗崎に、部下の立場を忘れてストレートに訊いた。「いつです?」

「二時間前。緊急手配していったん円山公園で発見したが、包囲を破られた」

「でも」小島百合の口調は、わずかになじる調子となった。「病室には監視も、安全管理専門員もいたんですよね。うちのOBの」

「人質を取られた。人質は解放されたけれど、最初の人質は首の下を刺されて、二週間の怪我だ」

「身柄確保は難しいんですか？　サミット警備で、札幌じゅうにふだんの三倍の警官がいるって時期です。逮捕は時間の問題では？」

「そうだ。パジャマのズボンに、上半身裸。包帯を巻いているという格好だ。今夜じゅうには確保できる。機動捜査隊と、捜査一課、それに特捜班が追ってる」

　青木が言った。

「地下鉄西28丁目駅のそばで、四輪駆動車の盗難の報告があった。関連があるかもしれない。盗犯係が向かった」

　また栗崎が言った。

「村瀬香里には、私服を張りつける。ただ、鎌田の狙《ねら》いは、きみの可能性もある。逆恨《さかうら》みだ」

　なるほど。たしかにその可能性はあるだろう。あのとき、自分は真正面二メートルのところから、鎌田を撃ったのだ。サバイバル・ナイフを手にしていた鎌田は、たぶんまったくその事態を想定していなかったろう。警官とは言え、黒いパンツスーツ姿の女がいきなり拳銃を取り出し、一瞬の躊躇《ちゅうちょ》も見せずに発砲したのだから。

栗崎がさらに続けた。

「逮捕に手柄のあったきみの名前は、発表されていない。やつはきみを特定しようがない。顔が記憶されただけだ。ただ、きみの名がどこかで漏れたという可能性もないではない。新聞記者たちのあいだでは、お手柄は大通署の小島百合巡査、と語られているんだ」

「わたしの前にもう一度現れたら、もう一度同じことをするだけです」

「頼もしい」と栗崎が微笑した。「だけど、念のために、今夜は署に泊まり込め」

「半分裸で逃げた男を、そんなに心配する必要がありますか?」

「やつは、容態をごまかしていた。まだまだ歩ける状態ではないと、医者にも看護師にも信じ込ませていたんだ。脱走は執念だった。長い懲役刑から逃れたかっただけじゃないだろう。何かまだやり残したことがあるんだ。そう見たほうがいい」

「たとえば、わたしへの復讐《ふくしゅう》とか」

「そう、たとえばだ。だけど、今夜じゅうに、まずまちがいなく身柄確保できる。ただ、念のために、きょうは用心しろということだ」

「村瀬香里のそばにいましょうか。彼女にはもう連絡済みですか?」

「した。そろそろ店に出るそうだ」

「きょうも出勤?」意味を考えてから、小島百合は訊いた。「彼女はおとりですか?」

「指名があれば、期待できる」

「やはり、わたしが彼女のそばにつきます」

栗崎と青木が顔を見合わせた。

村瀬香里については、小島百合はつい最近、思いがけないことを知ったのだった。道警に、彼女に気のある若い警官がいたこと。彼女もまんざらではないと思っていることだ。恋人未満、客以上の。そのことを知ったとき、村瀬香里はもしかすると風俗の仕事を辞めるかもしれないと思った。でもまだ、その決断はしていないのだろう。風俗ビジネスにいるものが生活をやり直すのは、はたが想像するほど容易なことではないのだ。

栗崎が小島百合に顔を向けて言った。

「よし、今夜だけ、小島はぴったり村瀬香里に張りついてくれ。先日同様、拳銃携行のこと」

「はい。支度をします」

会議室を出ようとドアに向かうと、青木が言った。

「小島、べつの話題だけど、そろそろ巡査部長試験、受けるべきだぞ」

小島百合は立ち止まり、振り返って言った。

「はい、考えます」

小島百合は黙礼して会議室を出た。

あいつが脱走。緊急手配。村瀬香里の警備任務。今夜この呼び出しのために、楽しみにしていた会食は中断になった。でも、たしかに自分の仕事に強く関《かか》わりのある緊急事態だ。中断はやむを得ない。盗犯係にも緊急招集がかかったということは、佐伯も同じ件で呼び出されたのだ。

それに、と小島百合はいまの課長代理の言葉を思い出した。自分は結婚のあと一時休職した期間があって、モデルケースどおりの女性警官の双六《すごろく》を歩まなかった。通常の場合、六年以上の実務経験があれば、巡査長という、警察法の規定外の階級的職位になる資格はできる。しかし二年前、そろそろ巡査長任命だという話があったあと、組織にさからうことをやってしまった。そのため巡査長昇任は流れたのだ。というのも、巡査長の任命は試験結果によるものではなく、選考で決まるのだ。逆の言い方をすれば、上司の覚え次第というところがある。あのとき自分のやったことはまちがいなく、上から昇任にストップがかけられるだけのことだった。もちろんそれを悔やんだことは、ただの一度もないが。

しかし巡査部長昇任試験を受けるには、必ずしも巡査長である必要はない。巡査部長昇任試験に合格し、しかしまだ辞令が発令されていないような場合、巡査長に任命されることもあるのだ。

巡査部長昇任試験か。

小島百合は大通署のフロアを歩きながら思った。それはいっそうの職務への精励が期待されているということ？　そうなると、自分の再婚はまた遠のくということになりかねないが。

ともあれ、それを考えるのも、この件が終わってからだ。あの鎌田光也の身柄が再び確保され、確実に検察に送られてからのことだ。

しかし深夜零時になっても、逃げた鎌田光也の身柄確保とはならなかった。彼は脱走以来もう八時間、洞爺湖サミット警備のために警官であふれかえる札幌で、姿をくらましたままだった。

火曜日

1

捜査車両を徐行気味にその中通りに進めた。

ふいを突かねばならなかった。警察がきていることを、相手に悟られるべきではなかった。また、えてしてこのようなケースでは、相手は極端に体面を気にする。警察に来られたというだけで激昂《げっこう》し、かたくなとなり、まともな対応が不可能となる。だからパトカーは使えなかった。ましてやサイレンを鳴らして到着することなど。

小島百合は、助手席でその中通りの左手を注視した。札幌市中央区の南十二条。薄野《すすきの》の飲食店に通うホステスの多いエリアである。表通りに面しては高層の集合住宅が並ぶが、一本中通りに入ると、二階建ての木造賃貸アパートが多くなる。六月の午前十時というこの時刻、中通りは誰もが午睡に入っているかのように静かだ。空気が動いていない。

「ここですね」と小島百合は声を出した。

左手に、木造二階建てのアパートが建っている。中央に階段室があり、その左右に全部で四ユニットの住戸があるというタイプの集合住宅。たぶん一ユニットはみな二ＬＤＫだろう。建物の手前が、四台分の駐車スペース。

小島百合は、二階の住戸のベランダを見た。子供用の衣類の洗濯物が干されているのは、右側だ。ピンクや黄色の衣類が多い。ベランダの手すりの奥は、すだれのようなもので目隠しされていた。あれが、問題のカップルの部屋だ。

　運転席の私服警官は、車を停《と》めなかった。

「その先まで進むよ」

　捜査車両はアパートから見えない位置まで進んで停車した。小島百合は、助手席のドアを開けて降り立った。私服姿だ。黒いパンツスーツ。髪は頭のうしろでまとめている。

　運転席から降りたのは、同じ大通署生活安全課の職員だ。四十歳の巡査部長。機動隊経験もあるこわもての警官だった。髪は短く、格闘技体型。塚本《つかもと》という。

　そのとき、小島百合のスーツのポケットで携帯電話が震えた。出してモニターを見ると、村瀬香里からだった。去年、サミット警備のための特別態勢にあった時期に、小島百合は彼女をストーカーから守ったことがあった。九日後、そのストーカーが病院の特別病室から脱走したあとも数日、彼女にぴったりとついて警備した。ストーカーの鎌田光也という男は逃げたままだが、さいわい村瀬香里には接近した様子もない。小島を含めた北海道警察本部はどうやら、村瀬香里につきまとうストーカーを撃退できたと判断してよさそうだ。

　その村瀬香里はいま風俗営業の店を辞めて、美容学校に通っている。去年彼女を救って以来、ときおり会う仲になっていた。今夜の誘いかもしれない。でも、私用電話はあとまわしだ。小島百合は携帯電話をもう一度ポケットに収めた。

アパートの正面へと出て、小島百合は塚本を見た。いましがた署を出るときに打ち合わせたことの確認だ。もし両親が、いや、正確には母親とその内縁の亭主が、入室も子供を見せることも拒んだ場合は、強引に中に入る。そこでは児童に対する虐待が行われていると信じるに足る理由があるのだ。

薄野の無認可夜間保育所の若い女性職員が、二度通報してきたのだ。保育所は最初、児童相談所に連絡したという。七日前だ。しかし児童相談所は子供本人に会うこともなく引き下がった。虐待が続いているようなので、保育所の若い女性職員は大通署の生活安全課を直接訪ねてきた。それが三日前。四日前には、アパート隣室の住人からも、虐待を案じる通報が大通署に入っている。

生活安全課は手続きどおり、まず児童相談所に連絡した。相談所は一昨日二度目の訪問。また子供には会えなかったという。その連絡を受けたのが昨日の午後だ。

きょうの午前九時過ぎ、保育所の若い職員は、一昨日昨日と、その子は休んだと連絡してきた。虐待のレベルが一段上がったのではないかと推測できた。子供の生命が危険という段階かもしれない。今年度から少年係の応援にまわっていた小島百合も、意見が求められた。小島百合は即刻の児童の保護を提案した。警察権行使をためらうべきではないと。

課長代理の青木が決めた。その子の家に踏み込む。虐待が疑われている子供を救出し、保護する。子供に暴行の痕跡《こんせき》が明らかな場合は、すぐに母親とその内縁の亭主の身柄を拘束する。傷害容疑で引っ張る。

お前が担当しろ、と青木は小島百合に命じた。令状を待たずに踏み込めと。

さらに青木は言った。公判の維持など考えるな。子供を救うことが優先だ。手続きの不備が問題になったら、いくらでも対策は取ってやる。

ただし彼は小島百合に、皮肉っぽい笑みを見せてつけ加えたのだ。手続きにミスはなかったと、法廷で偽証してもらうことになるかもしれんぞ。

小島百合は返した。

そこまでやるぐらいなら、わたしの首を出します。

小島百合はいま、塚本とそのことを確認したのだった。もしもの場合はわたしが突っ込む。わたしの暴走ということでいいから。

塚本がうなずいた。その表情から、彼ももしもの場合は、一緒に突入する気であることが窺《うかが》えた。

刑事課も、いまこの通りの出入り口のところでパトカーを停めて待機中だ。児童への暴行の容疑が濃厚となれば、刑事課が両親の身柄を拘束する。傷害容疑で取り調べることになったのだ。

ふたり並んでそのアパートのエントランスへ歩き出した。二階左手の窓でカーテンが少し動いた。そこが、四日前に通報してきた住人の部屋なのだろう。

一階で部屋番号を確かめ、水道と電気のメーターが動いているのを確認した。この時刻なら、三人とも確実にいるとの情報だった。階段はスチール製だ。二階へ上がるとき、靴音が大きく響いた。

ドアの前に立つと、もう一度塚本と目を見交わしてから、小島百合はチャイムのボタンを押した。室内でチャイムが鳴ったのがわかった。

十秒待っても、反応はなかった。居留守を使う気だ。最近は、犯罪がらみでなくても、居留守を使う住人は多くなったのだ。明かりがついていることもわかるのに、完全に無視を決め込む住人も少なくない。

もう一度ボタンを押した。中でチャイムの音。小島百合はまた十秒数えて待った。

では、次の段階へ。

小島百合は、ドアを大きく三度ずつ、二回に分けて叩《たた》いた。

それから、大声で。

「工藤《くどう》さん、工藤さん、開けてください。警察です。通報がありました。泥棒でも入っていませんか。ご無事ですか？」

また三度ノックした。

それから七つまで数えたところで、ロックがはずされる音。

スチールのドアが、おそるおそるという調子で開いた。顔を出したのは、顔色の悪い三十歳ぐらいの女だった。工藤沙織《さおり》だ。白いTシャツにグレーのスウェットのパンツ姿だった。小島百合は素早くチェーンを確かめた。掛けられていない。

「はい？」

工藤沙織は、小島百合のうしろに立つ塚本にもちらりと目を向けた。

小島百合は警察手帳を開いてかざし、身分証明書を見せた。

「警察です。通報があって、飛んできました。泥棒なんて入っていませんか？」

不審げな目で工藤沙織は言った。

「いいえ。泥棒なんて」

「みなさんご無事？　旦那《だんな》さんと、娘さんがいるんですよね」

児童相談所から家族構成は聞いていた。工藤沙織は、内縁の亭主、山岡祐介《やまおかゆうすけ》と、それに前夫とのあいだにできた女の子、愁《うれい》との三人暮らしだ。

「ええ。います」

「ご無事？　顔を見せてもらえる？」

「ええと、いま眠ってるんですけど。夜の勤めなんで」

「愁ちゃんは？　大丈夫？」

「昼寝してます」

「見せてくれない？　無事を確認しなくちゃならないの」

「無事ですよ。何もないですから」

「何かどたんばたんという音とか、泣き声も聞こえたとか」

「そんなはずないです」

小島百合の背後で、ドアの開く音が聞こえた。小島百合は首をひねった。向かい側の住戸のドアが開いたのだ。五十代の女性が不安そうに顔をのぞかせている。やりとりが気になるのだろう。

小島百合はもう一度工藤沙織に言った。

「顔を見せて。入っていい？」

「いえ。駄目です。もういいです。かまわないでください」

工藤沙織がドアを閉じようとした。そのとき塚本が小島百合の脇《わき》に出て、すかさず靴先をドアの隙間《すきま》に入れた。ドアは閉じられなくなった。

塚本が、うしろの主婦を振り返って言った。

「あれ、悲鳴だ。奥さん、悲鳴、聞こえてますよね」

主婦は目を丸くして瞬きしてから、大きくうなずいた。

塚本が、こんどは小島百合に言った。

「悲鳴だ。何か起こってる」

「入りましょう」小島百合は言った。「緊急事態です。開けて」

工藤沙織が抵抗してドアを押さえた。塚本が隙間に巨体をねじこむように入れて、ドアを開けた。小島百合は玄関に飛び込んだ。工藤沙織が身体《からだ》で進入を防ごうとしたが、小島百合は肩で工藤沙織を押しやり、靴を脱いで居間に飛び込んだ。

靴を脱いだことを後悔した。部屋の中は、白いレジ袋やカップ麺《めん》の容器、それに衣類やファッション雑誌が散らばって、足の踏み場もない。ローテーブルの上には、洗濯物の山があった。子供の姿はない。

部屋は左手にもうひとつある。襖《ふすま》が閉じられていた。小島百合は、足の裏にゴミの感触を意識しながら進んで襖を開けた。和室をセミダブルのベッドが占有している。甘酸《あまず》っぱさと、汗臭さの混じったような臭《にお》い。いや、尿の臭いもある？

ベッドの向こう側に、若い痩《や》せた男が立っていた。上下とも黒のスウェットだ。目には驚きと怒りがないまぜだ。怒りのほうが、いくらか比率は高いかもしれない。

「なんだよ！」と、男は怒鳴った。無理にアウトローを装ったような声。「出てけ！」

子供の姿はこの部屋にもなかった。

では？　いましがた外から見たベランダの様子が思い出された。すだれの目隠し。もしやベランダ？　山岡祐介のうしろは、ベランダに通じる窓だ。

塚本が背後に立ったのがわかった。彼も飛び込んでくれたのだ。これは計画とはちがうことだが、歓迎だ。

小島百合は男に言った。

「子供はどこ？　わかってるのよ、愁ちゃんはどこにいるの？」

男、山岡祐介は言った。

「関係ないじゃん。ひとのうちのことだぞ」

「子供を虐待してるでしょ。どこにいるの？　あんたのうしろ？」

「捜査令状持ってるのか？　住居不法侵入って言うんだろ。知ってるぞ」

塚本が、山岡祐介よりもはるかにドスの効いた、威圧的な声で言った。

「ぐだぐだ言ってないで、子供を出せ。どこだ？」

山岡祐介が、ぎくりと身を縮めた。

小島百合は、ベッドの脇をまわって窓に近づき、言った。

「よけて。ベランダね」

「いねえよ」

「じゃあ、よけなさい」

「ちょっとしつけしてただけだよ」

塚本が、ベッドの反対側から山岡祐介に近寄って言った。

「よけろ」

山岡祐介は、ふてくされたような顔でベッドの上に乗り、窓の前を空けた。

小島百合は素早く内窓を開け、外窓のロックをはずして、戸を開けた。

ベランダも、ゴミやガラクタで埋まっている。犬小屋のような臭いがした。

小島百合は左手、ベランダの端を見た。段ボールの衝立《ついたて》状のものがあった。その向こうに、毛布かタオルケット状のもの。ふくらんでいる。

小島百合はベランダを歩いて、その段ボールの内側を見た。想像どおり、女の子が横たわっていた。ぐったりとして、目をつぶっている。顔に内出血はない。しかし、汚れ放題だ。この臭いは、失禁しているのだろう。いつから、ここに放置されていたのだろう。いくら札幌の六月、さほど冷えこむことのない季節とはいえ。

小島百合は、女の子のそばに膝《ひざ》をつき、小さく呼びかけた。

「愁ちゃん。愁ちゃん、聞こえる？」

反応はない。小島百合は額にてのひらを当てた。生きている。体温は感じられた。しかし低い。

小島百合は立ち上がって窓から室内の塚本に言った。

「いたわ。生きてる。でも、衰弱してる。救急車を呼んでください」

「ああ」と、塚本は応《こた》えながら携帯電話を取り出した。

小島百合はもう一度女の子のそばに膝をつき、タオルや毛布ごと女の子を抱え上げた。五歳と聞いているが、その体重は予想よりもずっと軽かった。この年頃の女の子の平均体重は十八キロ強のはず。しかし、この子は十二、三キロしかないのではないか。

部屋にもどって、セミダブルのベッドの上に女の子を横たえた。タオルケットをはがすと、女の子は汚れたジャージ姿で、パンツは湿っているようだった。ジャージの上をまくり上げてみた。脇腹に青く内出血の痕《あと》があった。

小島百合は顔を上げて、ベッドの脇に立つ山岡祐介をにらんだ。

山岡は怯《おび》えたような目で言った。

「なんだよ。しつけだって」

「あんたがやったの？」

「あんたがこの子を叩いたの？　蹴《け》ったの？」

「だから」

「しつけだ」

「やったのね」

「ああ」

小島百合は塚本に言った。

「傷害現行犯でやれます？」

塚本が言った。

「まずは任意同行でいい」

山岡が、いきなり塚本に向かって飛びかかった。いや、その横をすり抜けようとした。塚本は素早く身体を動かして、立ちはだかった。山岡の身体が塚本にぶつかった。塚本は足払いをかけて山岡をその場に転がし、うつぶせにして右腕をねじ上げた。

塚本は言った。

「公務執行妨害現行犯のほうがいいな」

それが通用するかどうかは微妙だ、と小島百合は思った。捜査令状なしで踏み込んだ以上、公務執行妨害での逮捕には無理がある。でも、その判断を山岡に聞かせてやる必要はなかった。

「この野郎！」

居間のほうから、工藤沙織が叫び声を上げて突進してきた。工藤沙織はどんと塚本に体当たりすると、両手でパタパタと塚本の顔を叩いた。

「放せ！　このお巡《まわ》り！　馬鹿《ばか》野郎」

塚本は首を縮めて、工藤沙織の殴打を避けた。

小島百合は工藤沙織の横に立つと、そのスウェットの襟《えり》をつかみ、左のてのひらで思い切り工藤沙織の頰《ほお》を張った。工藤沙織は棒立ちになって、頰を押さえた。同性から叩かれるとは想像もしていなかったか。

「暴力！」と工藤沙織は叫んだ。「警察が暴力振るった！」

小島百合は工藤沙織に指を突きつけ、相手に合わせて蓮《はす》っ葉《ぱ》な調子で言った。

「ただの警察じゃないよ。道警だよ。なんでもありの道警だよ。それ以上、やってみるかい？」

工藤沙織は顔を強張《こわば》らせてあとじさった。

パトカーのサイレンの音が近づいてきた。その音に救急車のピーポ音もまじった。

小島百合は振り返ると、もう一度女の子の脇にしゃがみ込んだ。もしあんたが死ぬことになったら、と、小島百合は胸のうちで女の子に呼びかけた。わたしは、懲戒免職覚悟でやることをやってやる。本気だ。約束する。

津久井卓《つくいすぐる》が北海道警察本部の捜査一課フロアでエレベーターを降りたとき、目の前にかつての同僚がいた。坂井俊直《さかいとしなお》巡査部長。いまたしか函館《はこだて》中央署にいるはずの男だ。歳《とし》は津久井とさほど変わらないが、二十代からすでに頭が薄かった。あるときから完璧《かんぺき》にスキンヘッドにしたため、暴力団担当のベテラン捜査員に見えないこともない。じっさいは交通課が長かった警官だった。

坂井は驚いた顔を見せた。

「帯広と聞いてたけど」

津久井はうなずいて言った。

「籍はそうだ。だけど、書類上だけ。いまは本部詰めなんだ。あんたは？」

「出張。仏さんが見つかって、札幌医大に検視してもらうんで、運んできた」

「あの件か」

四、五日前にその報道を読んだ。山中で人間の白骨が見つかって、函館中央署は笹藪《ささやぶ》をかき分けて骨を拾い集めていたはず。やっと検視するのに十分なだけの骨を回収できたということなのだろう。

津久井は訊《き》いた。

「事件性は？」

「まだ見当もつかない。遭難者かもしれない。男か女かもわからないんだ」

「今夜、空いてるの？」

「いや。きょう明日のものにはならないようなんで、いったん函館に帰る。またこんどな」

坂井がエレベーターに乗り込んだので、津久井は手を小さく上げて挨拶《あいさつ》し、廊下を歩き出した。

いま坂井に答えたとおり、津久井はこの二月一日付けで、帯広警察署の刑事・生活安全課に異動になっていた。二年前、帯広で起こったＯＬ殺人事件の捜査本部に配属されたのだ。ただしこの事件は被疑者も特定されており、被疑者による次の犯行は札幌で行われた。被疑者である鎌田光也は札幌市内での逮捕時、銃傷を受けて緊急入院していたが、病院から脱走した。北海道外に逃げたと見られている。その結果、帯広署の態勢は縮小された。道警本部側の態勢が強化され、鎌田光也の捜索はもっぱら本部の捜査員たちが担当している。

捜査本部の正式名称は「帯広署・道警本部合同帯広強姦《ごうかん》殺人・札幌ストーカー侵入事件捜査本部」である。

津久井は帯広署在籍であるが、道警本部内に置かれた合同捜査本部の札幌班に組み入れられているのだった。帯広署からの出向という名目である。もちろんあまり例のない異動であり配置である。

津久井は、かつては道警本部生活安全部の銃器薬物対策課捜査員だった。しかし三年前、北海道議会の百条委員会で証言したあと、本部の不興を買い、警察学校の総務係配属となった。同じ階級のままでの異動としては、明らかに左遷、更迭と誰もがわかる人事だ。しかし、道警には優秀な捜査員を充てねばならぬ未解決事件は山のようにある。不正追及の道議会百条委員会で証人となったことを理由にするにせよ、もうこれ以上津久井を干しておくことは不可能だということなのだろう。なのでこの帯広署刑事・生活安全課在籍、道警本部内の鎌田事件捜査本部出向という配属なのだ。もちろん道警の幹部の中にはいまだに津久井の存在を苦々しく思っている者は少なくないはずである。しかしこの三年のあいだに、それらの幹部の多くも本部ビルから異動していった。あの証言直後のような、疎ましげな視線を感じることは少なくなっている。

指定された会議室に入ると、そこにはもう捜査員や幹部たちが集まっていた。巨大な長円形のテーブルを、十八人の男たちが囲んでいた。津久井は黙礼して、帯広署から出張してきている六人の捜査員たちの右端の席に着いた。黒板とスクリーンを背にした上席は空だ。捜査本部長席である。

かつては捜査本部長は所轄署長が務めた。しかしいまは、捜査本部長は必ず刑事部長があたることになっている。しかし、キャリアの刑事部長が捜査本部長に収まったところで、捜査の現場もノウハウも知らず、土地勘もない。具体的な捜査指揮などできっこない。ただ精神論を言うだけの存在である。つまり名前だけ。道警本部全組織一丸という格好をつけるための制度だった。刑事部長本人もそれを知っているから、通常の捜査会議には顔を出さない。顔を出したところで、そこで語られることが理解できるはずもなく、余計な口をはさめばむしろ捜査の妨害になる。謙虚なキャリアはそれを知っている。ときおり、むやみに指揮したり、指示、命令を連発する捜査本部長も出てくるが、そんな場合、現場はひどく混乱する。部下たちは事件解決よりも、捜査本部長指示に従ったという形を作ることに腐心する。結果として、事件解決は遠のく。ありがたいことにこんどの刑事部長は、早い段階で自分の出る幕はないと悟ったキャリアだった。多少出向先の県警の検挙率が低くなろうとも、自分の出世にはまったく何も影響がないと承知しているキャリアとも言えるのかもしれない。なのできょうも彼はこの会議に欠席なのだろう。

その空席の右側に着席しているのは、捜査一課長の河野忠志《こうのただし》警視。捜査本部の次席ということになる。左側にいるのはベテラン統括官の吉村恒彦《よしむらつねひこ》だ。彼に並んで、道警本部側捜査本部の堀江昭《ほりえあきら》、原口隆三《はらぐちりゅうぞう》の二人の警部。

津久井が席に着いたところで、河野忠志が言った。

「何やってたんだ？」

津久井は頭を下げた。

「例の神奈川県警への照会です。いま返事がきました」

津久井は手にした書類ホルダーから、はさんでおいたＵＳＢメモリーを取り出して、若い捜査員に渡した。

「始めてください」と、統括官の吉村が言った。彼は、あまり幹部風を吹かすことがない。だいたいどんな場面でも言葉づかいは丁寧だった。

捜査本部の面々が、みな背を起こした。

正面のスクリーンに、顔写真が映し出された。帯広ＯＬ強姦殺人事件の被疑者、鎌田光也の正面写真だ。高校卒業時のもの、ということで、三十一歳の男にしては少し若い。

ついで、内出血で顔を腫《は》らした鎌田光也の写真。これは去年の四月、札幌市内で逮捕したとき、その直後に撮影したもの。銃弾を受けて救急車で運ばれてゆくときの写真であるから、正面のものではない。また、怪我《けが》が治ったはずのいまの素顔とは似ても似つかない顔だろう。手配には使えない写真だった。

河野が、スクリーンに目を向けながら言った。

「繰り返すことになるが、鎌田光也は去年四月、札幌市内でストーカー対象の風俗女性のアパートに不法侵入したところを現行犯逮捕された。小島百合巡査の発砲により、右肩に銃傷。九日後、入院していた札幌医大病院の特別病室から脱走、大通署と道警本部は緊急手配したが、全国の県警から応援が集結していたあの札幌から消えた。

道警本部は、四月中に札幌市内で一斉旅舎検を二度実施したが、鎌田光也を発見できなかった。あれから一年二カ月たっており、すでに北海道内にはいないと推測しうる」

鎌田光也の経歴を示す画面が現れた。

鎌田は、北海道の小樽《おたる》市生まれ。両親と兄ひとり。小学校二年時に父親の転職に伴い、一家は函館に移る。函館の公立高校卒業後、二年間、ビデオ店等でアルバイト。

二十歳のとき、札幌で陸上自衛隊に入る。二十四歳、第十一旅団の普通科連隊を辞める。

その後数年間、住所・職業不明。二十九歳のとき、つまり一昨年の五月、帯広市内で強姦殺人。このころ、帯広市内運送会社勤務。十月、運送会社を退職、札幌に移る。札幌でも住所、職業未詳である。

特技・資格として、自動車運転普通免許、同大型免許、同大型特殊免許。

当然のことながら、格闘技の素養があり、銃器の取り扱いにも慣れている。自衛隊内でのレンジャー資格あり。

三月ころから、札幌市内の風俗女性、村瀬香里にストーカー行為。四月、帯広ＯＬ殺害事件の被疑者と断定される。

四月九日、村瀬香里の部屋に不法侵入。張り込んでいた捜査員に撃たれて逮捕。四月十八日、病院を脱走。札幌市内で乗用車を盗む。この車は二カ月後に、苫小牧《とまこまい》市内で発見された。

このあと、鎌田光也の足どりは完全に途絶えている。

河野が言った。

「きみらには、その後やつを追ってずいぶん頑張ってもらった。やつは運転免許証も携帯電話も持たないまま逃亡したわけだし、これだけ完璧に足どりが消えると、ふつうならそろそろ自殺の線も考えられるところだった。しかし、自衛隊出身でサバイバル生活にも慣れたタフな男だ。やってきたことを見ても、そう簡単に自殺するようなタイプではないと想像しうる。そこに、新しい情報だ」

スクリーンには新しい画面が現れた。

座間《ざま》パチンコ売り上げ金強奪未遂事件、の文字。

神奈川県警発表の事件の概要だった。

この事件は、八日前の六月一日月曜日午後一時、神奈川県座間市内のパチンコ店の現金輸送車が男二人組の強盗に襲われたというものだった。パチンコ店従業員たちが抵抗したため、二人組は輸送車を奪うことができないまま逃走した。

遺留品のマスクに残っていた唾液《だえき》から、ひとりは道警が全国に指名手配している鎌田光也と断定された。もうひとりの男の身元は判明していない。

実質的な被害がなかったためか、神奈川県警はこの事件に関して捜査本部を設置していない。所轄である座間警察署が引き続き捜査を続けている。

河野が津久井に顔を向けて言った。

「それで、神奈川県警の返答は？」

「はい」

津久井は若い捜査員に、ＵＳＢメモリーの中のファイルを開くよう指示した。

この事件への鎌田光也の関与がわかったとき、道警はこの事件についてのより詳しい情報の提供を依頼した。神奈川県警はついいましがた、ようやく道警本部に対して、資料の一部を送ってきたのだ。

まず、スクリーンに現れたのは、事件の時間経緯だった。現金輸送車がそのパチンコ店を出たのが、その月曜日の午後十二時三十五分。襲われたのが午後一時五分。神奈川県警への一一〇番通報が十分。パトカーの現場到着が十六分。緊急配備が二十五分。犯人たちの乗った車の発見が午後八時二十二分だ。

続いて現場周辺の地図。簡単な説明書きがついている。襲われた現場と、犯人たちの逃走の経路。地図に記された矢印の複雑さを見ると、被疑者たちはそれなりに土地勘があったようでもある。

地図の次は画像だった。まず犯人が逃走の際に使った車の写真。前日横浜市内のショッピング・センターで盗まれた小型乗用車と説明がついている。これは強盗事件のあと七時間後に、現場近くのファミリー・レストランの駐車場で発見された。またこの駐車場の裏手で見つかったマスクから、鎌田光也の唾液が検出されたのだった。

ついで、襲われた車の写真。ステーション・ワゴン型の白い車だ。警備会社の専用現金輸送車ではない。そのパチンコ店チェーンの社用車。窓はすべて強化ガラス、後部はスモークガラスの特別仕様車だ。後部ハッチドアはロックが二重になっており、簡単には開けられない。

次の画像は、犯人の簡単なスケッチだった。ひとりは黒っぽいTシャツにジーンズ。当時日本人の多くが着用していた白いマスクをしている。もうひとりは、グレーの作業着ふうの上下。目出帽をかぶっていた。穴がふたつあるタイプではなく、目の位置に四角く細長い穴が開いている形のものだ。オリーブ色、と注釈がついている。

津久井は画面がそこまで進んだところで、説明を加えた。

「座間署の担当捜査員と電話で話しました。座間署は、パチンコ店関係者、あるいはすでに辞めた店員の中に被疑者がいるだろうという判断のようです。根拠としては、被疑者がこのパチンコ店の現金輸送のシステムを知っていること、毎日変えられるルートを読んでいたこと、土地勘があるようだということなどです。案外早く、もうひとりの被疑者の身元特定もできるだろうと、楽観的な調子でした。

また同時に座間署は、目出帽に注目しています。事件のためにあらかじめ用意された可能性が高いものです。被疑者のプロファイリングとしては、軍事おたくなどが考えられると。この手の商品を扱う店などに、いま重点的に聞き込みをかけているそうです。二方向からの捜査で、ラインの重なったところに被疑者がいると」

河野が確認した。

「それは、鎌田ではなく、もうひとりの男のことだな」

「そうです」

「そっちが主犯ということなのか?」

「断定してはいませんが、そのようなニュアンスでした。車を運転していたのが、こちらの男です」

河野は、ほかの捜査員たちを見渡してから言った。

「意見を」

すぐにひとりが手を上げた。捜査一課の鹿島《かじま》という五十年配の警部だ。

「鎌田は、丸裸で逃げたわりには、一年後には首都圏で相棒を見つけてこんなヤマを張ってるんです。単なる粗暴な性犯罪者以上のものに見えてきました。やつのプロファイリングの修正が必要かもしれません」

「そうだな」河野はうなずいた。「盗犯であれば、一度覚えた手口で犯行を重ねる。成長しない。だけど鎌田は、急速にモンスターになっているようだ。しかもこんど狙《ねら》ったのは現金輸送車だ。素人が思いつく犯罪じゃない。次は強盗殺人になるかもしれん」

捜査員の宮下《みやした》が言った。

「土地勘があるのはドライバーのほうでしょうが、鎌田はその座間近辺で性犯罪を犯しているかもしれません。神奈川県警管内での性犯罪、という線も一本加えていいのでは」

河野が言った。

「ひとりが指名手配中の鎌田だとわかったことで、座間署もそれには気づいたはずだ」

河野は津久井に顔を向けてきた。

お前も言え、という指示のようだ。

津久井はスクリーン上のふたりの服装、覆面に目を向けたまま言った。

「もう一本の線が出てきたように思います」

堀江も、津久井に顔を向けてきた。

津久井はスクリーンから視線を離し、鹿島や河野を見て言った。

「鎌田の交遊関係です。もうひとりはオリーブ色の目出帽を使っていますが、この男は単なる軍事おたく以上のものという気がするんです。この犯行の時期であれば、顔を隠すには鎌田のように医療用のマスクをかけていたほうが目立たなかった。鎌田の選択のほうが利口です。なのにもうひとりはあえてニットの目出帽をかぶっています。この男にとっては、この犯行は自分の晴れ舞台、自分がヒーローになる作戦という意識はなかったかと考えます」

「つまり?」

「交遊関係に、自衛隊関係者という線はないでしょうか。第十一旅団の同僚。鎌田は逃走したあと、第十一旅団のときのつてを頼って、首都圏に逃れたのではないかと、この神奈川での事件の情報を見ていまふと思いました」

堀江が言った。

「病院から逃走した直後に、自衛隊での交遊関係という線でローラーはかけた」

「たしか道内居住者に絞って、と耳にしました」

統括官の吉村が言った。

「たしかにその線は追う価値があるな。別にひと組、専任としよう」

河野が言った。

「津久井、お前が担当しろ」

「はい」と、津久井はすぐに応えた。で、相棒は誰になる?

吉村が続けた。

「道警本部側でもひとり、津久井と組んでもらおう。誰にする？」

河野が言った。

「渡辺秀明《わたなべひであき》」

テーブルの、いわばもっとも末席のほうでひとりの捜査員が声を上げた。

「はい」

津久井は、渡辺秀明とフルネームで呼ばれた男の顔に目を向けた。小太りで、丸顔に少し野暮《やぼ》ったい眼鏡をかけている。髪は警察官としては少し長めかもしれない。

河野が言った。

「渡辺。津久井と組んで、鎌田の自衛隊当時の交遊関係で、いま首都圏にいる者を洗い出せ。神奈川県警に先に身柄を押さえられたくない。きょう明日でやって、明日の時点でおれに報告を上げてくれ」

「はい」

渡辺と呼ばれた捜査員は、河野と津久井の両方に頭を下げてきた。

会議室のドアが開いた。捜査本部長である道警刑事部長の岡崎征男《おかざきまさお》警視長が姿を見せた。新任のキャリアだ。きょうは出席しないものと思っていたが。

岡崎刑事部長は、立ち上がろうとする河野を制して自分の席に着いた。

「いい。続けてくれ」

彼は椅子《いす》をまわし、視線をスクリーンに向けた。

「例の神奈川の事件かい？」

その気さくな調子に、津久井は少しだけ演技を感じた。あの大不祥事をなんとか始末してきた道警である。いまやここに赴任することは、キャリアとしても試練なのだ。ほかの県警のつもりでキャリア風を吹かし過ぎたり傍若無人をやったりすれば、告発があるかもしれない。いやそれどころか、拳銃《けんじゅう》を向けられる可能性だってある。自分はきみら現場警察官の側にいるということを、絶えずアピールしておく必要があった。彼のこのくだけた調子も、道警にいるあいだだけのお芝居であるはずだった。津久井は警察官僚たちの基本的資質に、さほど個人差があるとは思っていなかった。少なくとも、道警のノンキャリア職員ほどその人間のタイプは多様ではない。

河野がスクリーンの前に立ち上がって言った。

「では、捜査の状況を捜査本部長にかいつまんで申し上げますと」

津久井はとくに意味なく時計を見た。午前十時二十分だった。六月の九日だ。札幌の六月の最大のイベント、夏場、道警札幌方面がもっとも忙しくなる「よさこいソーラン祭り」まであと二日、そのファイナルの日まで五日だった。

2

小島百合は、市立札幌病院の小児科病棟で、大通署の生活安全課少年係の男性捜査員に仕事を引き継いだ。

児童は最悪の事態となる前になんとか保護できた。また女の子への虐待、暴行も、医師の診断でもはっきりしたのだ。ここからは傷害罪の適用も含めて、あの山岡祐介と女の子の実の母親、工藤沙織の取り調べとなる。小島百合はこのあと、児童相談所との折衝を受け持つことになるだろう。たぶんあの子は、傷が治ったところで施設に保護されることになる。

市立病院北側の広い駐車場へ出て、きょう使った覆面の捜査車両を停めた場所に歩いた。塚本はジャケットを脱ぎ、手に提げている。北国とはいえ六月の初旬だ。たしかに肥満気味の男性であれば、上着を脱ぎたくなる陽気だった。

車に乗り込むと、運転席で塚本が言った。

「さっきは迫力だったな」

感嘆の口調だった。

小島百合は言った。

「我慢ならなかったんです。子供よりも男が大事だなんて」

「理解できない？」

「いえ、そんなことはありません。あんなふうに、男にすがらなきゃならない女性がいることは理解はできる。生活安全課に配属されてから、ずいぶんいろいろな種類の女性を見てきたし。でも、許せない。まして、あの虐待だったもの」

「あんたは子供はいるんだったか？」

「いえ」

前夫とは、子供を作らないままに別れたのだ。もし子供ができていたら、たぶん自分は警察官を辞めて、育児に専念していただろうと思う。なんとなくそんな母親となる自分の姿を想像したこともあったのだ。とくに結婚前までは。

塚本は車を発進させると、駐車場から病院西側の通りへと車を出した。

塚本は、車を桑園《そうえん》駅方向に加速しながら言った。

「あのビンタには、何か個人的な想《おも》いでもこめられているかと思った」

「そんなに激しかったですか？」

「縮み上がった」

「まさか」

そう応えながらも、ふと思い出した。あれは六年前になるか。大通署の生活安全課に配属されてすぐの時期、ちょっと気になる子供を見たのだった。あの子と、きょう保護した工藤愁ちゃんの姿が重なった？　あの子のことは、いままで記憶の底のほうに沈殿していた。きょう愁ちゃんを見た瞬間、あの子のことが思い出されたのかもしれない。

ちょうどいまごろの季節だ。札幌のよさこいソーラン祭りと北海道神宮例祭とが重なって、札幌の警察署が一年でもっとも多忙となる季節。二月の札幌雪まつりの時期よりももっと、交通整理と迷子と苦情受付の処理で振りまわされる時期。

その日曜日のお昼前から、大通署の一階は戦場のような騒ぎだった。いや、もちろん小島百合には戦場体験はなかったから、レトリックではあるが、少なくとも平時ではなかった。殺気立っていた。

屋外からはよさこいソーラン祭りの音楽がかしましく流れ込んできていたし、電話がひっきりなしに鳴っていた。よさこいソーラン祭りを中止しろという爆破予告もその三日前にあって、一度は実行委員会と道警本部とが対応を協議している。けっきょくいたずらの確率が高いということで、祭りは中止しないと決まったが、警備態勢は急遽《きゆうきよ》強化されて、各方面本部に合計三百人の制服警官の応援を指示することになったのだった。私服警官たちも緊急出勤が決まり、中心部の要所要所を警戒することになった。あまつさえ、正午にはパレード中のトラックから巨大な和太鼓が落ち、踊る男女を何人もなぎ倒すという事故も起こった。

大通公園に臨時に設けた交番には、朝から十五人の迷子が保護されてきた。そして直接大通署にも朝から三人。子供とはぐれたと電話してきた親や保護者の数も半端《はんぱ》なものではなかった。

午後の二時すぎ、大通署の一階で、小島百合は泣き叫ぶ三、四歳の男の子をなだめ、名前をなんとか聞き出そうと必死だった。小島百合は、迷子を相手にしながら、エントランスのガラスドアの外に、ひとり眼帯をつけた若い女性が立ったことに気づいた。中をしきりに気にしているが、入ろうとしているのか、中の誰かを探しているのか、様子からは判断できなかった。

迷子を探しにきた母親？　この子の母親だろうか。

あまりお洒落《しやれ》な外見ではなかった。地味なシャツに、安物のブルージーンズ。肩までの髪は染めておらず、頰はその髪に隠れていた。

迷子は泣き止まない。

「お母さん、お母さん」と言い続けている。同僚の男性巡査がそばに寄ろうとすると、いっそう激しく泣きじゃくって、小島百合にしがみついてきた。男性が苦手な男の子なのだろう。

小島百合がカウンターのうしろの自分の席でその男の子をあやしているときだ。エントランスの外にいた女性が、おずおずという表情で左右に目をやりながら入ってきた。表情は明るくはなかった。しかし動転しているとか、あわてふためいているようでもないから、彼女は自分の子供を見失ったわけではないようだ。ひったくりの被害に遭った、ともちがうだろう。しかし、何か心配ごとを抱えているのはたしかなようだった。

小島百合は左右を見た。いま、彼女のために応対できそうな警官は、そばにいなかった。

電話を受けているか、相談を受けているか、迷子をかまっているかだ。書類ホルダーを持ってフロアを駆けている女性警官もいる。係長も、自分の席で大声で電話中だ。長電話だ。よさこいソーランの音がうるさいという苦情を受けているらしい。

小島百合は、子供の手を引いて自分の椅子を少しカウンターの方向に滑らせると、その女性に目を向けた。

「はい、どうしました？」

その女性は、小島百合に声をかけられてびくりと右目を見開いた。相当にナーバスになっているとわかった。

「どうぞ、こちらへ」

その眼帯の女性はもう一度左右に目をやってから、カウンターの向こう側にあるスツールに慎重そうに腰を下ろした。まるでスツールに誰かが画鋲《がびょう》でも仕掛けていないか、心配しているかのように見えた。色白で、細面《ほそおもて》の顔だち。もっと言えば、あまり健康そうにも見えない。年齢は小島百合と同じくらいだろうか。あるいはふたつ三つ上？　年上だとすれば、二十七、八だろうか。でも、心配ごとか生活の苦労のせいで、彼女の顔が多少やつれて見えるのかもしれない。二十五前後という年齢かもしれなかった。

小島百合はもう一度、微笑を作って言った。

「なにかご相談ですね？」

「ええ」と、女は細い声で答えた。目は一瞬合っただけだ。すぐに小島百合から視線をそらした。顔は正面を向いているが、眼帯で隠されていない右目はどこか小島百合の背後、大通署一階のフロアの奥のほうを見ている。いや、焦点を定めることなく揺れている。

何か犯罪被害の通報だろうか、と小島百合は考えた。それとも、犯罪にまつわる情報提供？　彼女の眼帯は、暴行の痕を隠すためということも考えられる。というか、警察署にやってきた女性が眼帯をしていたら、そこに内出血を想像したほうがよい。眼科外来とはちがうのだ。

女はまだ用件を切り出す決心がつかないようだった。こんなとき、急《せ》かしてはならない。相手の気持ちが十分に温まるのを待つのがいい。急かせば、相手が語る意欲を失うこともしばしばなのだ。警察に相談にくるほどの用件だ。語る意欲を失わせて去られたら、そこで何かひとつ犯罪が発生してしまう、ということだってありうるのだ。あるいは犯罪者を取り逃がすことになるとか。焦らずに、相手の気持ちが温まるのを待つのがいい。ただし、こんなふうによさこいソーランと北海道神宮例祭と恒例の野外ロックコンサートが一緒の繁忙期でない限りは。

小島百合はつい言ってしまった。

「話してください、どうぞ」

「あ、ええ」

小島百合の膝の前で、男の子がいっそう激しく泣き出した。小休止のせいでまた泣くだけのエネルギーがたまったかのように。

小島百合はもう一度その男の子をなだめながら、フロアを見渡した。

ちょうどひとり、奥のデスクで若い制服警官が電話を置いたところだった。

「佐野《さの》さん」と小島百合は大きな声で叫んだ。「ちょっと代わってくれません?」

男嫌いの男の子のほうは、男性警官でもなんとかなる。でも相談ごとをためらう女性を相手にするのは、女性警官でなければならない。小島百合は子供から一時離れることにしたのだ。

呼ばれた警官はすぐに立ち上がって、小島百合のそばまで歩いてきた。

「名前、わかったんですか?」

「まだなの。ちょっとのあいだお願い」

「いいですよ」佐野はその場にしゃがみ込み、男の子に優しく呼びかけた。「ようし、お兄さんがいるぞ。さ、ちょっとおいで。遊んであげるぞ」

佐野が男の子を抱き上げ、自席に戻っていった。

小島百合はもう一度女性に顔を向けた。やはり視線を合わさない。いましがたよりも、かすかにしらけたような印象があった。

「どうぞ」と、小島百合はあらためて微笑して言った。「なんでも話してください」

女はふいに正面から小島百合を見つめて言った。

「ひとを逮捕してもらうには、何をしたらいいの?」

小島百合は緊張を気づかれぬように訊いた。

「誰に、何をされたの？」

「そういうことじゃなく」

「怪我をしているんでしょう？」

「いいえ」

「誰かがあなたに暴力を振るったなら、警察が出ていく。その相手を逮捕するわ。詳しく話して」

「身内でも？」

「家庭内暴力ってこと？　もちろん」小島百合は、ちらりとフロアの奥を振り返った。これはもしかすると、衝立《ついたて》の向こう側で聞くべき話かもしれない。「詳しく話して」

「助けてほしいの」

「力になるわ。助ける。奥の部屋で話す？」

「わたしを捕まえるの？」

「ちがう。ひとの耳のないところで、ってこと」

「助けてくれるのね」

「それが警察の仕事だから」

そのときだ。エントランスのほうで、中年の男性制服警官が呼んだ。

「小島さん！」

小島百合は呼んだ警官に顔を向けた。彼は、三歳か四歳の女の子の手を引いていた。

また迷子、と思ったのは一瞬だけだ。その女の子は全体に衣類も顔だちもくすんだ印象で、スニーカーが汚れていた。

ネグレクト、という言葉が次に思い浮かんだ。でも、この日に。

まさか。

小島百合は、カウンターの内側から飛び出した。女の子の前にしゃがんで、風体を一瞥《いちべつ》すると、女の子はこの数日風呂に入っていないことがわかった。Tシャツも、何日も着たままのようだ。小さなリュックサックを背負っている。女の子は、小島百合をまっすぐに見つめてきた。少し不安そうで、正面にいる者が自分の味方かどうか、疑っているかのような目をしていた。丸顔で、一重まぶたの小さな目。頬にも汚れ。

男性の制服警官が言った。

「大通り八丁目の、臨時交番のそばで見つかった。婦人警官が不審に思って連れてきた。リュックの中に手紙が入っていた。念のために臨時交番に二時間置いて、母親が戻るのを待ってたんだけど」

警官がビニール袋を取り出した。中に封筒と便箋《びんせん》。ということは、これらは証拠品扱いということか。受け取ると、便箋の文面が読み取れた。ボールペンの走り書きだ。

「育てていけません。しばらくのあいだ、よろしくお願いします。

亜紀菜《あきな》、といいます」

捨て子、ということだ。

馬鹿な、と小島百合は胸のうちで悪態《あくたい》をついた。捨てる前に、いくらでも方法は取れるでしょう。児童相談所に行くなり、生活保護を申請するなり。

いや、と思いなおした。札幌市の生活保護課では、つい数年前に信じがたいことをやっていた。乳児を抱えて生活保護申請にやってきたシングルマザーに対して、申請受け付けを拒否、身体を売ればいいだろうと追い返したのだ。その母親は餓死した。この母親も生活保護申請を拒否されて、子を捨てるという最後の手段に出たのかもしれないが。

「亜紀菜ちゃん」と小島百合は呼びかけた。「お母さんは、どこにいるの?」

その子はしばらく小島百合の目をじっと見つめていたが、やがて小さな声で言った。

「遠くに行くって。連れていけないとこだって」

「お父さんは?」

「いない。あたし、お父さんのいない子なの」

「札幌の子?」

「ううん。お母さんは札幌」

「亜紀菜ちゃんは、どこで暮らしていたの?」

「札幌」

答が混乱している。しかし、三歳前後の子供なら、現住所、居住地、という概念自体があいまいだ。じっくりと聞き出して、その答から推測してゆくしかない。

女の子が言った。

「おしっこしたい」

「一緒に行きましょう。お姉さんが連れていってあげる」

小島百合は立ち上がり、女の子を連れて洗面所へと向かった。

女の子を連れてきた制服警官がうしろから言った。

「じゃあ、あとは頼んだ」

洗面所にいるあいだに聞いた。女の子は、母親に連れられてバスで大通公園にやってきたのだった。屋台でたこやきを買ってもらい、母親と一緒に食べた。そのあと、母親がもう一度、何か食べ物を買ってくると言って、女の子をその場に残したまま去った。いつまでたっても母親が帰ってこないので不安になり、とうとう涙が出てきた。しくしく泣いていると、お姉さんが声をかけてくれた。それでいま自分はここにいるのだと。

「おじいちゃんやおばあちゃんはいる？」

「ううん」

「亜紀菜ちゃんのお母さんの名前は？」

「ママ」

「お仕事していた？　毎日お母さんは何をしていた？」

「ご飯作り」

「お仕事に出ていた？」

「留守番していた」

「亜紀菜ちゃんがお留守番してたのね？　ひとりきりで？」

「ううん。みーちゃんと」

「みーちゃんって？」

「お人形さん」

「リュックの中を見せてもらっていい？　何が入っているのかな？」

「お洋服だと思う」

「じゃあ、あっちで見せてもらおうかな」

洗面所を出て、生活安全課の自分のデスクへと向かった。

係長が小島百合に言った。

「小島、いま児童相談所がくる」

「はい」

女の子の手を引いて自分の椅子に着いたとき、さっきまでカウンターの向こう側にいた女性はいなくなっていた。

小島百合は、あっと失策を悟った。すがるように警察に相談にやってきた彼女のことを、忘れてしまった。すぐに応対に戻るつもりだったけれど、子供を見た瞬間に彼女のことが意識から消えていた。

小島百合は、一階ロビーを見渡してから、エントランスの外に目をやった。まだよさこいソーランの音楽が外から流れてきている。六月の陽光が、表の北一条通りに満ちていた。

軽装の男女が、いかにも祭りの最中らしい上気したような表情で行き交っている。彼女の姿は見当たらなかった。眼帯をかけ、この時期には場違いとも感じられるくらいに暗い印象の女性。彼女は何か暴力的なトラブルに巻き込まれていることをほのめかしていた。もしかすると、自分が対応すべきより緊急性のある案件は彼女のほうであったかもしれないのに。

小さく後悔の吐息をついて席に腰を下ろすと、女の子が言った。

「ママは、わたしを捨てたの？」

それまでのやりとりが嘘《うそ》かと思えるほどに、大人びて醒《さ》めた認識を感じさせる口調だった。

小島百合は、思わず彼女を抱きしめていた。

それがちょうど六年前のこの時期だった。

小島百合は、運転席の塚本に言った。

「大通署で生活安全課に配属されたばかりのとき、捨てられた女の子を受け持ったことがあったんです。そのことを思い出した」

言いながらも、小島百合は自分がいま思い出した同じ日のあのできごとの記憶の復活に、とまどいを感じていた。眼帯をしたあの不幸そうな若い女。自分がほんとうにいまこの瞬間まで記憶の奥底に封印していたのは、彼女のことだったのかもしれない。

大通署の地下駐車場で車を降りた。

ショルダーバッグから携帯電話を取り出すと、村瀬香里からの電話のほかに、eメールも入っていた。小島百合は駐車場を歩きながら、メールを読んだ。

同じ大通署の、佐伯宏一からだった。刑事課の彼とはこの三年ばかり、仕事が重なることが多かった。彼が非公式の捜査本部を立ち上げたときは、小島百合も積極的に彼を応援した。それ以来、私生活でも接触の時間が多くなっている。かつては道警音楽隊でサックスを吹いていたという音楽好き、ジャズ好き。小島百合よりもひと回りほど年上だ。自分同様に離婚歴がある。そのせいか、佐伯は女性とのあいだに微妙なバリアを作りがちだ。

彼はいま、同じ大通署の刑事課配属だ。窃盗犯担当である。ただし、部下の新宮昌樹《しんぐうまさき》という巡査とふたりきりで、特別対応班というチームに組み入れられていた。ありていに言えば、刑事課のメインストリームからはずされて、雑務やごく小さな事件ばかりを担当させられている。三年前、裏金問題を隠蔽《いんぺい》しようとした組織に公然と歯向かったせいだ。

しかし現場では逆に、刑事事件についての佐伯の読みのたしかさや人望、チームを動かす能力について、評価はむしろ高まっている。そのうち幹部も、佐伯に警部昇任試験を受けるよう勧めざるを得なくなるだろう。

その佐伯からのメールの文面はこうだった。

「こんどの日曜、休みならランチでも。佐伯」

この次の日曜日は、休日だった。北海道神宮例祭とよさこいソーランが重なる日曜日に休みをもらえたのだ。勤務にあたった同僚には申し訳ないけれど、シフトのせいでこうなった。休みを楽しませてもらうつもりだった。

小島百合は階段を上りながら返信した。

「了解。小島巡査は休日。ランチはイタリアンがいい」

村瀬香里にはコールバックしなかった。たぶん彼女はまたすぐかけてくる。


札幌地方裁判所の入った法務省合同庁舎は、北大通りの西十一丁目にある。ミラーガラスを多用した、地上八階建ての近代ビルである。

この法務省合同庁舎周辺は、札幌の歴史のごく初期から、司法関連の施設が集中するエリアだった。大通り西十三丁目にある札幌市資料館は、かつての札幌控訴院だった建物だ。そのこともあり、札幌の中でもっとも弁護士事務所が集中しているのも、この一帯である。

その日の午前十時五十分に、札幌アカシア基金法律事務所の弁護士がふたり、庁舎のエレベーターを降りてロビーに姿を見せた。ふたりとも、難しい表情だった。ひとりは歩きながら携帯電話を取り出した。

地元新聞の記者がひとり、すぐにふたりに近づいた。

「先生、いかがでした」

呼び止められた年配弁護士が足を止めた。もうひとりは、ロビーをそのまま横切って、携帯電話を耳に当てた。

年配弁護士は、新聞記者に言った。

「詳しくは事務所で記者会見しますが、要点だけ言うと、再審請求は却下です」

「却下ですか」新聞記者は確認した。「理由は？」

「提出した手帳や録音データには、再審を決定するだけの証拠能力がないとのことだった」

「でっちあげ謀議の証拠なのに？」

「手帳やメモに関しては、持ち主とされる人物は三年前にすでに自殺している。証人として呼ぶこともできない、というのが、おそらくこの決定の最大の理由だったのではないかと思う」

「弁護団はどう対応します？」

「これから持ち帰って、検討します。刑務所にいる被告たちとも相談しなければならない」

「もうひとつ」

「記者会見で」

年配の弁護士はロビーをふたたびエントランスに向かって歩きだした。


佐伯宏一は、その電話を、ＮＴＴ東日本札幌病院の駐車場で聞いた。昨夜ひったくりに遭ったという七十代の女性に話を聞いていたのだ。その女性は、バイクに乗った二人組の男にバッグをひったくられた際、転倒して足の骨を折ってこの病院に入院したのだ。

札幌市内では、同じ犯人によるものと見られるひったくり事件が、この一カ月半のあいだに六件発生していた。被害総額は約四十万円だ。

佐伯は携帯電話のモニターを見て、用件は例の事件の再審請求のことだと気づいた。担当した弁護士からの電話なのだ。佐伯は部下の新宮昌樹巡査に、先に車に乗っていろと目で合図し、携帯電話を耳に当てた。

「はい」

相手はすぐに言った。

「いま結果が出ました。再審請求は却下です」

佐伯は訊いた。

「理由は？」

「佐伯さんからご紹介を受けて入手できた新証拠なんですが、申し訳ないことに、証拠能力がないと告げられました」

予想していなかったわけではなかった。佐伯は落胆をこらえた。

「弁護団は、どうされるんです？」

「持ち帰って検討です。再請求の道を探るか、涙を呑《の》むか。せっかくのいい証拠を提供していただいたのに、力不足ですみません」

「いえ、それはいいんですが」

「権力の暗部に迫りうる裁判になると期待したんですが。ほんとうに申し訳ありませんでした」

「いえ」

電話を切って、少しのあいだ佐伯はその場に立ち尽くした。

それは、すでに一審判決も出た北朝鮮貨物船員による覚醒剤《かくせいざい》密輸事件について、ふたりの被告は冤罪《えんざい》であることを主張する再審請求だった。佐伯は一年ほど前、かつて自分が追っていた盗難車密輸事件が、北朝鮮船員による覚醒剤密輸事件、本部内では小樽港事件と呼ばれているものと密接に関わっていることを知った。しかもその小樽港事件は、北海道警察本部のトップが、札幌地方検察庁、函館税関小樽支署まで巻き込んででっちあげた架空の犯罪だった。もともとはおとり捜査として始まったものだったが、なかなか獲物がひっかからないことに焦りを感じた関係者が、十二キログラムの覚醒剤を用意、これが北朝鮮の貨物船から発見されたとして、船長と船員を逮捕したのだ。弁護団は、最初からでっちあげと訴えていた。しかし、一審で証言することになっていた道警本部の担当者が証言の前日に自殺、けっきょく検察の論告どおりに裁判は結審したのだった。ふたりの被告は現在服役中である。

佐伯は、自分の担当した前島《まえじま》興産事件と名付けられた盗難車違法輸出事件が、この覚醒剤密輸事件のいわば基礎部分であり、しかもおとり捜査成功のために関係機関によって黙認されていた事件であることを突き止めた。一年二カ月前のことだ。自殺した道警本部生活安全部の警部が残していたメモも、関係者の会議の席での録音も入手した。録音では、当時の道警本部長がはっきりと、でっちあげの指示を出していた。

三つの役所のキャリア仲間たちの思いつきで、ふたりの無実の外国人が逮捕され投獄された。さらに、ひとりの幹部警察官は真実を話すか組織を守るかというジレンマに苦悩し、けっきょく自殺した。

佐伯は、前島興産事件をきちんと立件しなおし、送検することで、そのキャリアたちの悪行を暴き、正しき法的処分を与えることができるかと期待した。その後、事件の背景もよく知らない上司から再捜査の了解を得た。しかし、八カ月ほど前、小樽港事件についての再審請求の動きが出たところで、あらためて本部から捜査は中止という指示が出た。そちらの進展を見るとのことだった。

小樽港事件の弁護団は、自殺した道警の警部の遺族から、メモと録音テープの提供を受け、これを新証拠として再審を請求したのだった。きょう結論が出た。却下。あの手帳や録音には、証拠能力がないと判断されたという。たしかにメモを書いた本人がすでに死んでいるのだ。その真偽を確かめることは難しい。地裁としては、必ずしもキャリアたちの犯罪に荷担したつもりもなく、却下という判断を下したのだろう。それはそれで、理解しうる範囲の司法判断でもあった。

では、やつらはこのまま逃げきるのか？　地方《じかた》のノンキャリア警察官ひとりを自殺に追い込み、無実の人間を刑務所に送ったエリートたちは、このあとものうのうと自分たちの官僚人生をまっとうするのか。誰にもその腐った性根《しょうね》、歪《ゆが》んだ価値観を指弾されることもなく、すでに出来上がった官僚双六に駒《こま》を進め、退職後も天下り先でたっぷりの報酬を受け取りつつ、余生をまっとうするのか。

おれに何ができる？　と佐伯は自問した。やつらに法の裁きを受けさせるために、自分ができることは？

やはり、あれか。おとり捜査の下ごしらえ部分。カモをひっかけるため、故買屋による盗難車の違法輸出を黙認して、罠《わな》を張った一件。前島興産事件。自分はそこに裏があることは想像もせずに、高級四輪駆動車連続盗難事件を追って、あの故買屋にたどりついたのだった。その故買屋に対する逮捕状はまだ生きているはずだ。地裁判事が出した逮捕状そのものはまだ失効していないのだ。その故買屋はその後、茨城に移ってあらたに店を構えたところまではわかっていた。

もう一度あれに期待するしかないか？　故買屋を法廷に送り、やつの口からキャリアたちのでっちあげた事件を明らかにさせるか。

送検して地検が起訴すれば、あの故買屋は絶対に公判で無罪を主張する。道警本部、札幌地検、函館税関小樽支署に容認されたビジネスであったことを主張する。となれば、北朝鮮船員による覚醒剤密輸事件が前の本部長直接指揮のでっちあげ事件であったことまで明るみに出る。そのような展開とならないか？

佐伯は携帯電話を胸ポケットに収めた。

捜査車両の助手席に身体を入れると、運転席で新宮が言った。

「何か?」

「ん?」佐伯は新宮に顔を向けた。「どうしてだ?」

「何か心配ごとでもできたって顔ですよ」

「なんでもない」

新宮は納得したようではなかったが、小さくうなずいて車を発進させた。


捜査車両は、札幌市の南側市街地を貫く石山《いしやま》通りを走っていた。国道二三〇号線である。道警の札幌南警察署は、この国道沿い、南二十九条にある。

しかし、津久井卓巡査部長のきょうの目的地は、その南警察署ではなかった。同じように石山通り沿いだが、南二十五条、二十六条付近に広大な敷地を持つ、陸上自衛隊北部方面総監部に向かっているのだった。いま、捜査車両は、南九条の交差点を渡ったところだった。

捜査車両を運転しているのは、渡辺秀明巡査部長だ。今日の捜査会議で、津久井と組んで鎌田光也を追うよう指示を受けた男。津久井よりも三歳若いという。北二条の道警本部からここまで、彼の運転はなめらかで危なげがなかった。機械類の扱いには慣れているようだ。

渡辺秀明が言った。

「鎌田が内地に渡ったのは、いつごろなんでしょうね。サミットが終わるまで、どこの駅も空港も、監視は厳しかった。かといって、あれだけ警官がうようよいた札幌に、長いあいだ隠れているのは難しかったのに」

それはほんとうの質問なのか、それとも情報を整理するために投げかけられた問いなのか、判断しがたかった。もちろん再追跡は始まったばかり。後者であっても一向にかまわないのだが。

津久井は答えた。

「サミットが終わるまでは、道内の知人宅じゃないか。怪我もしていたんだ。動き回るよりも、安静にしていたと考えるほうが自然だ。サミットが終わったところで、JRで本州だろう。空港には、手荷物検査場の前に、ベテラン警官が配置されていた。指名手配犯がそこを抜けようとするのは、賭《か》けみたいなものだ」

「盗んだ車でフェリーという線は？　最初に盗んだ車は苫小牧で発見です」

「車の手配は、ひとの手配よりも簡単だ。その手は取らなかったろう。あいつは、頭があるよ」

「車に乗らずに、一般乗客として乗るという方法もあります」

「指名手配犯の心理として、長時間の密室になる船は避けるんじゃないか。鉄道なら、いざとなれば飛び下りるという手がある。おれなら、本州に逃げるならJRを使う」

　車は、南十四条の交差点で赤信号に引っかかった。

　渡辺秀明がちらりと左手に目を向けてから言った。

「そういえば、このあたりでへんな事件がありました。五、六年前ですけど。おれ、このあたり、聞き込みに回りましたよ」

「どんな事件だった？」

「いや、正確には立件できなかった。若夫婦が消えて、かみさん、亭主それぞれの家族が捜索願いを出したんです。女房がまずいなくなり、それから一、二週間後に、部屋はそのままに男も見えなくなったとわかった。事件を疑えるんですが、部屋の様子では何かそこであったようでもなかった。亭主はかみさんに暴力をふるっていたらしくて、逃げた女房を追いかけて、そのままってことなのかもしれません」

「かみさんの実家じゃないのか」

「帰っていないとのことでした。ふたり、時間差で神隠し」

「亭主が女房を殺して逃げたか」

「ふつう、そう想像しますよね。でも、殺害を疑える物証は何も出なかったんです」

　南十四条を左手、東方向に向かうと、電車通りがあり、その先に中島公園がある。中島公園の西側一帯は、歓楽街薄野に働く男女が多く住むエリアだ。当然ながら、暴力団構成員やその周辺の人間たちもうごめく。札幌市内でも聞き込みがしにくいエリアとしては一、二を争うだろう。

　津久井の記憶にかすかによみがえるものがあった。

「消えた亭主は、調理師だったたか」

「焼き肉屋の店長でした」

　正面の信号が青に変わった。車はまた石山通りを走り出した。

　津久井たちが北部方面総監部のゲート前に到着したのは、四分後だった。渡辺秀明が門衛に用件を伝え、人事部のオフィスの位置を訊《たず》ねた。門衛が方向を示しながら、建物を教えてくれた。

　北部方面総監部は、北海道の陸上自衛隊二個師団と二個の旅団よりなる北部方面隊の司令部である。方面隊の人事もこの総監部で扱う。津久井はさきほど、総監部に電話で事情を説明し、除隊した自衛隊員探しで協力を求めたのだった。

　通された小部屋に、自衛官がふたり入ってきた。ひとり、上官と見える年長のほうの隊員の頬には、ほんの少しの脂肪もついていない。もちろん腹にもだ。フルマラソン出場が趣味と言われたら、納得できそうな風体の男だった。脂気のない髪を七三にきれいに分けている。

　もうひとりは、まだせいぜい二十二、三という年齢の隊員だ。髪はスポーツ刈りだ。

　上官のほうは、二等陸尉の松本武司《まつもとたけし》だと、名刺でわかった。二等陸尉というのは、と津久井は自分の名刺を差し出しながら考えた。警察の階級で言うと、どのへんに当たるのだろう。士官なのだから幹部だ。警部というところか。つまりB、C級規模の警察署の課長級。

松本が、テーブルの向こう側に腰を下ろした。部下らしき若い男は、松本のうしろで手を背後に回して立った。

松本は、津久井と渡辺秀明の顔を交互に見てから言った。

「ご協力させていただきます。ただ、除隊した隊員については、その後のことを把握しているわけではありません。在籍時の交遊関係などで、ヒントになる事実を提供できるかどうかというあたりです」

津久井はうなずいて言った。

「十分です」

「神奈川の現金輸送車襲撃事件に、うちの元隊員が関与している証拠というのは、あるのですね?」

「はい。襲撃犯のひとりの身元が割れました。第十一旅団にいた、鎌田光也という男です。もうひとりは、身元は判明していません」

津久井は鎌田の指名手配書を松本に示した。

松本が驚いたように言った。

「帯広で、強姦殺人を犯していたのですか」

「ええ。一度札幌で逮捕したのですが、病院から脱走しました。その鎌田が、つい先日、神奈川で現金輸送車を襲撃したのです。鎌田は、二十歳のときに自衛隊入隊、第十一旅団の第十普通科連隊にいたことがわかっています。ちょうど四年で除隊」

「七年前ですね」

「捜査本部では、こんどの襲撃事件は自衛隊当時の仲間と組んでやった犯行ではないかと推測しています。共犯者が、かなりの自衛隊おたく、ミリタリーおたくであろうと推測できるのです」

「自衛隊員ではなく？」

「もと自衛隊の可能性が大です」

「配属は？」

「わかりません。身元はわからないのです。わたしどもは、鎌田の自衛隊員当時の親しい仲間ではないかと仮説を立てています」

「警察も同じではないかと思うのですが、同期入隊の者同士はとても親密になります。生涯の友ともなります。もしこの鎌田が自衛隊当時に友人を作ったとしたら、まず最初に同期入隊者を洗うべきでしょうね」

「そして、すでに除隊している者」

「この鎌田が捕まった場合、元自衛隊員とは公表されるのですか？」

「いいえ。とくに事件とは関係のない情報です。ただし」

「ただし？」

「共犯者との接点が自衛隊だった場合、そのことは情報として出すことになるかもしれません。たぶん公判でも明らかにされるでしょう」

「大組織です。中にはおかしな者もいる」

「警察も同じです」

松本は振り返り、部下に指名手配書を渡して言った。

「この男の教育隊の同期の記録を持ってきてくれ。除隊者だけでいい。それと第十普通科連隊のときの同期で除隊者」

部下はすぐに部屋を出ていった。たぶん人事関連のデータにアクセスできる端末が、外の事務所にあるのだろう。

松本がまた津久井に顔を向けて言った。

「除隊した者のその後については、ここでは把握しておりません。むしろ、除隊者などで作る任意の組織ですが、隊友会あたりのほうが把握しているかもしれません。全員確実にというわけではありませんが」

津久井は言った。

「去年、鎌田が脱走したときに、隊友会にはお世話になりました。道内にいる同期生の情報をいただきましたよ」

「もうひとりの、ミリタリーおたくというのは、どういう男なんです？」

「風体がそれらしいんです。小道具にも、凝っていた」

「ご承知かと思いますが、自衛隊員にはミリタリーおたくはほとんどいないんです。職種ごとに、その道が大好きという者はおりますが」

「だからこの男は、除隊してしまったのでしょう」

五分ほどたってから、部下が書類を手に戻ってきた。

津久井は渡された書類を見た。条件に合う者のリストだった。教育隊の同期生として、三十五名ほどの名前があがっている。同期生全体のおよそ七割だ、と松本が説明した。これが十二人。ついで第十一旅団第十普通科連隊に配属された同期生で、すでに除隊した者。これが十二人。さらに、津久井がとくに指定しなかった者のリストもあった。鎌田がいたのと同時期の第十普通科連隊の同じ小隊にいた者で、除隊者のリストだった。これが七名。どれにも、入隊時の現住所が記されていた。同期生リストをざっと見ると、北海道内出身者が大半だ。二割ぐらいが、道外から北部方面隊に応募している。このうち道内在住の何人かは、去年鎌田が脱走したときに捜査本部が洗っているはずだった。

リストを眺めていると、渡辺秀明が顔を上げて松本に言った。

「ここの面々について、懲戒や処罰についての記録は出ないでしょうか?」

津久井は渡辺秀明に視線を向けた。懲戒や処罰の記録？　何を知ろうとしている？

松本が首をかしげた。

「必要ですか？」

「ええ」渡辺秀明がうなずいた。「ひとりひとり当たるために、いちおうその情報もあったほうがと」

「懲戒免職になっている者については、除隊ではなくその旨記されています。第十普通科連隊のほうでひとりいますね。禁固以上の刑法犯となれば、無条件に免職なんです」

「それ以外の、隊内の処分についても」

「それは、記録に出てきていない以上、調べようもありません」

「教育隊にいるあいだには、処分はありますか？」

「処分に値するような行為があれば、即退校ですね。入隊できません」

「では、第十普通科連隊の班長と、その上の上官、小隊長になりますか？　その方の連絡先を教えていただけませんか」

「七年前のこととなると、関係者はもういないかもしれません。お待ちください」

ふたりのリストが出てきた。ひとりは第十一旅団で鎌田光也がいた班の班長だった一曹だ。現在も真駒内《まこまない》駐屯地の第十普通科連隊にいる。もうひとりは、その当時の小隊長だった一尉だ。異動して、いま第七師団の東千歳《ひがしちとせ》駐屯地にいる。

渡辺秀明がその書類を見て、津久井に、もう十分と合図をしてきた。

津久井は立ち上がって松本に礼を言った。

「ご協力ありがとうございます」

松本は言った。

「逮捕できたときも、元自衛官という情報は、あまり大きく扱ってほしくはないのですが。除隊している者なのですから」

「わかります。自衛隊員であったことと犯罪とは、直接の関係はありませんよ。マスコミもわかるはずです」

総監部のオフィス棟を出てから、津久井は渡辺秀明に訊いた。

「なんで処分歴とか、上官とかのことを訊いたんだ？」

べつに詰問ではない。純粋な疑問だった。

渡辺秀明が答えた。

「津久井さんは、鎌田のもっとも親しい友人を探すつもりのようでしたから」

「犯罪の相棒になるような男は、いちばん親しい男なんじゃないか」

「少しずれるときもある。こんどの場合、鎌田がつるんだのはワル友達ですよ。はたから見てのただの仲良しじゃなく」

「鎌田はふたつの関係を使い分けてたってことか」

「そういう意味じゃないですけど、親しかった男を探すより、ワル仲間と絞って探したほうが効率的です」

納得できる意見だった。津久井はもうひとつ訊いた。

「上官が何か関係するか？」

「公式処分にならなかった悪さを、覚えているんじゃないかと思いまして。たとえば、暴行とか、いじめとか、怠業とか。鎌田と一緒にそういうことをやった誰かがいないか、訊いたほうがいいでしょう」

「真駒内駐屯地に行こう」

津久井は車の運転席のドアを開けた。

3

村瀬香里から、また電話があった。

小島百合は、給湯室へと歩きながら、その電話に出た。

「百合さん」と、村瀬香里は呼びかけてきた。

最近は彼女は小島百合をこのように呼ぶ。去年、間一髪のところで鎌田から救って以来、すっかりなつくように小島百合を慕っているのだ。小島百合も、村瀬香里が更生してゆくところを見守りたいという気持ちもあった。なにより彼女はいま、北海道警の巡査とつきあっているのだ。もし彼女にいずれ結婚する気があるのなら、風俗の仕事は辞めてしまうべきだったし、じっさい彼女は今年の四月から、美容学校に通い出している。

小島百合に言った。

「はい、ひさしぶり。学校は通ってるんでしょう?」

「ええ、もちろん。で、ちょっと相談したいことがあるんだけど」

声に緊張がある。

「どうしたの？」

「きょう会えます？」

「いいわ。どこがいい？　役所のそばだとありがたいけど」

「札幌駅でもかまいません？　帰りがＪＲなので」

「ええ」

村瀬香里はあの襲撃事件のあと、アパートを移った。いま、札幌市街地の西寄り、琴似《ことに》という地区に住んでいる。

「札幌駅西側出口のミスタードーナツ。そこではどうですか。ただ、六時二十分には出なきゃならないんですけど。七時前には琴似駅に着いてなきゃならないので」

「何かあるの？」

「わたし、踊りを練習してるんです。よさこいソーランの」

「やっていたの？」

「今年、ここのチームに入れてもらったんです。練習が七時からなんです」

「もう追い込みじゃない？」

「明後日から始まるんですから。みんな、もう気合入ってますよ」

「いいわ、札幌駅で。相談ごと、要点だけでも教えてもらえる？」

村瀬香里は答えた。

「また、誰かがわたしを狙ってます」

狙っている？

小島百合は、自分の背中に何か冷たいものが走ったことを意識した。


大通署の刑事課盗犯係で佐伯の直属上司にあたるのは、この二月に異動になったばかりの警部だった。

佐伯よりも二歳だけ年上という男だ。伊藤成治《いとうせいじ》という。根室市出身の肥満体だ。地域課が長く、専務職員であった経験はほとんどないらしい。そのため窃盗犯相手の部下のすることに対して、いちいち細かな報告は求めないし、指示もしてこない。異動四カ月目にして、やりやすい上司、という評判をものにした男だ。

佐伯は署に戻り、ひったくり事件の報告書作成を新宮にまかせると、伊藤のデスクに歩いて、相談があると告げた。伊藤は佐伯を見つめてからうなずき、フロアの隅の応接セットを顎《あご》で示した。あまり他人の耳は気にせずにすむ場所だ。

椅子に着いたところで、佐伯は言った。

「三年前に、四輪駆動車の違法輸出事件を追って、貿易業者の逮捕状を取り、身柄を押さえるところまでやったことがあります。業者は小樽で商売をやっておりました」

伊藤は佐伯の言葉を手で遮《さえぎ》って言った。

「コーヒーにしないか。それとも、お茶か」

「お茶にします」

伊藤はそばにいた女子職員に大声でお茶をふたつ頼むと、もう一度佐伯に顔を向けた。

佐伯は続けた。

「容疑は、盗品等有償譲受罪と関税法違反でした」

「微罪だな」

「そいつは、いわばあいだに入った業者です。そいつを押さえることで、四輪駆動車窃盗グループを摘発できるという腹でした。ところが、同時期に本部は覚醒剤密輸入を内偵中で、その業者が罠の役割を受け持っていました。逮捕した日にすぐ、本部預かりとなって、身柄も証拠品も持ってゆかれました」

そこまで話して佐伯は伊藤の反応を見た。

伊藤が言った。

「続けてくれ」

よくあることだと言っているかのような表情だ。

「この覚醒剤密輸事件については、逮捕された北朝鮮船員の弁護団が再審請求していました」

「あの事件か」

「ええ。いわゆる小樽港事件です。ただ、わたしもそういう大捕り物があるなら、そっちの捜査を優先すべきと思っていました。そして一審判決の出た一年前、いったん捜査再開の了解をもらったのですが、すぐ再審請求という動きが出たので、決着を見るまでは動くなと、もう一回指示が出ました」

「小樽港事件はでっちあげ、と弁護団は言っているそうだな」

「よくは知りません」と佐伯はとぼけた。「でも、きょう耳にした話では、再審請求は却下されたとか。つまり、一審判決で小樽港事件は決着を見たということになると思います」

「それで」

「わたしのほうの仕事を再開させてもらえないかという相談です。もうそちらの事件の障害になることはありません。逮捕状、証拠品その他、いま本部のどこにあるのかわかりませんが、手元に戻ってきたらあらためてその業者を逮捕して、背後の自動車窃盗グループを摘発したいのですが」

伊藤は頭をかきながら天井を見上げた。

「本部がらみの事案だと、おれの判断だけじゃどうしようもないぞ。本部のほうから、再捜査の指示をもらうしかないんじゃないか」

「その指示をもらえないものでしょうか」

「上げてみる。一日二日を争うことじゃないよな」

「取り上げられたときから三年、再審請求の結果待ちということになってから八カ月たちます」

「わかった」

そこに若い女子職員がお茶をお盆に載せて運んできた。

伊藤は茶碗《ちゃわん》を受け取って言った。

「脂肪を分解するお茶は何て言ったっけ？　最近テレビでよく宣伝してるやつだ」

女子職員が言った。

「黒烏龍茶《くろウーロンちゃ》ですか」

「それだ。給湯室には置いてないのか？」

女子職員は苦笑して言った。

「あれは、個人の嗜《し》好品《こうひん》扱いだと思います」

「そうか」

伊藤は茶碗に口をつけてから、顔をしかめた。

「あつつ」

佐伯は立ち上がり、黙礼して応接セットから離れた。


津久井たちの乗る車は、立哨《りっしょう》から許可を受けて陸上自衛隊第十一旅団駐屯地のゲートを抜けた。

　第十一旅団駐屯地は、札幌市の南、真駒内と呼ばれる地区にある。かつて北海道警察学校は、第十一旅団がまだ師団であった当時、その駐屯地の南側に隣接していた。駐屯地も警察学校の敷地も、かつては米軍の基地がおかれていた場所であり、さらにその前は、エドウィン・ダンが拓《ひら》いた官営牧場だった。いま警察学校は、真駒内の南端に移転しており、その敷地跡は広大な団地の一角として呑み込まれている。

　芝生の拡《ひろ》がる駐屯地の中に入って、指示された場所を目指した。鎌田光也が第十普通科連隊にいたときの直属の上官が待っているという。班長であったという一曹で、菅野《すがの》という名だと教えられた。

　教えられたとおりに進むと、芝のラグビー・グラウンドに出た。菅野一曹がそこで班の対抗戦を監督しているとのことだった。グラウンドでは、試合がちょうど終わったところと見えた。ふたつのチームが、円陣を作っている。

　グラウンドの脇に、三段の簡素な造りの観覧席があった。十人ほどの若い男たちが、そこに腰を下ろしていた。上半身裸の青年もいた。

　津久井たちがその観覧席のうしろに車を停めると、すぐにオリーブ色の野戦服姿の男がやってきた。

「菅野です」とその男は言った。「電話で聞いております。古い話なので、さっき、当時の隊員の名簿を眺めておきました」

短い髪で、姿勢のよい男だ。三十代なかばかという歳と見えた。

津久井は名刺を差し出して言った。

「七年前までここにいた、鎌田光也を探しています。総監部のほうで、菅野一曹なら彼の交遊関係も知っているのではないかと教えられてきました」

「特別よく知っているわけではありません」

「上官でしたね？」

「班長でした。鎌田は強盗殺人をやったんですか？」

「いえ、強姦殺人です」

菅野はかすかに驚きを見せた。

「犯人というのは確定？」

「被疑者として指名手配です。彼を覚えておいでですか」

「よく覚えています」

「いい部下でした？」

「まあ。普通科連隊の陸士としては、能力は平均以上でしたね」

「ミリタリーおたくでしたか？」

「銃器好きとか？　いや、とくべつそんな好みはなかったと思いますよ」

「同じ班には、ミリタリーおたくはいました？」

「ふつうよりも好きって感じの隊員は何人かいましたね。おたくでなくても、銃を撃ってみたいから自衛隊に入ったという隊員は少なくないんです」

「鎌田と親しかった隊員というと誰になります？　もしかしたら同じ班ではなかったかもしれないんですが」

「親しかった？　誰かな。わりあいとっつきにくい男だったけど」

「友達は少なかった？」

「群れて遊ぶやつじゃなかったと思うな。班には必ず、三つ四つのグループが自然にできるんですけどね」

渡辺秀明が横から言葉を変えて質問した。

「一緒に飯を食う仲間。一緒に外出するダチ」

「ちょっと待ってください。思い出してみます」菅野はいったんラグビー・グラウンドに目を向けてから答えた。「野村辰夫《のむらたつお》、石丸良平《いしまるりようへい》、寺島淳《てらしまじゆん》。あの連中がわりあい一緒にいたかな」

渡辺秀明がその三人の名前を手帳にメモした。菅野はその手帳をのぞきこんで言った。

「本籍なんかは、総監部で確かめてみてください。三人とも除隊してます」

「北海道出身？」

「石丸だけは、岩手じゃなかったかな」

「つるんで悪さするワル仲間だと？」

「ワル仲間？」菅野は思い当たることがあったようだ。目が少しだけみひらかれた。「そうえば」

「いますか？」

「ええ。あまり外聞《がいぶん》のよいことじゃないんですが、隊内では隊員同士が喧嘩《けんか》したり、暴行したりすることもある。もちろん刑法犯にはならない程度の軽微なものですが、いちおう班長が調べて処理しますし、ときに小隊長、あるいは警務まで報告することもある」

「鎌田もやってたんですね」

「ちょっとなよなよした印象の隊員がいたんですが、この男をいびったりいじめたりということがあった。べつの隊員から報告があって、鎌田から事情を聞いたことがある。一緒にやった男がひとりいます。あのふたりはワル仲間と言えるかも」

「ということは、それ一件だけではないんですね？」

菅野は直接答えずに言った。

「西堀拓馬《にしぼりたくま》。鎌田より一期上です。歳は一緒かな」

「除隊ですか？」

「ええ。鎌田よりも半年早く。いまどうしているかは知りません。これも総監部のほうで確かめてください」

西堀というのは、長野県の小都市の出身だった。体格、体型も鎌田とはよく似ていたとのことだ。格闘技好きで、銃剣術でも班対抗戦の代表だったという。いずれレンジャー資格を取りたいという希望を持っていたが、取得の前に除隊した。

渡辺秀明が確かめた。

「この西堀って男は、問題隊員だったということでいいんですね？」

菅野は、微苦笑して言った。

「戦場に行くかもしれないっていう男たちですよ。腕力をそれなりに信じている者は多いでしょう」

「西堀の場合です」

「自衛隊員としては平均的な男でした」

「でも、いじめはやった」

「マッチョ志向であったのは確実でしょうね」

そこに、ラグビー・グラウンドから、運動着姿の若い隊員が駆けてきた。

菅野がその男をちらりと見てから、津久井たちに言った。

「お役に立てたかどうかわかりませんが、これで」

「収穫でしたよ」と津久井は答え、頭を下げた。

ラグビー・グラウンドの脇から車を発進させたところで、渡辺秀明が言った。

「いま出た名前の中で、寺島淳については、去年鎌田が逃げたときに接触しています。札幌の近く、当別《とうべつ》に住んでいました。除隊後は鎌田とはいっさいつきあいもないとのことでした」

津久井は言った。

「どっちみち、もう一度会う必要はあるだろうな。いまの菅野一曹よりも詳しく交遊関係を知っているかもしれない」

「どうしましょう。次は総監部ですか。それとも隊友会の事務所？」

津久井は答えた。

「千歳。第七師団に行くか」

「いまから向かうと、五時をすぎてしまいますね」

津久井は言い直した。

「隊友会だな」

4

村瀬香里は、黒のレギンスに流行《はや》りの軽やかな白っぽいチュニック姿で現れた。もともと背が高く姿勢のよい娘なので、彼女の印象はずいぶん健康そうに見えた。よさこいソーランのチームのことを聞いていなかったとしても、彼女がいま踊りに打ち込んでいることはすぐわかっただろう。一年前、彼女が風俗営業で働いていたときに較《くら》べ、肌の艶《つや》もいいし、頬からむくみも消えている。長い髪を、いまはうしろにひとまとめにしていた。

「ごめんなさい、わざわざ」

小島百合は村瀬香里に微笑を見せて言った。

「なんていうチームなの？」

「えんれいりんぶ」と村瀬香里は言いながら名刺を差し出してきた。

「名刺があるの？」

「ロゴタイプも作ってるんです」

名刺には、よさこいソーラン　艶麗輪舞、とチーム名が記されている。この手の難しい漢字のネーミングはよさこいソーランのチームの特徴のひとつだ。暴走族やヤンキーたちの美意識にも共通している。

「美容学校の友達に誘われたんです。一回練習観《み》に行ったら、踊りの傾向がけっこう好みなんで入っちゃった。はまってますよ」

「生き生きして見えるわ。あの時期よりも」

「百合さんは、よさこいソーランはやらないの？」

「この時期は、大通署は忙しくなるから。道警にもチームはなかったと思う」

「踊りは嫌い？」

「わたしには格闘技が似合ってるもの」小島百合は話題を変えた。「狙われていると言っていたわね」

「そうなんです」

村瀬香里は真顔となり、左右にちらりと目をやってから、小声で言った。

「脅迫メールがきたんです」

小島百合は確かめた。

「あいつ？」

「いえ。誰からかはわからない」

「携帯電話にメールなら、発信者が誰かはわかるでしょ？」

「携帯じゃないんです」

村瀬香里は、インターネットの有名なサービスの名を挙げた。メンバー制のネットワーク・サービス。メンバー制とはいえ、いまでは若いひとのふたりにひとりは、会員だろう。最近は、このサービスを舞台にした犯罪も増えてきていると聞いていた。小島百合自身は、道警本部生活安全部の研修でシステムを知った。もちろん会員ではない。

「あたし、入ってたんだけど、前はケイタイだけだったから、ほとんど見てなかった。モバイル持ってから、日記もこまめに書いてるんです。そしたら、少し前にメッセージがきた」

「どんな？」

「見つけたよ、気をつけな、って」

「それだけ？」

「ええ。そのふたことだけ」

「あれも、発信人はわかるんじゃないの？　たしか紹介制でしょ。匿名ってわけには、いかないんじゃないの？」

「そうでもないんです。誰が書いたのか見ようとしたけど、もう退会していた。いままだお時間いいですか」

「ええ」

「あたし、自分のネットパソコン持ってきてるんです。見てください」

村瀬香里がネットPCで見せてくれたのは、大手のソーシャル・ネットワーク・サービスの画面だった。村瀬香里自身のページがすぐにモバイルPCのモニターに呼び出された。

「去年、お店辞めてアパート移ったあと、退屈なんでこのモバイルPC買ったんです。そしたらケイタイで観るときより面白くてけっこう書き込むようになって」

村瀬香里は、メッセージの画面を開いた。

「これです」と村瀬香里はカーソルを動かした。

受信リストの中に、差し出し人のスペースが空白のメッセージがあった。

タイトルはこうだ。

「また会おうね」

村瀬香里がこれをクリックすると、メッセージ画面が現れた。

「見つけたよ。気をつけな」

発信の日付は昨日だ。

村瀬香里が言った。

「ほんとうなら、発信人の名前も出るはずなんです。でも、何にもない。あたしにこのメッセを送ったあと、すぐ退会したんじゃないかと思います」

「あなた、このメッセージに、何か心あたりはない？」

「これだけ思わせぶりなんだもの、ひとつだけ」

村瀬香里は、小島百合を見つめてきた。あなたからその名を口に出してよと言っているような目だ。

小島百合は言った。

「わたしは、いやでも鎌田光也を想像する」

「あたしもです」

「でも、鎌田はどうやってあなたを見つけたの？　自己紹介してるの？」

村瀬香里がまた画面をクリックした。自分のプロフィールだというページが出てきた。心配したが、本名は書いていない。小麦、というニックネームを使っている。アイコンは、ロシアンブルー猫の写真だ。フリー・ライブラリーから持ってきたものだろうか。彼女は猫は飼っていないはずだ。

「この名前は？」

「アニメの主人公」と村瀬香里は答えた。「ナースです。前にキャバクラで、あたしナースの格好してたから」

小島百合はざっとそのプロフィールを読んだ。彼女はこう書いていた。

「名前　小麦　性別　女性　現住所　札幌市
誕生日　10月7日　血液型　B　出身地　北海道
趣味　映画鑑賞、グルメ、ダンス、ショッピング
自己紹介　どーも、小麦です。
最近楽しくて楽しくて……何が⁉　って、よさこいソーランのチームに入ったこと。艶麗輪舞ってチームです。いま週二回の練習がむちゃ楽しい。気分も上向き。
好きなペット　ロシアンブルー、飼いたいけど、わたしのいまの生活じゃちょっと無理かな。
好きな食べ物・飲み物　トロピカル・フルーツ、スイーツなんでも、カクテルで〈六月のサッポロ〉バーやまざきのオリジナルね。
好きな休日の過ごしかた　いまはよさこい。以前は、ネットカフェでマンガのまとめ読み」

そこまで読んでから、小島百合は顔を上げて言った。

「これだけじゃ、小麦ちゃんがあなただとは特定できない。村瀬香里へのメッセージだとは言い切れない」

「じゃあ、どうしてこんな意味ありげなメッセ送ってくる？」

「小麦ちゃんがあなただと知ってるお友達からのメッセージだったんじゃないの？」

「あたしの友達は、十六人しかいない。誰も退会してないから、その十六人の友達の誰かじゃない」

「誰かが検索してあなたを探し出したってこと？　でも、これだけの情報じゃあ、あなただと確信は持てないでしょう。もっと個人情報を特定できるようなことを書いてる？」

「あたし、もしかしたら鎌田に、あの仕事してたときに、これやってるってこと、言ったかもしれないって気がするんだ。あいつ、自分はやってないって言ってたから、安心して、ニックネームとか、誕生日とかも」

「それでも、このプロフィールから、これが確実に村瀬香里だと判断するのは無茶だわ」

「日記も少し書いてるの」

「何か、個人情報出したものもあるの？」

「じつはひとつ」

村瀬香里は、またカーソルを動かして、日記をひとつ呼び出した。ふた月ほど前のものだ。

日記のタイトルは「ストーカーなんてぶっ飛ばせ」

村瀬香里は書いていた。

「きょうはあたしの、生命《いのち》びろい記念日。べつの名をストーカー撃退記念日。ちょうど一年前だけど、ストーカーにつきまとわれたことがあるの。でも、むちゃ強い婦警さんがあたしをストーカーから間一髪守ってくれた。感謝してます、大通署生活安全課・婦人警官のK島巡査」


小島百合は顔を上げて訊いた。

「わたしは、ただ強いってだけの婦人警官なの?」

「どう書けばよかった?」

小島百合は答えずに言った。

「あの事件を知っていて、あなたのニックネームや誕生日を知っていれば、たしかにこれは村瀬香里だと特定できるわね。それでも、これが鎌田からのメッセージだと断言はできない。ストーカーをしていたころ、こいつは自分をどう名乗っていたの?」

「店への予約なんかは、鎌田だった」

「今回はどうして名乗らなかったんだろう」

「すぐに警察に通報されるからじゃ?」

「そもそも、これがあいつだとして、どうしてあなたを発見したと、わざわざ連絡してくるんだろう。もしもう一回ストーカーをやる気なら、黙ったままでもいいんだし」

「あたしは仕事も辞めて、アパートも移った。ネットで発見して、やった、という気持ちだったのかな」

「いまのアパートのほうで、おかしなことはある?」

「何もない」

「何か不審なことに気づいていない？　視線とか、つけてくる車とか、自分に向いてるカメラとか」

「いいえ」

小島百合は少し考えてから言った。

「役所に上げるわ。警備するか、あなたをどこかに保護するか」

「そこまでする？」

「あいつは強姦殺人犯で、逮捕されていながら病院から逃げた男よ。かなりのことをやってのける」

「あたしはどうしたらいいだろう？」

「日記にはこのチームの名まではっきり書いてある。ここにくればあなたがいる、と知られた。用心して。今夜はうちに泊まらない？」

「あ、大丈夫です。きょうは、うちに友達が泊まるから」

「彼氏？」

「女友達」

「近くの交番にも伝えておく。ほんとうに用心して。もしかしたら、このモバイルを借りることになるかもしれない」

「相手を逆探知できるの？」

「痕跡とか、あなたの個人情報を調べてみたい」

そのとき、脇を四十代と見える女性がひとり、通りながら言った。

「香里ちゃん、あとでね」

村瀬香里があっという顔になって言った。

「いたんですか」

「電車待ってた。くるんでしょう」

「ええ。追いかけます」

その女性が店を出ていったところで、小島百合は訊いた。

「あのひとも、チームのひと？」

「ええ。裏方さんたち」

「裏方もいるの？」

「踊り手が百人だもの。裏方のサポートがないと、稽古場《けいこば》も取れない。ＰＡ（放送設備）もトラックも使えない。衣裳《いしょう》も揃《そろ》えられない」

「ちょっとしたダンス・カンパニーなのね」

「手が足りないんで、求人情報誌で、裏方ボランティアを募集したみたい」

「力入ってるんだ」

「なにせ、今年は観客特別賞決勝戦出場、センターステージで踊るってのが目標ですから」

小島百合はよさこいソーラン祭りのシステムにはうとかった。毎年六月のこの時期、四日間、札幌じゅうがサンバ・カーニバル状態になることを知っているだけだ。札幌の警官がいちばん有給休暇を取りにくい季節。今年はしかも、円山球場では北海道日本ハム・ファイターズの連戦、Ｊ２のコンサドーレも札幌ドームでゲームがあり、人気のＪポップグループは恒例の石狩浜《いしかりはま》野外コンサート。さらに来週になれば北海道神宮例祭がある。イベントが目白押し、ということは、おかしな犯罪も起こるということになる。イベント会場のどこかに爆弾を仕掛けた、という手紙は、もう定番のイタズラだった。

村瀬香里が、よさこいソーランのシステムを教えてくれた。よさこいソーランに参加して審査を受けたいグループ、つまりファイナルでは大通公園センターステージで群舞を披露し、優勝を狙うチームは、今年の場合、十ブロックに分かれて、評価を競う。これが一次審査である。ブロックごとに優勝チームが決まり、その優勝チームが日曜日のファイナルに進出する。前年優勝のチームは、ファイナルにはシード出場できる。

各ブロックで二位となったチームは、セミファイナルに出場できる。セミファイナルには、一般観客による携帯電話投票で一次審査落ちチーム中の最高位になったチームも出場できる。ただし一次審査でブロック三位以内が条件である。

村瀬香里が言った。

「今年はもうひとつ、観客特別賞っていうのもできました。土曜日にセンターステージで審査。ファイナルとセミファイナル出場チームを除いて、観客のケイタイ投票で上位十チームが出場です。うちは、こっちを狙います」

よさこいソーランのファイナル出場チームが固定化されている、という反省が主催者側にあるのだという。そういったチームは人数も多く、スポンサーもつけて資金力も豊富、音楽も振り付けもプロに依頼するし、衣裳にもおカネをかける。新興チームや地方のチームでは最初から勝負にならない。そのため、最近は参加チームが減少傾向にあるのだった。そこで主催者は、資金力の弱いチームや人数の少ないチームもコンペティションを楽しめるよう、今年は観客特別賞を設けた。参加条件をゆるめ、観客投票だけで十チームを選抜するのだ。大賞審査とのダブル出場はできない。土曜日夕方までの段階で選ばれた十チームが、センターステージで観客特別賞を競う。審査員は、一般から公募された三十名。つまり大手企業役員やら北海道の有名人による審査の大賞とはちがい、かなり一般のセンスが反映された賞となる。艶麗輪舞の目標はこの観客特別賞なのだと。

小島百合は訊いた。

「どうして大賞を狙わないの?」

「無理ですよう」村瀬香里は笑って言った。「踊りも衣裳も、大賞向きの傾向ってあるじゃないですか。どこも審査員たちの好みの傾向に合わせて対策練って出場してるんですから、逆に言えば、ちょっとオリジナルなことをやろうとしたら、一次審査も通らない」

「そういうものなの?」

「ええ。うちは、ストリート・ダンスっぽい振り付けだし。音楽も、ソーラン節のメロディラインなんて最小限。どうしても大賞の審査員のおじさんたちはソーラン節のセンスから抜け出せないから、狙うほうが無理です。あたしたちは観客の目とセンスに賭けます。観客には若い子やいまの踊りが好きな子が多いから、そっちで得点稼ぎます」

「ライバルも多いでしょうに」

「常連組とは、めざすものがちがいます。うちは、踊りと音楽の新鮮さ、それに躍動感で勝負です」

村瀬香里がモバイルＰＣのネット接続を切った。

小島百合は立ち上がって、もう一度言った。

「不安だったら、何時でも電話くれていいわ。飛んでゆく」

村瀬香里は、殊勝そうな表情になって言った。

「思い過ごしだといいけど、もしものときはお願いします」

小島百合はうなずいた。彼女は一度、道警の強姦殺人犯逮捕のためのおとりとなってくれた。危険を承知で。だから自分には、その義理があるのだ。自分はこのあと何度でも、彼女を守ってやるつもりだ。ましてや、あの鎌田光也にもう一度村瀬香里を襲わせるようなことはしない。


津久井卓は、渡辺秀明と一緒に、北海道隊友会の事務所を出た。北海道庁に近い古いオフィス・ビルの一室である。ということは、道警本部ビルにも近いということだった。津久井たちはいったん本部に戻り、駐車場に車を置いてから、この事務所を訪ねたのだった。ビルに入るときフロア案内を見たが、いわゆるロビー団体が多く事務所を構えているビルのようだった。おそらく天下り役人たちの比率も高い建物なのだろう。

ビルのエントランスを出たところで、渡辺秀明が言った。

「隊員の除隊後については、意外に把握されていないものなんですね」

津久井は同意した。

「二十万人の組織で、その大半が数年で入れ代わるんだ。下っ端《ぱ》隊員については、そんなものだろう」

渡辺秀明は、手に提げた紙袋から、鎌田光也と同時期、同じ班にいた隊員の連絡先のリストを取り出した。自衛隊を除隊しても隊友会には入らない者も少なくないというから、当時の在籍者の三分の一程度のリストである。しかもそのリストがどの程度生きているかというと、これもせいぜい半分ぐらいだろうとのことだ。第十一旅団で菅野から聞いた四人の名前のうち、連絡先がわかるのはふたりだけだった。それも、実際に電話してみなければ、ほんとうに連絡がつくかどうかはわからない。

渡辺秀明が歩きながら言った。

「野村と西堀は不明。石丸と寺島は、実家が判明。石丸の現住所は不明」

「実家で暮らしている可能性もある」

「石丸は岩手県盛岡市。寺島は、石狩郡当別町。寺島については鎌田が脱走したときに、捜査本部で出向いています。オヤジさんは大衆食堂経営だとか」

「本人は何をやってた？」

「おれが聞き込みに行ったわけじゃないんで、正確な記憶じゃないかもしれませんが、地元の農業機械センターだかの勤務じゃなかったかな。大型の農業機械を運転してるようです」

「自衛隊経験を糧にしてるんだな」

「鎌田は、べつの技能を糧にしてるようですが」

5

小島百合の報告に、直属上司である係長の長沼行男《ながぬまゆきお》が言った。

「それだけでは鎌田かどうか、判断しようもないな」

夜の札幌大通署生活安全課のフロアだった。いまは当直勤務の職員しかいないので、フロアはがらんとしている。小島百合は村瀬香里と会ったあと、すぐに大通署に戻ってきたのだ。

カウンター近くの席では、もう定年間近という男性警察官が、電話の相手にしきりに相《あい》槌《づち》を打っていた。相手はたぶん、生活安全課に電話することが趣味となっている老人だ。

猫の糞《ふん》、路上駐車、ゴミ出し規則違反、騒音、児童公園でのボール遊び……。通報というか、苦情というか、その老人が持ち出すトラブルはさまざまだ。小島百合も三度か四度、その電話の相手をしたことがある。その電話はたいがい小一時間続く。辛抱強く相手の話を聞いてやることは、大通署生活安全課の当直勤務者の義務だった。

長沼が繰り返した。

「判断しようもないだろ」

小島百合は意識を長沼との会話に戻し、半分だけ同意しつつ言った。

「村瀬香里には、鎌田に執着される理由があります。鎌田の側から考えても、最後のところで目的を達成できなかった。村瀬香里への執着はよりいっそう強くなった可能性があります。なにせ、逮捕されても観念しないで、逃げたぐらいの男なんですから」

「もう一度村瀬香里を襲うために、逃げたんだと？」

「もちろん刑務所行きもいやだったのでしょうが、それでもかなり目的意識が強く、粘着質な男であることはたしかです」

長沼は、額を右手の指でかいてから言った。

「それで、わざわざ札幌へ戻ってきたというのか」

「そう考えておいてもよいと思います。一パーセントの可能性でも、これに対応しておいたほうが」

「明日、捜査本部のほうにこの情報を上げる。判断しだいでは、村瀬香里の警備には、うちじゃなく、本部のほうが人手を出すことになる。ご苦労さん」

小島百合は椅子から立って一礼した。

自分の取り越し苦労だとよい、とは思うのだ。発信人の名もない、具体性のない文面。

「また会おうね」

「見つけたよ。気をつけな」

誰か知人が再会を期待して書いたのだとしたら、「気をつけな」という言葉に違和感がある。匿名で、このメッセージだけ送ってたちまち正体を隠したというのも奇妙だ。単なる軽いいたずらなら、わざわざ退会してしまうというのも納得できることではない。やはり、一度深刻なストーカー被害に遭った女性なら、用心深くなってよいだけのメッセージなのだ。

エントランスに向かおうとすると、長電話の相手になっていた初老の男性警官が黙礼してきた。名物老人からの電話は終わったようだ。

小島百合は、その警官、加藤信夫《かとうのぶお》巡査部長に訊いた。

「きょうの苦情はどんなものでした？」

加藤は、苦労人っぽい皺《しわ》の多い顔で言った。

「よさこいソーランの音がうるさいって」

「この時期は、その苦情が多いですね」

「もうひとつ。近所の廃屋に誰か住み着いてるぞって。火事でも出る前にと、通報してくれた」

「裏金発覚以来、そういう市民に出会うことがめっきり減りましたね」

退庁のあいさつをしてエントランスに出ると、知り合いの若い捜査員に会った。刑事課の新宮昌樹巡査だった。清潔そうで、多少頼りなくも見える青年。絶対に組織犯罪対策課は勤まりそうもない風貌《ふうぼう》。彼も退庁するところだ。

ふと思いついて、小島百合は声をかけた。

「新宮くん、少し時間ある？」

新宮は、かすかにおびえたような目を小島百合に向けてきた。

「ありますけど」

「何よ、その顔」

「叱《しか》られるのかと思って」

「ちがうわ」誤解されたことに多少腹を立てつつ、小島百合は訊いた。「あなた、あのネットトサービス、入ってる？」

村瀬香里がメンバーの巨大ソーシャル・ネットワーク・サービスの名を出した。

「ええ。ぼく、若いですから」

いちいち気に障《さわ》ることを。

小島百合はその想いを隠して確かめた。

「近くのネットカフェで、どんなものか見せてくれない？　仕事で相談を受けたんだけど、どんなものかよく知らないの」

「小島さんは、ネットの達人かと思ってましたよ」

「警察データベースの達人ってだけよ。どう?」

「西五丁目のマンガ喫茶に行きましょう」

北一条通りへと歩き出してから、小島百合は訊いた。

「きょうはチーフは?」

新宮の直接の上司にあたる佐伯宏一警部補のことだ。きょう珍しく、誘いのeメールをくれた男。

「誰かに会うとかで、早々に帰りました」

「そう」

大通公園を南に横切り、路面電車が走る通りに出た。新宮が、ここですと案内してくれたのは、雑居ビルの二階だった。

新宮は何度も使っているらしく、手早く手続きをすませ、伝票を手に店の中に入った。フロアの入り口寄りは、大テーブルの並ぶ開放的な造りで、個室などがあるのは奥のほうだ。マンガの並ぶ書棚も、またべつのスペースにあるのだと見える。

窓側に向けてPCの並ぶ席があった。パーティションでは仕切られていない。複数の人間が同時に一台のPCのモニターをのぞきこめるようになっている。新宮が席を勧めたので、小島百合は腰を下ろした。

「身分証明は必要なかったの？」

「入会のときにうるさい店もありますけど。ここはちがう」

「こういう店でＰＣを使えば、ＰＣから自分が特定されることはないのね」

「そのうち規制も厳しくなるでしょうけど」

新宮が、ＩＤとパスワードを入力して目の前のモニターに自分の登録画面を呼び出した。

「はい、これがネット上のぼくです」

小島百合はモニターを見つめた。全体にオレンジ色っぽくデザインされた画面で、四角い枠の中に新宮昌樹の書き込みが並んでいる。

「ニックネームは、まさき」

アイコンは、バーのカウンターの写真だった。カクテルのグラスが置かれている。

「職業は、地方公務員
趣味は、ドライブ、スポーツ観戦
好きな映画は、ターミネーター・シリーズ、中国武侠映画
現住所　北海道」

そのプロフィール欄の左手に、自分の友達がアイコンつきで並んでいる。新宮はこのサービス内に二十人の友達がいるらしい。それが平均的な数字なのかどうか、小島百合には

よくわからなかった。

「教えて」と小島百合はモニターを指して言った。「ここに入るには、紹介が必要なんでしょ？　つまり、メンバーの身元は確実ってことよね」

新宮昌樹が言った。

「原則はそうなんですが、誰でも紹介しますよというサイトもあるようです。だから、友達なんていなくてもとりあえず入会は可能」

「こういう店のＰＣからでも？」

「自分のメールアドレスがあれば」

「ここで誰か自分の友達を探したいときは、キーワードで検索するのよね？」

「プロフィールの中のキーワード。本名か、ニックネームか、誕生月日とか」

「ニックネーム、小麦。十月七日」

新宮がそのとおり検索欄に入力した。

候補が四人出てきた。そのうちひとりのアイコンがロシアンブルー猫だった。さっき見た村瀬香里のものと一緒だ。

「それを」

新宮がクリックすると、ずばり村瀬香里の登録画面が出た。

つまり、村瀬香里が会員であること、そして彼女のニックネームと誕生月日を知っていれば、このサービスの会員なら容易に彼女にたどりつける。日記を読めば近況も知ることができるわけだ。とくに艶麗輪舞というよさこいソーランのチームの固有名詞まで、彼女は日記で書いてしまっている。艶麗輪舞と接触するなら、村瀬香里本人に行き着く。

新宮が訊いた。

「これって、去年小島さんが助けた女性じゃないですか」

「そうなの。彼女を知っていれば、そうだと特定できるわね。本名は書いていないけど」

「何かトラブルでも？」

「ええ。あまり目立っちゃいけない娘なのに、すぐにわかるところで個人情報さらしている。ちょっと危ない」

小島百合は、彼女が日記で、あの鎌田光也逮捕の日のことを書いていたのを思い出した。あの記述の中に、婦人警官のK島巡査、と自分のことが書かれていたが。あれも、問題のある書き込みだ。

鎌田光也逮捕のとき、道警本部は強姦殺人犯に警察官が拳銃を発砲して逮捕したと発表した。犯人は札幌在住の女性に対してストーカー行為を続けていたが、捜査本部は狙われていた女性を張りつけ警戒しつつ、被害が出る寸前に逮捕したと。犯人は大型の刃物を持っており、きわめて切迫した状況下での適切な拳銃の使用であったともつけ加えられた。

このときメディアからは、その状況についてのより詳しい説明と、第二の犠牲者が出ることを防いだその警察官の名前も発表してくれと要請があった。記者発表は逮捕翌朝のことであったが、このときまでにはおそらく現場にいた警察官の誰かのもらした言葉から、発砲したのが女性警官であるとメディアに知られていた。メディアとしても、女性警官が強姦殺人犯を撃って逮捕したという事実は、ニュースとして価値あるものであったろう。詳しいストーリーを求めるのは当然とも言えた。しかし捜査本部は、警察官の名を発表しなかった。メディアからは、その警察官は男性か女性か、という確認の質問があったが、道警はこれに対しても回答しなかったのだ。

なのに村瀬香里ときたら、鎌田光也を撃ったのは婦人警官のK島巡査とまで書いてしまった。これって、自分にとってはあまりうれしいことではない。恥じ入ることはひとつもないが、しかし何かしらの危険も呼び込みかねない情報なのだ。もし村瀬香里にあのメッセージを送ったのが鎌田光也だとしたら、彼は容易に自分を撃った女性警官の身元を知ることになる。K島巡査、ではもう苗字《みょうじ》を書いてしまったも同様なのだ。大通署の生活安全課配属ということにもいずれたどりつくだろう。鎌田光也は村瀬香里に執着しつつ、同時に小島百合への復讐《ふくしゅう》も計画することができるのだ。

小島百合はふと思いついて新宮に言った。

「ちょっと場所代わって」

新宮が素直にモニター前のスペースを空けた。

小島百合は、いったん検索エンジンを呼び出し、その検索スペースに三つの語を入れた。

「鎌田光也　ストーカー　逮捕」

新宮が横から訊いた。

「何を検索するんです?」

「まさかあの男とわたしの接点が、ネット上に載ってたりしてないかと心配で」

画面が変わった。

「検索結果、六件ヒットしました」と出た。

五件は新聞のサイトのようだ。ひとつだけが、誰かの個人ブログだ。そのブログのタイトルをクリックしてみた。

その記事が表示された。

昨年四月の日付だ。鎌田光也の逮捕直後、正確には逮捕から五日目の記事ということになる。

こう書かれていた。

「このストーカー殺人犯、鎌田光也はもうひとりの犠牲者を狙っていた。道警は詳しい状況を発表していないが、住居侵入で逮捕、というところから想像するに、じっさいに狙いをつけた女性の住居に侵入するところまでいっていたのだろう。犠牲者が増えなかったのはひとえに、その女性をガードし、間一髪のところで鎌田光也を逮捕したチームの功績だ。やはり道警は発表していないのだが、この殺害犯に発砲したのは、大通署生活安全課の女性警官だという噂《うわさ》がある。女性のガードには女性警官があたるのは当然だから、この噂には信憑性《しんぴょうせい》がある。

ところで、大通署生活安全課には、有能で有名な女性警官がいる。剣道四段、県警対抗大会では八位になったこともある女性だ。ここには書くことのできない事件の捜査でも大活躍したとか。小島百合という巡査なのだが、筆者は殺人犯に発砲した女性警官というのが彼女であってもまったくふしぎではないと思う。札幌に彼女のような女性警官がいるということは、なんと頼もしく心強いことか」


小島百合は、思わず悪態をついた。

「この野郎！」

新宮がかすかにたじろいだようだ。

彼はのぞき込んで言った。

「これって、鎌田を撃ったのは小島さんだって言ってるのと同じじゃないですか」

「誰が書いているんだろう」

小島百合はそのブログのプロフィール欄を読んだ。全国紙の北海道支社で編集部長という肩書の男だった。三沢《みさわ》、という。小島百合の知らない男だ。

「新聞記者」と、小島百合は驚いて言った。なるほどそれなら、この程度の情報は耳にできる。でも、それをこんなかたちで書いてしまうとは。

新宮が言った。

「詳しいことを発表しなかった腹いせでしょうか」

小島百合は言った。

「知らなかったけど、わたしは鎌田光也に発砲した女性警官として、一部には知られていたのね」

「削除を求めてもいいんじゃないですか」

「新聞記者相手にそれをやるのは、きついわ。うまく突っ込まれないような書き方をしている」

「噂と書けば何を書いてもいいってことにはならないでしょうに」

小島百合は、もう一度検索エンジンを呼び出して、キーワードを入力し直した。

「鎌田光也　女性警官」

同じブログがひっかかった。

逃げた鎌田光也は、自分を撃った女性警官が誰か、すでに特定した可能性もあるのだ。

水曜日

1

輸送車の並ぶ庭が、窓の外に見えた。その向こう、道を隔てた広場には、戦車が三両並んでいる。陸上自衛隊第七師団の東千歳駐屯地だった。渡辺秀明が窓に寄り、携帯電話でその戦車を撮影したのを、津久井は見逃さなかった。

ほどなくして、小部屋に制服姿の尉官が入ってきた。書類ホルダーを小わきに抱えている。

津久井卓は渡辺秀明と一緒に立ち上がってあいさつし、名刺を差し出した。

「吉沢《よしざわ》です」とその尉官は名乗った。「鎌田光也の件、総監部のほうからも連絡をもらっています」

津久井は席に腰をおろしてから訊《き》いた。

「いかがでしょう。鎌田光也という隊員と親しかった男。すでに四人の名は教えていただいていますが」

吉沢が、テーブルの向かい側で訊いた。

「どんな名が出ています?」

渡辺秀明が手帳を見ながら言った。

「野村辰夫、石丸良平、寺島淳。西堀拓馬」

津久井があとを引き取って言った。

「同じ班の隊員たちと聞きました」

吉沢は書類を開いて目を落としてから言った。

「陸士たちの多くは、二年の任期を務めたところで、除隊します。鎌田は四年おりましたが、一応名簿を見ないことには、ひとりひとり覚えていないのです。連絡をいただいて少し思い出したところです」

津久井は訊いた。

「いまの四人のほかに、小隊で鎌田と親しかった者はいますか？」

「西堀と起こした一件はご承知なのですね？」

「いじめの件ですね。昨日、第十普通科連隊の菅野一曹から聞きました」

「鎌田は、もう一回隊内処分を受けたことがあります。三人がつるんでの規則違反でした」

「何をやったんです？」

「博打《ばくち》でした」と吉沢は答えた。「ま、営外で雀荘《ジャンそう》に行くのでしたら、とくに問題にはしませんが、連中はノミ行為をやったんです」

「ちょっと待ってください。連中というのは、鎌田と西堀と、もうひとり誰です？」

「棚橋《たなはし》という男です。棚橋幸夫《ゆきお》。鎌田とは別の班でした。鎌田よりも二歳年上でしたね」

「ノミ行為というと？」

「ボクシング試合です。たしか世界バンタム級タイトルマッチか何か。隊内でカネを集めました」吉沢はかすかに不安そうな顔を津久井に向けた。「刑法犯になりますか？」

「ま、微妙ですが、きょうはその件できているのではありません」

「ともかく、その三人がそういう行為をやったとわかり、きびしく処分しました。外出禁止二週間」

「その一件だけ？」

「わたしのもとに上がってきたのは、その一件だけです。でも、三人とも、そういう規則違反に常習性を感じるところがありました。そのことを思い出しました」

「棚橋はその後は？」

「二年で除隊です。鎌田、西堀とほぼ同時期ですね」

「消息はわかりますか？」

「いえ、除隊後のことはわかりません」

吉沢は、入隊時の記録を見せてくれた。宮城県利府《りふ》町出身だ。渡辺秀明がその本籍地、両親の住所を手早くメモした。

津久井は確認した。

「ほかに、鎌田が親しかったと思える隊員はいませんか？」

「たぶんそうだろうと思い出せるのは、それだけです」

渡辺秀明が訊いた。

「いまの三人の中で、リーダー格は誰でした？」

吉沢は少し考える様子を見せてから言った。

「ノミ行為を主導したのは、たぶん棚橋だったでしょう。でも、リーダー格だったのは、西堀だったのではないかというふうにも思います。なんとなくの印象ですが」

「鎌田ではない？」

「鎌田は、ほかを引っ張るほうではなかったように思います。菅野一曹はなんと言っていました？」

「とくには」

「鎌田は、口数も少なかったし、リーダーも引き受けないかわり、子分でいるのも苦手というタイプだったように思います。必要があれば他人と手を組むけれど、基本的にはひとりで勝手にやるタイプ。調べたときの印象だけで言いますが」

また渡辺秀明が訊いた。

「棚橋って男は、軍事おたくか銃器おたくの傾向はありましたか？」

「いや、よくわかりません」

津久井は頭を下げて立ち上がった。

「どうもご協力ありがとうございます」

東千歳駐屯地を出るとき、渡辺秀明が津久井に訊いた。

「次は？」

「当別」と津久井は答えた。「寺島に当たる」

渡辺秀明はうなずいて、車を加速した。

津久井はふと、渡辺の横顔を見て訊いた。

「渡辺さあ、お前、自分自身が軍事おたくってことないのか？」

「どうしてです？」

「駐屯地で、あの戦車の写真撮っていたろう」

「撮ることは撮りましたけど、おたくとは全然ちがいますよ。それにあれ、戦車じゃありません。自走砲です。七五式自走榴弾砲《りゆうだんほう》。口径は」

「いや、いい」

津久井は渡辺の言葉を手で遮って、視線を前方に向け直した。


連続ひったくり事件の聞き込みを終えて署に戻ったとき、伊藤成治が佐伯に言った。

「新宮を貸してくれ」

新宮が佐伯にいぶかしげな顔を向けてから、その場に立ち上がった。

「はい？」

伊藤が新宮に言った。

「本部に行ってくれ。暴対の庶務から、段ボールひとつ、プレゼントだそうだ」

例の前島興産事件の証拠類が返却されるということだろうか。伊藤は思いのほか素早く本部と交渉してくれたことになる。

佐伯は訊いた。

「わたしも行きましょうか」

「いい」と伊藤は言った。「本部では、あんたが姿を見せると身構える。って言うか、神経質になる者もいるんだ。新宮に取りにゆかせたらいい」

「前島興産事件の書類とかですね」

「ああ。べつの盗難事件の補強証拠として必要だとねじこんだ。もう要らないから早く片づけてくれってことだった」

新宮が佐伯に言った。

「すぐ行ってきます」

新宮がフロアを出ていったところで、伊藤が佐伯に言った。

「今晩、空いてるか」

「ええ」

「サウナに行くべえ」

伊藤は、札幌駅近くのホテルの名を出した。そこのサウナと大浴場は、設備の豪華さで有名である。泊まり客ではない場合、入浴料金もけっこうなものだ。警官がおいそれと利用できるところではないのだが。

「優待券もらってるんだ。期限が明日までな。使っちまって、ビール飲むべ」

その言葉を額面どおりに受け取ることはできなかった。何か話したいことがあるということだ。それも、男同士が裸で、腹を割って、ということだろう。

「いいですよ」と佐伯は承諾した。

2

トラクターから降りてきたのは、二十代後半の体格のよい男だった。

自衛隊出身ということで、津久井はなんとなくその青年、寺島を、短髪と思い込んでいた。しかし、長めの茶色の髪だ。顔だちも、むしろ優男《やさおとこ》である。

津久井は警察手帳を見せて名乗り、電話でも告げた用件をもう一度口にした。

寺島は苦笑するように言った。

「あいつ、まだ逃げてるんですか」

「そうなんだ」津久井は答えた。「その後、噂《うわさ》なんて聞かないかな?」

「おれ、もう自衛隊のときの仲間とは完全に切れてますからね。誰とも連絡はないし」

「鎌田とは親しかったんだろう?」

「班では、二段ベッドの上と下でしたし。ま、飯を食うテーブルも一緒のことが多かったですから」

「じっさいに鎌田と親しかった隊員となると、誰なのかな」

「親しかった連中？」

寺島は、思い出そうとするかのように周囲に目を向けた。耕地改良事業なのか、ラグビー・グラウンドが何面も取れそうな平坦地《へいたんち》で、ほかにいま二台のトラクターが作業中だ。六月というせいもあって、午後六時を過ぎてはいるが、まだ空は明るい。

寺島は言った。

「野村、石丸、西堀なんて連中と、わりあい親しかったかな。とくに西堀」

「いまどこにいるか知ってる？」

「西堀ですか？　東京のほうじゃないですか。除隊したら、東京に出るとか言ってたような気がするから」

「彼は、ミリタリーおたくだったかい？」

「あいつ？　多少その気はあったかもしれないけど」

「多少ね。鎌田と較《くら》べてどうだろう？」

「鎌田はちがいましたよ。あいつはむしろ、パソコンおたく」

「ほう？」これは初めて耳にする情報だ。「パソコン使ってた？」

「いや、外出の日には、おれらパチンコ屋に行ったけど、あいつはネットカフェ」

「マンガ喫茶ではなく、ネットカフェなんだね？」

「そう。出会い系なんかも、よくのぞいてたみたいだ。じっさいにナンパできてたのかどうか知らないけど、そういうやつでしたよ」

渡辺秀明が訊いた。

「棚橋って男のことは知ってるかな」

「ああ。覚えてます。親しくはなかったけど」

「どんな男だった？」

寺島は、少しだけためらう様子を見せてから答えた。

「何か、悪さいっぱいやってきた男みたいに見えましたね」

「たとえば？」

「カツアゲとか、万引きとか、自転車泥とか」

「事実なのかい？」

「いや、雰囲気ですよ」寺島は真顔になった。「おれがこんなこと言ってたなんて、棚橋には言わないでくださいよ」

「言わないさ」

そう答えながらもわかった。棚橋という男は、同僚隊員たちまでもが何かしらおびえじみたものを感じる男のようだ。吉沢も言っていた。犯罪傾向。先入観で見るのは危険だが、津久井は経験的に、印象というのは案外あとから考えても正しい場合が多いことを知っていた。そうした印象はふつうすぐに情報によって修正されるものだが、べつの言い方をすれば、それは情報によって目が曇るということである。情報など何も持っていないうちに受けた印象は、おおむね当たっている。

津久井は思った。鎌田の犯罪の相棒として目星をつけるとしたら、やはりこの男ではないか。

北海道警察本部大通署地域課の山上翼《やまかみつばさ》巡査は、指示された番地までできて自転車を停めた。きょうの午後、大通署の生活安全課から連絡があったのだ。いつもの電話魔爺《じい》さんから、また長電話があった。よさこいソーランの音がうるさいという件と、近所の廃屋にひとの気配がある。浮浪者でも住み着いているようなら危ないのではないか、というものだったという。

警察官となって三年目になったばかりの山上巡査は、いま派出所長に指示されて、その爺さんの家を訪ねてきたのだ。苦情電話はしっかりと聞いた。このとおり対応もしているということをアピールするためだった。山上は、この電話魔爺さんと呼ばれる老人については、北一条東交番勤務となったときに先輩警官たちから教えられていた。昔は木材店を経営していた男で、その後はいくつかの家作で不動産経営、今年八十二歳だが、言葉も身体もかくしゃくとした老人なのだという。仙波《せんば》雄太郎《ゆうたろう》という男だ。警察に対しても協力的で、バブルの時期、近所で暴力団抗争があったときは、地元町内会を率いて暴力団事務所の追放運動の先頭に立った。このとき地上げに抵抗したため、老人の住居やアパートのある一角は、時代に完全に取り残されたエリアとなっている。札幌の創成川《そうせいがわ》東エリアでは珍しく、昭和三十年代の雰囲気がそのまま凍結されたような区画となっているのだ。老人が大往生したあと、おそらく大規模な土地再開発が始まるのだろう。

老人の住宅は、下見板張りの木造二階建てだった。小樽市出身の山上には、多少なつかしい印象もある住宅だ。自分の故郷の町には、この年代の住宅はかなりの割合でなお現役である。

仙波雄太郎、と彫られた大きな表札を確認してから、山上はチャイムのボタンを押した。すぐに戸が開いて、偏屈そうな老人が顔を出した。かつては木材商だったはずだが、その風貌《ふうぼう》も雰囲気も、どちらかといえば商人のそれではなく、職人のものだった。若い暴力団幹部ならば、一目置いて接したくなる老人かもしれない。

山上が名乗ると、仙波老人は言った。

「新しいひとか?」

「はい。二月から、北一条東交番です」

「昨日おれが電話した件かな」

「はい。廃屋にひとが住み着いているとか」

「電話したのは、よさこいソーランの騒音のことだよ。聞こえるだろ?」

たしかに聞こえることは聞こえる。でも、そうとう遠くからのものだ。豊平川《とよひらがわ》の河川敷かどこかで、練習しているチームがあるのだろう。その音が風に乗って流れてくる。しかし、騒音と言えるレベルのものではなかった。南一条通りを走る自動車の走行音のほうが、はるかに騒々しく聞こえる。

それでも山上は、仙波老人を刺激せぬように言った。

「もうそろそろ練習も終わるでしょう」

「明日からは、お祭りだな」

「そうですね」

よさこいソーラン祭りは木曜日から始まって、日曜日の夜に終わる。明日から四日間の大イベントなのだ。この間、大通公園一帯や北海道庁構内、繁華街の薄野、駅前通り、JR札幌駅前広場などがステージもしくは演舞の会場となり、百以上の参加チームが踊りの優美さ華麗さを競い合う。道警本部は、この大イベントの警備に全道の方面本部から応援を派遣させるのだ。

「おれは、あの祭りが大嫌いなんだ。うるさすぎないかね?　この時期は札幌が乗っ取られてしまうようなものだ。おれみたいな年寄りには、頭かきむしりたくなる祭りだよ、まったく」

「そうですね。警察も、大きすぎる音楽に対しては、指導しているはずですが」

「あの踊りも気に食わない。どこがよさこいだ？　どこがソーランだ？　衣裳はどこも蒙《も》古《こ》とか韓国のみたいだし、音楽はアメリカのものだろ？　日本の伝統をぶち壊しているのがあの祭りじゃないかね」

「そうなんでしょうね。自分は参加したことがないんですが」山上は話題を警察が気にしているほうに向けた。「ところで、廃屋というのはどちらです？」

「うちの裏だ」

仙波老人は玄関を出てきた。案内してくれるようだ。山上は仙波老人のうしろについて、住宅の裏手にまわった。

高層ビルも、建坪《たてつぼ》の大きいビルもない一角だ。駐車場となった空き地も目立つ。少し傾いても見える木造の賃貸アパートらしき建物が、駐車場の金網の塀の向こう側に並んでいた。通り抜け自由と見える通路が、その空きスペースの多い一角のあいだを走っている。

仙波は通路を歩いて、倉庫か、あるいは何かの作業場の跡にも見える建物を指さした。壁に錆《さび》だらけのトタン板を張り付けている。屋根もトタン葺《ぶ》きだが、一部ははがれて下の板がむき出しだった。

「その三軒は空き家なんだ。なのに、いちばん奥に、明かりが見えた。隙間《すきま》からね。昨日の夜」

「仙波さんの所有ですか」

「ちがう。以前、そこで自転車屋やってたひとの建物。みなさん移ってしまって、管理がどうなってるのか、よくわからないんだ」

「施錠なんてされてないのかな」

「前は戸口には板が打ちつけてあった。気がついたら、奥の出入り口の板がなくなってている」

仙波がまた先を歩きだした。山上は仙波のうしろを歩いて、駐車場に隣接したその建物に沿って奥へと進んだ。建物の向かい側では、自転車ほどの大きさのものにブルーシートがかけられている。

ガラスをはめ込んだ古めかしい引き戸の出入り口があった。とくに板などは打ちつけられていない。しかし、南京錠《ナンキンじょう》がかかっている。まだ新しいものだ。

「これは？」と山上は訊いた。

「あれ？」仙波が首をかしげた。「いつから錠がかかってたんだ？」

「昨日は？」

「見なかった。いや、あったのかな」

山上は仙波を見た。八十二歳。しっかりしているように見えるが、やはり多少は記憶力も衰えているか？　ふつう、空き家に施錠するとすれば、それは所有者だろう。あるいは借り主か。つまりここは、施錠されている以上、しっかりと管理されている建物ということだ。廃屋ではない。居住者はいまいないにせよ。

山上は、電気の引き込み線を探した。すぐ近くの建物まで、電線は通じているが、この建物には届いていない。電気は使えない建物なのだ。

山上は仙波に訊いた。

「明かりは、どこの隙間から見えたんです?」

「その窓の脇《わき》」

仙波は玄関口から横に歩いて、外側に工事用の合板《ごうはん》が打ちつけられた窓を示した。合板は一部が欠けており、中をのぞくことができた。内側にはガラス窓もなかった。

山上は持っていた懐中電灯で中を照らした。床板がむきだしになった空間で、板や建具類が散らばっている。ひとがいる気配はない。少なくとも懐中電灯の明かりで見える範囲では。

山上は懐中電灯をホルダーに収めて仙波に言った。

「錠がかかっているし、窓もこのとおりだ。何かの見間違えかもしれませんね。でなけりゃ、所有者がきたのか」

「いや、見間違えじゃないよ。たしかに明かりがあった」

「電気の?」

「小さなものだ。ろうそくの灯《あかり》かもしれない。夜だから目立った。おれは、たぶん浮浪者が入り込んだのだと思った」

「前にもそういうことが?」

「以前、地上げ屋のやくざが、チンピラを近所の空き家に住まわせたことがあるよ。居住権を楯《たて》にして、土地を売れってことだった。あのときのことがあるから、神経質にもなるんだ。おれの持ち物じゃなくても」

「いま、このあたりは地上げなんてかかってるんですか?」

「いや。こういう景気だ。地上げなんて、もっと市街地寄りの話だろう。だから、浮浪者なのかなと思ったのさ」

「このとおり、異常はないようでしたね」

「そうかなあ」

仙波は合点《がてん》が行かない様子だ。

山上は、振り返ってブルーシートのほうに歩きながら言った。

「何かまた様子のおかしなことが起こったら、電話をください。大通署でなくても、交番にでもかまいませんから」

言ってから、失敗したと思った。この老人は苦情の長電話で有名だった。交番では受け付けるなと、上司に注意されていたのだ。

「あ、交番よりも、大通署のほうが確実です」

ブルーシートの下をのぞくと、そこにあったのは業務用のバイクだった。廃品ではないようだ。まだ使えるものに見える。

「これは、どこのだろう?」

「さあ。いつからあったのかな」

うだ。


「ここのオーナーのものじゃない？」

「ここにきていないんだから」

「施錠にきてるようですし」

「じゃあ、うちに寄っていってもいいのにな」

完全にブルーシートをはがしてみた。ナンバープレートがついている。一二五cc車のようだ。


山上は、そのナンバーを手帳に書き留めてから、ブルーシートをもとに戻した。

仙波は、いまきた通路を戻りながら山上に言った。

「あんたみたいに、すぐに飛んできてくれるお巡《まわ》りさんばかりだといいのになあ。ときどき、無視されるんだ」

「気軽に声をかけてください。でも、通報の電話は大通署のほうに」

「わかってる。それにしても、よさこいはうるさいな」

山上は、声に出しては同意しなかった。ただうなずくだけにとどめた。自分にとってよさこいは、うるさいというよりは、六月を一年でいちばん多忙なものにしてくれる、面倒なイベントということなのだが。

村瀬香里からまた電話があったのは、その日の午後五時を少し過ぎたところだった。彼女は小島百合に言った。

「また、へんなメールがきました。こんどはケイタイにです」

「ケイタイに？」小島百合は事態を呑《の》み込めないままに訊いた。「あいつから？」

「いえ。それが、わからなくて、あの、友達のケイタイから」

村瀬香里も混乱しているようだ。

「すぐ行くわ。どこに行けばいい？」

「よさこいの稽古《けいこ》があるんです。琴似区民交流センターにきてもらうこと、できますか」

「駅のそばね」

「ええ」

「ひとの中にいて。ひとりにならないで」

「はい」

村瀬香里の指定した琴似区民交流センターは、ＪＲ琴似駅から歩いてほんの五分の距離にあった。二階建ての、築二十年以上と見える愛想のない箱型のビルだった。何かべつの施設として建てられたものの転用なのかもしれない。

エントランスで中の案内を見ると、いくつかの会議室のほかに、奥に小さな体育館があることになっている。ママさんバレーの練習などに使われているようだ。体育館使用予定を見ると、きょう使うことになっているのは、艶麗輪舞だ。村瀬香里のチームだった。

小島百合は廊下を進んでその体育館の入り口へと歩いた。入り口手前に靴箱があって、土足厳禁の注意書き。小島百合は、入り口のドアを開けて、中を見渡した。

中では、三十人ぐらいの女性たちが、めいめいに身体を動かしていた。みな上下黒のファッションだった。踊りの衣裳なのだろう。黒いタンクトップ。ゆったりした黒いカーゴパンツふうのパンツ。小島百合はその衣裳に、何年か前のアクション映画を思い出した。トレジャー・ハンターの女性が主人公の映画。あの映画の中では、よくシェイプされた肉体を持つ若い女優が、男性顔負けのアクションを披露するのだった。正直なところ、小島百合自身も少し、女主人公の姿に見惚《ほ》れてしまった映画だった。

その衣裳を着た女性たちの中には、ストレッチをやっている者もいれば、ラジオ体操で身体を動かしている者もいる。ヒップホップふうのダンスを踊っている者もいた。めいめいがウォームアップをしているのだろう。年齢層は十代後半から二十代といったところか。よさこいソーランのチームには、主婦や年配女性層が厚いところもあるが、ここは若い女性が主体らしい。女性ばかりと見えたが、奥のほうで旗を振る練習をしているのは若い男性だった。男性は全部で七人か八人いる。

村瀬香里が小島百合に気づいてすぐに駆け寄ってきた。彼女も黒い衣裳姿だ。額に汗を浮かべている。

「すいません、わざわざ」と、村瀬香里は言った。

「ケイタイにメール？」

「ええ。ちょっと待ってください」

　体育館の壁際には、たくさんのデイパックやらショルダーバッグやらが並んでいる。更衣室はここにもあるだろうが、荷物をすべて体育館に持ち込んでいる利用者も多いようだ。

　村瀬香里は、ブランドもののショルダーバッグを持って、もう一度小島百合の前に戻ってきた。

「あたしのケイタイに、ほら」

　村瀬香里は、いくつものキャラクター・グッズをつけたピンクの携帯電話を取り出した。

「きょう、さっきの発信なんです」

　彼女が呼び出したメッセージはこういうものだった。

「また会おうね」「見つけたよ。気をつけな」

　発信人の名が記されている。

「飯島梢《いいじまこずえ》」

　発信時刻は、午後の四時四十五分だ。

「この飯島ってひとは誰？」

「友だちです」と村瀬香里は言った。「美容学校で一緒。このチームに誘ってくれたのも、彼女なんです」

「友だち？　じゃあ、昨日のも？」

「それが、梢はケイタイをなくしたって。これを発信したのは自分じゃないって」

村瀬香里は振り返って、体育館の奥の女性たちに向けて手を振った。

ひとり、村瀬香里よりも少し若いと見える女の子がすぐに駆けてきた。

村瀬香里が、小島百合のことを、婦人警官さん、と紹介した。駆け寄ってきた女の子が飯島梢だった。

「あたし」と飯島梢は言った。村瀬香里と同じファッションで、髪を茶色に染めている。

「昨日、ケイタイをなくしてしまったんです。まだ見つかってない。困っていて」

小島百合は、飯島梢に確かめた。

「このメールはあなたが送ったのじゃないのね」

「ちがいます」

「あなたのケイタイには、村瀬さんのアドレスが登録ずみなのね」

「ええ。メールもやりとりしてるから」

「ケイタイをなくしたのは、いつ、どこか覚えてる?」

「それが、もしかしたらここなんですよ」

小島百合は、思わず体育館全体を見渡した。

「ここ?」

「ええ。あたし、昨日、身体から離していたのって、踊りの練習してるここしかないんです。着く前にも使ってたし、終わってすぐ出そうとしたら、なかった」

「バッグに入れてたの?」

「ええ。ポーチに。ポーチはあるんだけど、ケイタイは入ってなかったんです」

「着く前って、どのくらい前？」

「ええと、ＪＲの中」

「駅を降りてから、ここまで四、五分かかるでしょ。途中どこかに寄った？」

「ううん。あ、コンビニ。ドリンク買ったんだ」

「そしてここに着いて、着替え？」

「そう。そしてバッグを壁のところに置いて、終わって、着替えて、それが九時かな。ここを出ようとして、ないことに気づいた」

「バッグには、お財布は入ってた？」

「ええ。でも、お財布はありました」

「どこかに置き忘れたってことはない？　洗面所。ロッカールーム。玄関。つまり、なくしたのはそういう場所じゃないかってことなんだけど」

「あたし、ポカやるひとだから、かもしれない。だけど見つかっていないんです」

どうやら、飯島梢の携帯電話は、盗まれたのだ。盗まれた場所は、ＪＲの琴似駅から途中コンビニを通り、この体育館までふくめた範囲。スリ、置き引きの可能性もあるが、財布は残っていた。となると盗犯は、ただ飯島梢の携帯電話が狙《ねら》いだったのか。

小島百合はいまいちど体育館の中を見渡した。いまここには七、八十人の男女がいるだろうか。みな艶麗輪舞のメンバーのはずである。男性は七、八人。女性も、すべてが踊り手ではないという。衣裳を着ていない女性たちは、裏方さんたちなのだろう。隅のほうのパイプ椅子《いす》を囲んで、ノートを広げている女性たちもいる。三脚につけたビデオカメラをのぞき込んでいる女性もいたし、大きめのラジカセのそばに、ぺたりと座り込んでいる女性もいた。見学にきたと見える、体育座りの女の子も三人。高校生だろうか。しかし、いま携帯電話盗犯と想像できるたったひとりの男、鎌田光也の姿はない。小島百合にとって、相手はサバイバル・ナイフをかざして自分を襲ってきた男だ。その容貌、姿かたちは忘れようがない。

昨日のネット・サービスのメッセージは、誰かのいたずらとも考えられた。とくに何か具体的な行動を暗示するわけでもない、単なる嫌悪感、あるいは敵意の意思表示。ネットの世界では、誰かの書き込みの何がどのように解釈されるのか、しばしば小島百合のような人間の常識を超えてしまう。あの程度のメッセージが村瀬香里に送られても、それはとくべつ異常なことではないはずなのだ。

しかし、同じメッセージが、村瀬香里の携帯電話にも送られた。送るために、相手は飯島梢の携帯電話を盗むということまでやってのけている。メッセージを送ることに、常識外の執着と熱意であたったのだ。ひとは、単純な嫌《いや》がらせのために、盗みまではしない。そんな危険を冒してまで、嫌がらせのメッセージを送ったりするものではない。

昨日も感じた戦慄《せんりつ》を、小島百合はいまふたたび感じた。その程度は、はっきりとひと桁ちがうレベルのものになっていた。

鎌田光也が、そばにきている？　村瀬香里のごく近くにいる？　もしかして、このよさこいソーランの稽古場にいる？

小島百合の顔色は変わっていたのだろう。村瀬香里が、不安そうに言った。

「百合さん」

小島百合は、意識を村瀬香里に戻して言った。

「きょうから、あなたはあのアパートを移って。やつは、リベンジをやる気よ」

飯島梢が、ふしぎそうに言った。

「何の話なんですか？」

小島百合は、飯島梢に顔を向けた。

「このひとには、ストーカーがいるのよ。あなたのケイタイを盗んだのはそいつ。あなた、すぐにもケイタイの紛失届けを出して」

「ええ、いいですけど」

「駅前に交番がある。あそこで、いますぐに」

「いまですかあ」

「ええ。へたをすると、大きな犯罪が起こる。お願いだから、いますぐに」

飯島梢は、肩をすぼめてそばを離れていった。

ユニフォーム姿で、若い女性が五人、小島百合たちの脇を通り抜けていった。少し遅れて、三十歳前後の、あまり踊り上手とは見えない雰囲気の女性も。

彼女たちを見送りながら、村瀬香里が言った。

「裏方さんたち。いよいよ本番だから」

「百人いるって言ったわね」

「踊り手だけでね。裏方さんやらなにやら入れたら、たぶん百二十人超えてる。衣裳班、記録班、自動車、音楽、ＰＡ、会計。うちなんて、センターステージを目指すにしては、小さすぎるくらいなんだから」

「そうなの？」

村瀬香里は、例年優勝を争う名門チームの名を上げて言った。

「あそこは、二軍三軍もあるんですから。入りたいって希望しても、すぐには一軍に入れない。あそこ、年間予算が三千万円って話ですよ」

「そんなにかかるものなの？」

「大賞を狙うなら。そういうところは、音楽も振り付けもプロに頼んでるし」

それは昨日も村瀬香里から聞かされたことだった。このお祭りは大きくなりすぎた、と言われるようになってきているのだ。札幌市やメディアが札幌最大のイベントとして肩入れしているために、ある意味では商業的にも洗練されすぎた。地域や職場の踊り好きサークルが楽しんでいた初期のような、素朴な熱気はとうに失われているとか。

村瀬香里が、話題を戻して訊いた。

「やっぱりあいつですか」

「ほかに、心当たりはある？」

「全然」

「名乗っていないけど、これだけのことをやっているのよ。そうそう候補者がいるわけじゃない。あなた、きょうもあのモバイル持ってきている？」

「ええ」

「あそこの日記には、たぶんかなりの個人情報を書いてしまったでしょう？　生命《いのち》びろい記念日のことだけじゃなく」

「注意はしてたつもりだけど、うっかり書いているかもしれない」

「断片的な情報でも、丹念に読んでいけば、あなたの私生活がたぶんかなりわかる。だから、あの梢ちゃんのケイタイが盗まれたんだわ」

「どうしたらいいですか」

「プロフィールから、個人情報を消して。誕生月日も。日記は、非公開設定ができたでしょ？　すぐにそうして」

「はい」と、村瀬香里は素直に言った。

小島百合は、体育館をいったん出てから、携帯電話で上司の長沼を呼び出した。彼はきょうはもう退庁しているはずだが、これだけの緊急案件だ。電話してもかまわないだろう。

長沼行男が電話に出た。

小島百合はあいさつ抜きで言った。

「昨日ご相談した件です。どうやら、やつが出ました。村瀬香里のケイタイに、昨日と同じメールがきたんです。盗まれた村瀬香里の友達のケイタイからの発信です」

長沼は、さほどあわてた様子もなく言った。

「いまどこだ?」

「村瀬香里のそばです」

「捜査本部の誰かと連絡を取る。お前さん、いまから村瀬香里の警戒につけるか」

「そのつもりです」

「応援も出す。捕り物になるな」

「こっちも、リベンジですね」

「もう逃がさん。そのまま連絡を待て」

小島百合は電話を切った。

3

津久井たちが本部に戻ったとき、捜査一課に四人の男たちが集まっていた。深刻そうな顔だ。四人とも、鎌田光也事件担当である。

堀江が、津久井たちを見て言った。

「いいタイミングだ。一緒に来い」

ただならぬ様子に、津久井は訊いた。

「鎌田の件で進展ですか」

堀江が言った。

「札幌に舞い戻ったのかもしれん。村瀬香里に、脅迫メールが届いたんだ」

「鎌田から？」

「断定できないが、村瀬はそうそう多くの男に狙われていないだろう。いま大通署の小島が彼女のそばにいる」

ほかの捜査員たちが津久井に声をかけた。

「行くぞ」

津久井は渡辺秀明に目で合図して、ほかの捜査員たちのあとに続いた。


飯島梢は、明るい表情で小島百合たちに駆け寄ってきた。

「ありました。届いてました」

手には、赤の携帯電話。

小島百合は、想像外の成り行きに驚いた。

携帯電話が届いていた？

小島百合は、体育館の出入り口の外に出て、飯島梢を迎えた。

「駅前の交番に、届いてました。落とし物届けを書こうとしたら、お巡りさんが、これじゃないのって」

「まちがいないのね」

「あたしのです」

「届いていたのは、いつってことだった?」

「つい一時間ぐらい前とか。コンビニの外のゴミ箱の上にあったのを見つけてくれたひとがいて、すぐに交番に持ってきたって」

じゃあ、この携帯電話は盗まれたものではなく、飯島梢の置き忘れということ? それに、あのメールが鎌田光也からのものではない、という可能性も出てきたのだろうか? 拾った誰かが、適当なメールアドレスに送ったとか?

いや、と考え直した。メールは、昨日、村瀬香里のネットワーク・サービスに届いたメッセージと同じ文面だった。

タイトルは「また会おうね」

本文はこうだ。「見つけたよ。気をつけな」

これは偶然とは言い難いのではないか。

送信履歴を確認してみた。失《な》くなってからいまこの時刻までに使用された記録は一件だけだった。きょうの午後四時四十五分のメールだけ。

小島百合は、飯島梢に確認した。

「あなた、ケイタイ、自分でどこかに置き忘れたってことは絶対ない？」

飯島梢は、少し混乱しているような表情を見せた。

「駅前の交番に届いていたんだから、もしかしたらって気もしてきた。わかんなくなってます」

「その携帯電話、預かっていい？　指紋を取りたいの」

「ずっとですか」

「小一時間よ。すぐに返す」

飯島梢は、不服そうに携帯電話を握った。

「少しのあいだ、あまりべたべた触らないで」

小島百合は自分のハンカチを出して、飯島梢の携帯電話を受け取った。

慎重に携帯電話を開いてから、小島百合は飯島梢に訊いた。

「何人ぐらい、アドレス登録している？」

「さあ、百人ぐらいかな。あたし、そんなに友達多いほうじゃないから」

「香里ちゃんは、なんて言う名前で？」

「本名」

ならば、もし鎌田がこの携帯電話を盗んだのだとして、村瀬香里のメールアドレスを探すのは容易だったのだ。

体育館の中から、大音量でロックふうの音楽が聞こえてきた。

「練習始まったわ。行かないと」

村瀬香里が言った。

飯島梢も同意して言った。

「あたし、ケイタイ出てきたし、もういいです。指紋なんて取らなくても」

そういう問題じゃない、という言葉を呑みこんで、小島百合は言った。

「練習に行って。香里ちゃんには、あとでまた話を聞く」

村瀬香里が言った。

「明日から、お祭りです。あたし、踊りに出られますよね」

「ええ。大丈夫」

「今年、よさこいに賭《か》けてますから、あたし」

「わかってる」

村瀬香里と飯島梢が体育館の中に消えた直後、建物のエントランスのほうが騒がしくなった。小島百合が振り向くと、ダークスーツ姿の男たちが五人、入ってきたところだった。中に、津久井卓がいる。小島百合はエントランスの側に移動した。

「大通署生安の小島です」と小島百合は名乗った。「一年前、鎌田光也に狙われた村瀬香里のもとに、おかしなメールが」

五十年配の、その場でもっとも階級が上と見える男が言った。

「鎌田事件捜査本部の堀江だ。詳しく話してくれ」

「はい」

小島百合は、昨日まず村瀬香里のネットワーク・サービスに、「また会おうね」「見つけたよ。気をつけな」というメッセージが入っていたことを報告した。堀江はネットワーク・サービスのシステムにうといようであったが、小島百合はその説明には時間を割かなかった。要するに、村瀬香里のネット上の「私書箱」が割り出されて、誰かからメッセージが送られたのだ。そしてきょう、村瀬香里と親しい友人の携帯電話から、村瀬香里の携帯電話にメールが入った。文面は、ネットワーク・サービスの文面と同一だった。発信に使われた携帯電話は、昨日その友人が置き忘れたか盗まれたかしたものだ。

「これです」と、小島百合はハンカチに包んだ赤い携帯電話を見せた。「鑑識にまわしてください」

捜査員のひとりが、白い手袋をはめてからその携帯電話を受け取った。

堀江が小島百合に訊いた。

「発信が鎌田光也からと特定はできていないんだな。eメールなんてのは、自動的に発信人の名が出るんじゃないのか？」

小島百合は答えた。

「ネットのほうは、発信直後にすぐ退会したようです。発信人は不明です。ケイタイのメールのほうは、友達のケイタイが使われているので、じっさいに誰が発信したのかはわかりません」

「確実に村瀬香里宛《あて》の発信だと、言い切れるか?」

「彼女の私書箱。そしてケイタイのアドレス。そこに同じ文面が届いたのです。確実に村瀬香里宛です」

「鎌田光也からのものだと断定するには弱いぞ」

「村瀬香里はほかにストーカー被害を受けていません」

「どうかな。風俗で働いていたんだろう」

小島百合の眉《まゆ》がつり上がったのかもしれない。堀江はすっと視線をそらして言った。

「鎌田は、それほどひとりの女に執着するか」

「わたしは、村瀬香里が襲われた場にいました。あの執着ぶりは、並のものではありません」

「だけど」堀江はほかの捜査員たちの顔を眺め渡した。何かうまい解釈を求めたのだろう。「指名手配されているのに、わざわざどうして、一回失敗した女を狙う?」

それまで小島百合の言葉を黙って聞いていた津久井が言った。

「自分の失敗が許せないのかもしれません。やつは帯広で強姦殺人を犯している男です。村瀬香里については、不完全燃焼感があるのかもしれない」

「だとしても」堀江はまだ納得がゆかぬという顔だ。「村瀬香里をもう一回襲うつもりなら、黙ってやってもいいんだ。わざわざ予告するようなメールを送れば、警察が出てくることは予測できる。どうしてそんな危険を冒す？　何の得にもならない」

小島百合は言った。

「村瀬香里がおびえるところを見て、快感を得ているのかもしれません。不意打ちではつまらない、ということなのではないでしょうか。この発信人の心理を推し量ることは難しいんですが」

津久井が堀江に言った。

「これが鎌田かどうかは判断できませんが、わざわざメッセージを送るためにケイタイの盗みまでやるって男が、いま村瀬香里のごくそばにいるということははっきりしています」

「男か女か、判別はついていないぞ。それに、彼女の過去を知っていて、誰かがいたずらしてるのかもしれん。メッセージには具体性はないんだ」

「十日ほど前に、鎌田は犯罪者として日本の警察の前に再登場してるんです。やつは、凶悪犯罪を犯したあと、社会の片隅でひそやかに生きるタイプじゃありません。やりかたがどこか派手で、芝居がかったことを好むタイプにも思えます。これが鎌田である蓋然性《がいぜんせい》は、無視できません」

「まあな」堀江は二度うなずいてから、小島百合に顔を向けた。「大通署生安にも要請するが、あんたはもう一度、村瀬香里をガードしてくれ。ぴったりと、すぐそばで二十四時間。次にこいつが現れるまで」

小島百合は、ちらりと体育館のほうに目を向けた。中では、よさこいソーランの練習もいよいよ大詰めなのだ。

「彼女のガードは、そのつもりです。でも村瀬香里は、よさこいソーランに出ます。チームはパレードに参加しますし、ほうぼうのステージで踊る。つまり彼女はつねに衆人環視の中にいます。それでも、彼女のすぐそばにいることが必要ですか？」

「よさこいを止《や》めさせるわけにはゆかないだろう」

「それが鎌田と断定できたならともかく、いまは無理でしょう」

「じゃあ、やっぱり、ぴったり張りついて警戒だ。街路で踊っているあいだも、ステージの上でも」

「なんとおっしゃいました？」

「聞こえたろ。ぴったり村瀬香里に張りついてくれ。去年のときのようにだ。五メートル以上離れて欲しくない。通りの要所やステージの下で、捜査本部の刑事たちが警戒する」

「よさこいのチームが踊っているとき、その周囲を刑事たちが囲むということですか。百人もの踊り手さんの周囲を、ぐるりと？」

「だから、お前の役割は重大だ。いいか、これは鎌田を再逮捕する最高のチャンスなんだ。もう一度村瀬香里を狙ってくれるというんだからな。かといって、警官隊が村瀬香里を囲むことは事実上不可能。だから、お前に期待する」

　小島百合は、途方に暮れる想いでもう一度体育館のほうに目を向けた。どうやれば村瀬香里から五メートル以上離れることなく、彼女を守ることができる？　堀江は、このわたしに一緒に踊れというのか？

その大浴場には、大小ふたつの浴槽と、スチームサウナがあった。いま目に入る範囲では、この大浴場にいるのは、佐伯たちをふくめて六人だけだ。四人は洗い場にいる。佐伯と伊藤は、少しぬるめの湯をたたえた、小さいほうの浴槽に半身だけつかったところだった。少し声を落として話すならば、洗い場の客たちにはやりとりは聞こえないという位置だ。

伊藤は、丸く膨らんだ腹を軽く叩《たた》いてから言った。

「医者には、五年前から言われているんだ。とりあえずあと九キロ落とせってね。だけど九キロってのは、赤ん坊三人ぶんだ。そう簡単には落とせるものじゃないさ。三回出産しなきゃならない」

佐伯は黙ったままでいた。いまの言葉は前振り。これから本題が始まる。黙っているだけでよいのだ。反応が求められたわけじゃない。

伊藤が、横に並んだ佐伯にちらりと目を向けてから言った。

「じつはふたつ、話しておきたいことがあってな」

佐伯は伊藤を見つめた。

「いいニュースと悪いニュースがあるんだが、ってやつですか」

「ちがう。ニュースってわけでもないんだ」

「というと?」

「ひとつは、だ。お前さ、おれみたいな上司にいちいち仕事のことでお伺《うかが》い立てるのって、もう馬鹿馬鹿《ばかばか》しいと思わないか」

伊藤の「お前」という呼びかけには、自分が上司であることを強調する意味合いは感じられなかった。むしろ、同輩というニュアンスなのだろう。

それでも佐伯は、ていねいな言い方で応えた。

「組織でやっている仕事ですから」

「いや、おれもな、立場上、階級は上だし、組織図の上ではお前の監督責任者だから、決裁する役目ではあるけどな、歳《とし》もたいしてちがわない。刑事の専務職員としても、おれは素人同然。お前の判断にごもっともと言うしかない」

話題がどこに向かうのか、よくわからなかった。佐伯は黙ったままでいた。

伊藤は、両手で湯を顔にかけてから言った。

「そろそろ警部昇任試験受けてもいいんじゃないかっていう、なんていうか、お節介だ」

その話か。たしかに、この数年、親しい同僚たちからも言われるようになったことではある。警部補に昇任したのが四十二歳のときだ。そろそろ警部に、と言われてもおかしくはなかったのだ。ただし、佐伯にはこの間、神経を病んでいた時期がある。おとり捜査の潜入捜査員となったときのＰＴＳＤから回復するのに、ずいぶん時間がかかった。警部補昇任も遅すぎたと言われた。

　伊藤が続けた。

「おとり捜査のときのことは少し噂を耳にした。あのとき、あんたが警察庁に何か含むところを持ってしまったようだとも聞いている。だけどな、誰もが認めるだけの力を持っている者が、その力を出そうとしないというのは、ある意味、自分の職業や人生をなめているのと同じだ」

　佐伯は言った。

「何も含みはありませんし、なめてもいません」

「なら、警部昇任試験を受けろ。自分で捜査の現場仕切るのはいやか？　おれみたいな上司に相談することもなく、かなりのフリーハンドで、部下を使って捜査指揮するのは、そんなにいやなことか？」

　伊藤からこの話題を持ち出されるのは想像外だった。彼と語り合いたい話題でもなかった。佐伯は強引に話題を変えた。

「もうひとつは？」

「前島興産事件」

　それは関心ごとだ。小樽港事件のほうの再審請求が却下されて、前の本部長たちキャリアや幹部連中の犯罪追及ができなくなったいま、自分が持っている手はそれだけだ。自殺した日比野《ひびの》警部の無念を晴らすためにも、なんとかこれを検察送りとして、連中を法廷に引きずり出したかった。

伊藤が続けた。

「うちの役所がひどいことになっていたあの時期から、もう三年もたつ。小樽港事件がどんなものであったか、おれも承知してるさ。たぶん語られていることは事実なんだろう。おとり捜査に失敗して、前の本部長たちはけっきょく事件そのものをでっちあげた。あんたはたぶん、前島興産事件を立件し直すことで、小樽港事件のほんとの犯罪者は誰かを暴き出そうとしている。おれにしたって思う。それができたら、さぞかし痛快だとな」

「前島興産の一件は、わたしが担当した事件です。きちんと決着をつけたいというだけです」

「そこだけを取れば、さほどの事件じゃない」

「前島を通じて盗難車を不正輸出するシステムが作られていた。やつの犯罪を立件できれば、もう高級四輪駆動車の窃盗はビジネスとして成立しなくなります」

「小樽ルートはもうなくなった。ロシアも、日本からの中古車輸入を事実上禁止。いま北海道に、ビジネスとしての四駆窃盗があるか？」

たしかに、高級四駆の盗難事件は激減した。換金目的ではない自動車泥や車上狙いがあるだけと言っていい。その意味ではたしかにビジネスとしての高級四駆窃盗は、北海道では消滅したのだろう。道警、地検、函館税関小樽支署の三つの役所の黙認がなくなったときに、違法輸出のシステムもなくなった。ビジネスは存立しえなくなったのだ。

「お前は」と、伊藤はなお世間話のような調子で言った。「前島興産事件を送検すれば、三年前のあの無法も、役所をまたがったキャリアたちの犯罪も裁かれるだろうと考えている。お前の狙いはむしろそこだ」

「わたしは、検察官でも判事でもありません。法を執行するだけです。そこに犯罪があれば、摘発し立件して検察に送る。それだけです。それ以上のことはするつもりはありません」

「そうかな。ひとつだけお前の気持ちを聞いておきたいんだが」

伊藤は顔を佐伯に向けてきた。真顔だった。伊藤のこんな表情は、これまで見たことがないと思えるほどの真剣なまなざし。

「前島が公判で無罪を主張したとする。おとり捜査に利用されたのだから、無罪だとな。その場合、おとり捜査の事実が公判に引き出されることになるが、じゃあ小樽港事件で出てきた十二キロの覚醒剤《かくせいざい》の出所も、前島の弁護士は明らかにしなければならない。それが仕込まれたものだと証言できるのは誰だ？」

それは、あの時期道警幹部たちの了解を得たうえで覚醒剤の密売買に手を染めていた、郡司徹《ぐんじとおる》元警部ということになる。あの覚醒剤を用意できたのは道警の中でただひとり、郡司警部だけだったのだ。

「郡司警部」と佐伯は答えた。

「そうなんだろうな。それしかないよな」伊藤はわざとらしくうなずいた。「郡司は、しかしひとことも組織の関与を語らずに判決を受け、服役している。うちの警務も、検察も、彼が覚醒剤をどこで調達していたのか不問にした。彼の裁判では争点にもならなかった。だけどあんたのやろうとしていることは、郡司が口をつぐんだ事実まで、郡司自身に語らせようってことだ」

「判事が郡司の証言を必要とするなら、その場合、それは幹部からの指示だったということを証言してもらいたいと思いますが」

「指示があった。ではじっさいどのように調達したか、公判ではそこが問われるな。おれが判事なら、郡司が証人として出てくれれば、そこを訊くよ。その場合、郡司は覚醒剤の出所を言うか？　証言するか？」

そこは自分でも何度も考えてみたところだった。組織の指示があって、自分があの覚醒剤を用意したのだと、そこまでは郡司元警部は言ってくれるかもしれない。そう期待するのは、さほど甘い期待でもないはずだ。しかしその証言の裏として、具体的にどこで調達したのかと問われた場合、郡司元警部はそこまで証言するだろうか。それはつまり、覚醒剤の卸元《おろしもと》である闇《やみ》組織の具体的な人物名まで明らかにすることとなのだ。

伊藤が言った。

「お前がやろうとしていることは、ひとりの元警官をジレンマに追い込むことだ。黙って満期出所か、それともあらためて裏稼業の連中に向かい合うか。もちろん有罪判決を受けて刑務所にいるんだから、あんな男のことはもう同僚でも警官でもないと思う見方があるのはわかる。だけど、あいつも組織の犠牲者だと考えれば、やつにこれ以上のジレンマを与えるのは酷だとも思う。たとえそのおかげで、キャリアの犯罪を摘発できたとしてもだ」

　ジレンマ、の意味もわかる。郡司は証言するかどうか、悩まねばならないのだ。どう判断すべきか、ことの正否をはかることは容易なものではない。この場合、法廷で真実を語って自分を危険にさらすか、それとも語ることを拒絶することで生き延びるかという二者択一にほかならない。しかし佐伯はあえて同意せずに知らぬふりを装った。伊藤の見方をきちんと訊いてみたかった。

　伊藤はまた視線を浴場の奥に向けて言った。

「覚醒剤の出所を証言させたら、あいつは殺される。確実だ。千葉刑務所の中でか、満期出所直後か。タイミングはわからないが、やつは殺される。なるほどあいつは、道を踏みはずした警官かもしれない。だけど、警官だった。有能で、職務に忠実な警官だった。おれと同じ職業を選んで、同じ側に立っていた男だった。やつは警官だった。ただの一度も、あっちの側にいたことはないし、キャリアの犬だったこともない。ずっと現場にいた。それも暴対という、専務職の中ではいちばんきつい現場で身体張ってた男だ。おれは、前の本部長たちの犯罪を明るみに出すために、その郡司を犠牲にしていいとは思えないんだ」

　佐伯は、伊藤の言葉に自分が動揺したのを感じた。佐伯自身は、あの郡司警部とは直接の面識はなかった。その意味では、郡司への評価はかなり公式的なものにならざるを得ない。郡司の顔や人柄や生活全体までひっくるめての見方にはならない。伊藤の言うように、たしかに佐伯がやろうとしていることは、あの郡司をもう一度、しかも次は決定的に破滅させることになるかもしれない。罪を認め服役している彼に、お前の罪は殺されても然《しか》るべきものだと、佐伯に言う権利があるだろうか。そのことと引き換えに、キャリアたちに罰を与えることができたとしても。

佐伯は訊いた。

「それは、前島興産事件は捨てろ、という命令なのでしょうか」

「ちがう。おれはお前さんの希望に応えて、証拠まで本部から引き取ってきたんだ。あの事件をどう扱うかは、お前次第だ。犯罪事実があった以上、担当したお前があれを送検までもってゆこうとするのは、当然のことだ。そのことに、つまらん茶々ははさまない」

「でも、郡司を証言に引き出すことには反対なのですね」

「個人的な気持ちだ。やつが証人になるかどうかわからんが、いまこの段階で、沈黙するか殺されるか、どちらかを選べと迫ることは、おれにはようやれん。だけどお前が、それが正義だと思うなら、おれにそれを止めることもできないだろう」

「わたしは、正義の代理人になるつもりはありません。法の執行官であるというだけです」

「わかっている。警官が依《よ》って立つのは、正義でも道徳でもない。法だ。法だけだ。だからちょっと、おれの腹のうちも言ってみたかっただけだ」

「ふたりの無実の人間が投獄され、郡司を刑務所に追い込んだキャリアがおとがめなしでも、それはやむを得ないと?」

「いまこの時点での事件解決が、何を救い何を破滅させるか、ことは単純なものじゃないってことだ。おれの立場で考えても、どう結論を出すにせよ、それがたぶん正解だったとは死ぬまで思えないだろう。だからお前にも、正解を求めるつもりはない。お前がどう結論を出すにしても、おれは何も言わん」

伊藤は立ち上がった。湯が彼の肥満体からしたたり落ちた。彼はタオルで前を隠すこともなく、浴槽の外に出た。

彼はたしかに、指示を口にしたつもりはないのだろう。佐伯の返事を聞こうとはしていないのだから。

伊藤は浴槽の脇に立って、自分の腹をなでながら言った。

「おれ、そんなにデブかな」

佐伯は伊藤を見上げ、うなずいた。

4

村瀬香旦だ言った。

「一緒に踊れば」

小島百合は驚いて目をむいた。

よさこいソーランの練習途中、休憩時間に彼女を呼び出して事情を訊いたところだった。

堀江が、ストーカー被害に遭う可能性について村瀬香里に伝え、よさこいソーランからはずれることはできないか打診すると、村瀬香里はきっぱりノーと言った。

そこにチームの代表も飛んできた。四十近い年齢と見える女性だ。さきほどもらった名刺には、岩崎裕美子《いわさきゆみこ》とあった。体型から想像するに、若いときにはやはりスポーツに打ち込んだ女性だろう。肩幅の広さを考えると、水泳だろうか。額に汗を浮かべている。

堀江が、ストーカーによる襲撃の可能性を伝えて、村瀬香里を数日間、チームからはずすことはできないかと訊いた。

岩崎裕美子は、憤然とした顔で言った。

「彼女はうちのトップダンサーです。最前列ですよ。彼女が抜けたら、うちの踊りはものすごい貧相なものになってしまう。できません」

「数日だけ。できるだけ早くストーカーは逮捕するから」

「数日って、明日の夜からよさこいですよ。うちはセンターステージ狙ってるんです。観客特別賞。数日って言うけど、すぐによさこいは終わってしまう」

「彼女の生命が危ないんだ」

「守るのは警察の仕事じゃないですか」

「少しは協力してくれないと」

「香里ちゃんが抜けたら、わたしたちチーム百二十人の一年間がパーです」

「人混みの中で、彼女を守るのは簡単なことじゃないんですよ」

「爆破予告は毎度のことじゃないですか。でも、警備は成功してるでしょ」

堀江がため息をついて頭をかいた。

そこで村瀬香里が、いましがた堀江が思いついたと同様のことを口にしたのだ。

「一緒に踊れば」

小島百合は、まわりの男性捜査員たちの目を意識しながら言った。

「明日からお祭りが始まるっていうのに、わたしがいまから踊れると思う？　そもそもわたしに踊りのセンスがあったとしても」

「ないの？」

「得意なのは格闘技って言ったでしょ」

「だけど、あたしのそばにぴったりついてなきゃならないんでしょう？」

「いくらなんでも、踊りながらあなたを守るわけにはいかない」

「大統領のＳＰみたいに、あたしの横でまわりを睨《にら》みながら歩くの？　邪魔だわ」

「あなたを守らなきゃならない。あいつの執念深さと恐ろしさはわかってるでしょう」

「あいつじゃないかもしれない」

「これだけの手間暇かけて、あんたを脅してる。かなりのことをやってくる男だわ」

「じゃあ、百合さんも踊るしかないじゃない」

「踊れないって」

村瀬香里は、もう一度チームの代表の岩崎裕美子を呼んだ。

駆け寄ってきた岩崎裕美子は、少し荒く息を吐きながら言った。

「その事情聴取みたいの、練習終わってからじゃ駄目ですか。もう最後のところまできてるんですから」

村瀬香里が岩崎裕美子に言った。

「この婦警さん、わたしから五メートル以上離れるわけにはいかないんです。何か手はないかと思って」

「だったら一緒に踊って」と、岩崎裕美子も村瀬香里と同じことを言った。「いまから振り付け、覚えられるなら」

それが無理ならあきらめろということだ。

村瀬香里が、ふと思いついたように言った。

「バトン・トワリングは？」

岩崎裕美子はまばたきした。

「旗持ちのこと？」

「ええ」

岩崎裕美子が振り返った。体育館の入り口から、踊りの練習中のチームの面々が見える。奥のほうでは、若い男性が数人で、巨大な旗を振りまわしていた。

岩崎裕美子が言った。

「あの旗、女性じゃ無理」

「最初、小さな旗もあったじゃないですか」

「見栄《みば》えしないから、やめたの」

「あれを使って、簡単な振り付けにしたらいい。パレードのときは、わたしの左手、うんと観客席寄りにいて。ステージの場合は、ずっと下手《しもて》」

小島百合は言った。

「そうね。へたなのが目立たなくていい」

ついいまいましげな声となった。

岩崎裕美子が、疑わしげに小島百合を見つめてきた。

「ほんとにやれる?」

そう問われたならば、覚悟を決めるしかなかった。小島百合は答えた。

「職務なので」

「明日がもう本番なんですよ。夜六時にお祭りが始まる。今年はうちは観客特別賞決勝戦進出を狙ってるんだから」

「早い段階で、事件が解決する。長々と迷惑をかけません」

「じゃあ、中に入ってください。もしものときのために、格好だけでもつけてもらう。きょうは遅くまで練習だし、明日は二時からですが、いいですか?」

「どっちみち香里ちゃんのそばにいるつもりだから」

村瀬香里が言った。

「明日、わたしは学校休みです。ずっと練習するつもり」

堀江が岩崎裕美子に訊いた。

「このチームの踊りの予定はどうなってる?」

「明日夜六時半から、指定の何カ所かのステージで演舞。そのほかにパレード。明後日も同じ。明々後日《しあさって》の土曜日は日中も演舞。もしかしたら観客特別賞一次審査パス。その場合は夜は大通公園八丁目広場のセンターステージ。プログラム持ってきましょうか」

「お願いする」

岩崎裕美子は、大股《おおまた》に体育館の入り口に向かって歩いていった。

小島百合は、堀江に顔を向けて言った。

「とにかくそばにはいられるようです」

「その周囲にも、ぞろっと私服を配置する」

「わたしはひとまず打ち合わせてきます」

岩崎のあとを追いながら、小島百合は村瀬香里に訊いた。

「そのユニフォーム、わたしの分もあるの?」

「黒のタンクトップに黒のカーゴパンツ。うちのはどこにでもある市販品ですよ」

「合理的なのね」

「だから毎年、評価が低いんです。名門チームは、特注の派手なの着ますからね」

曲の切れ目で、岩崎裕美子が振付師に小島百合を紹介して言った。

「道警の婦警さん。うちの踊り手さんにストーカー予告があったので、そばで守ってくれることになった。目立たぬようにそばにいてもらうので、サイドで小さな旗を振ってもらう。大急ぎで、彼女の振りをつけてやってちょうだい」

岩崎裕美子はつけ加えた。

「半日で覚えられるように、できるだけ簡単なやつ」

小島百合は、岩崎裕美子を睨《にら》むことをかろうじてこらえた。

木曜日

1

捜査会議は、前回と同じ部屋でもたれた。津久井は長円形テーブルの末席近くに、渡辺と並んで腰を下ろした。きょうも捜査一課長の河野が出席している。

いま、堀江が、村瀬香里のネットワーク・サービスと携帯電話に、発信人不明の脅迫メールが届いたことを報告したところだった。

捜査本部は、村瀬香里の友人、飯島梢の携帯電話の盗難について、空白の二時間三十分ほどのあいだを調べていた。つまり一昨日午後七時少し前から午後九時すぎまでの時間帯である。範囲はJR琴似駅からコンビニを通り、艶麗輪舞《えんれいりんぶ》チームの練習場となっている琴似区民交流センターまでだ。この時間帯、この狭い範囲で、携帯電話は盗まれたのだった。捜査員たちは鎌田光也の写真を持って聞き込み、また、コンビニの防犯カメラやJR琴似駅前の通行人が映った可能性のある防犯カメラをすべて調べたと。

けっきょく琴似区民交流センターを含め、琴似周辺では鎌田光也らしき男は目撃されていなかった。また防犯カメラにも、それらしき風貌《ふうぼう》、外見の男は映っていない。

飯島梢の携帯電話からも、鎌田光也の指紋は採取できなかった。届いたときにすでに光沢ある表面もボタンも、ていねいに拭《ぬぐ》い取られた跡があったという。

村瀬香里のネットワーク・サービスのアクセス状況も調べられた。これには道警本部内に最近設けられたサイバー犯罪対策室の専門職員があたった。村瀬香里が小島百合に説明していたとおり、その発信人から届いたメッセージは一本だけである。発信人は、村瀬香里宛《あて》のメッセージを送ったあとすぐに退会手続きを取ったらしい。村瀬香里がメッセージに気づいたときには、発信人のニックネームさえ空白になっている状態だった。誰の発信なのか、村瀬香里は知ることができなかった。

サービス提供者に問い合わせたところ、非公開設定になっている場合はともかく、退会手続きを取った者については、データは完全に削除される。誰の紹介による入会かも突き止めることはできず、個人の特定はできないとのことだったという。

ひとり、年配の捜査員が質問した。

「鎌田光也は、そのネットワーク・サービスに村瀬香里が入っていることを知っていたんですね？」

堀江が答えた。

「村瀬香里は、鎌田が客となったときに、自分が会員であることや、ニックネーム、あるいはそのヒントとなる言葉などを教えてしまっているかもしれないってことだった。同じメンバーなら、会員の中から彼女を探し当てるのは、そんなに難しいことじゃないらしい」

堀江が、そばの若手の警官に合図した。会議室が少し暗くなり、壁のスクリーンに文字が浮かび上がった。

「また会おうね」

「見つけたよ。気をつけな」

堀江が、その文面に目をやりながら言った。

「ネットワーク・サービスのメッセージも、ケイタイのメールも、送られてきたのは同じ言葉だ。タイトルと、本文。これだけ。鎌田光也と署名があったわけじゃない。だから、この発信人が鎌田とも断定しがたい。しかし、鎌田が首都圏で世の表面に浮上した直後のこのメッセージだ。無関係と判断することも早計すぎる」

その年配の捜査員が訊《き》いた。

「そもそも発信人は、男女の区別もつきませんね。また会おうね、という言葉は、女っぽくも感じられますが」

「文字にすると、話し言葉では自然であったニュアンスにも、性差が感じ取れてしまうことはあるさ」

「このメッセージからわかることは、つまり脅迫ということなのですか」

堀江は、手元のメモを見ながら言った。

「ひとつ、村瀬香里をいったん見失った者がいたということ。そいつは、村瀬香里に激しく執着していた。再発見のために少なからぬエネルギーを割いてきた。村瀬香里はあの鎌田逮捕のあと、仕事を辞め、アパートを移り、美容学校に入った。その事情を把握できない者がいたんだ。

その誰かさんは、村瀬香里が会員のネットワーク・サービスで彼女を発見した。彼女はプロフィールにはさほど個人情報を出していたわけじゃないが、日記を読んでゆくとかなりのことがわかる。とくに、よさこいソーランのチームの名前を書いたことが決定的だったようだ。この誰かは、見つけた、とメッセージを送った。気をつけな、というメッセージは、何かしらの報復感情の吐露だ。道警のおとりとなって、自分を逮捕させたことを恨んでいるのではないかと、まず想像できる。つまり鎌田だ。

さらにこいつは、村瀬香里の友人から携帯電話を盗み、同じ文面をもう一度送った。すでに村瀬香里のそばにいる、ということを伝えるために」

「なんでそんなことを伝えなきゃならないんです。黙って近づいて襲うこともできる。なのに、警察に通報され、逮捕される危険があるのに、わざわざ」

堀江は、自分でもその部分の解釈に困惑しているというような表情で言った。

「警察を呼び出して、派手なことをやりたいのかもしれん。襲うときは、大勢の警察官が監視している中だと、こいつはハッピーなのかもしれない」

「鎌田に、そういう傾向がありましたっけ」

「ないという証拠もない」

河野一課長が言った。

「やつは一度失敗して逮捕され、指名手配だ。ひと前に出るのも神経を使う。運転免許証もない。神奈川での大きなヤマでもへまをやって、一銭も奪えなかった。自棄《やけ》になっている可能性はある。長期の失業者と同じだ」

「アベンジャー型犯罪者になったということですか」

「警官隊包囲の中で死にたいのかもしれん。去年のサミット警備結団式を思い出せ。あのテロ犯は、上野《うえの》麻里子《まりこ》大臣に執着したが、より大事な部分は、警察に撃たれて派手に死ぬ、というところだった。やつはその願望を果たした」

「鎌田がそれだと」

「こいつが、それじゃないかと」

堀江が引き取って言った。

「このメッセージを送った者が鎌田光也とは断定できないが、可能性が少なくない以上、捜査本部はこれに対応する。道警本部の担当捜査員十二人を、村瀬香里の周囲に配置する。とくに襲撃が予想されるのは、よさこいソーランの最中だ。人混みの中で踊っているあいだ、警戒は難しくなる。なので前回逮捕時の経緯から、大通署生活安全課の小島百合巡査が、彼女にぴたりとくっついてガードする。大通署生安の職員もひと班、村瀬香里周辺警戒に投入する。警戒中の村瀬香里を呼ぶときのコードはバンビ。鎌田をカルビーとする。頭に入れて、不用意にふたりの本名を口にするなよ」

堀江は続けた。

「これとはべつに、つい最近、神奈川で現金輸送車を襲った強盗犯としての鎌田がいる。

津久井」

　突然呼ばれて、津久井はすっと背を起こした。

「はい」

「昨日の成果は」

　津久井は立ち上がり、ちらりと横の渡辺を見てから言った。

「現金輸送車襲撃犯の主犯を割り出すことで、鎌田の所在を割り出すことができるのではないかという視点から、鎌田がいた自衛隊で共犯者の可能性のある者について聞き込みしてきました。鎌田が自衛隊当時、よからぬことを一緒にやった者がふたりいます。ひとりは宮城出身、もうひとりは長野出身。ふたりとも、鎌田とほぼ同じ時期に除隊です。現在の消息は調べきれていません」

「よからぬこととは？」

「ひとりは、隊内でのいじめ、暴行で鎌田と一緒に処分を受けた者。もうひとりは、やはり鎌田と組んでノミ行為を働き、隊内で処分を受けた者です」

「実家はわかるんだな」

「はい」

　河野が言った。

「そのふたりの線を洗うのは、津久井と渡辺にまかせる。飛べ。捜査状況は逐一本部に報告。必要が出たらすぐに応援を送る。きょうすぐにだ」

堀江が言った。

「あとの者は、引き続き受け持ち部分に専念のこと。以上だ」

また会議室が明るくなった。

津久井が席に腰を下ろすと、渡辺が言った。

「いまから、内地に行けってことですよね」

「ああ。拳銃《けんじゅう》携行だろうな」

「出張準備してきませんでした」

「とりあえず着替えの下着だけあればいいだろ」

「借りてたＤＶＤがあるんですけど」

「知らんよ」

渡辺が視線をそらし、携帯電話を取り出した。モニターを見た顔に、瞬時、緊張めいた表情が現れた。津久井は立ち止まって渡辺に目を向けた。

渡辺は携帯電話をポケットに収めると、津久井に言った。

「一昨日、総監部に行くときに話したこと、覚えてますか」

津久井は、どの件であったか会話を思い起こしてから言った。

「消えた若夫婦のことか?」

「一週間くらい前、函館の近くの山中で白骨死体が見つかったでしょう」

「聞いてる」

「その近くの崖《がけ》の下で、事故車が見つかったそうです。名義は消えた亭主のものです」

「白骨死体はひとつだったろ？」

「ええ」

「夫婦のうちのどっちだったんだ？」

「まだわかっていません」

「そんなに難しい判断なのかな」

「骨が古いものだったからでしょう」

「あんたは、あっちの捜査に復帰か」

「さあ。引き続き鎌田をやらせてもらいたいですけど」

「じゃあ、さっさと出発しよう」

津久井は廊下を歩む脚を早めた。


佐伯宏一が、フロアのコピー機を使って書類をコピーしているとき、部下の新宮昌樹がやってきた。

「ボスが、来てくれってことです」

伊藤のことだろう。佐伯は、まだコピーを終えていない書類をすぐに裏返しにして、新宮に振り返った。

「何かな？」

「ぼくらに、応援の指示みたいです。例の連続ひったくり」

「またあったのか？」

「こんどは大通署管内でも」

コピー途中だった紙が、ホルダーに出てきた。佐伯はその紙をすぐに折って書類ホルダーにはさみ、新宮に言った。

「すぐに行く」

新宮が、書類ホルダーに目をやってふしぎそうに言った。

「あの前島興産事件の報告書かなんかですか」

「まあ、そんなようなものだ」

「コピーならおれがやりますよ」

「いいんだ」

新宮は、どこか合点がゆかないという顔で自席に戻っていった。

書類ホルダーをロッカーに収めてからデスクに戻ると、伊藤が寄ってきて言った。

「連続ひったくり、うちの管内でも発生した。東署がメインの担当だけど、聞き込みで応援してやってくれ。今週、手すきはお前たち特対班だけなんだ」

三年前、裏金問題が表沙汰《おもてざた》になったとき、佐伯や新宮は幹部たちを無視して越規行動を取った。その結果、同じ大通署刑事課の盗犯係ながら、ふたりだけ組織本体から分離された配属となった。緊急あるいは特殊な事件に振り向けられる特別対応班、という位置づけの組織だが、要するに干されたのだ。だから、佐伯たちはたいがいは暇である。あれから三年という時間も過ぎたし、今年伊藤が上司として配属されてきてから多少雰囲気も変わってきたとはいえ、組織上はいまだに、窓際処分に当たる部下たちなのだ。

佐伯は訊いた。

「これから東署ですか？」

「いや、もうあっちの担当がきてる。捜査状況の報告があるんで、あちらさんに協力してやってくれ」

「はい」

佐伯は新宮をうながし、担当がきているという会議室に入った。

会議室では、昨夜当直で現場に急行した捜査員ふたりが、東署の担当係長にその事情を説明していた。佐伯は自己紹介して、話を聞いた。

東署の担当係長の話では、ひったくり事件が昨夜また二件、起こったのだという。バイクを使った二人組の連続ひったくり犯だ。東署が追っている連中と同一犯と見られるという。昨夜もやはりバイクを使い、ひとり歩く女性のハンドバッグを奪ったのだ。現場は、大通署と東署との管轄の境目付近。最初の夜十時二十二分の事件は、東署管内で起こり、ついでおよそ三十分後の十時五十分の事件は、大通署管内で発生した。昨夜のうちに、大通署の泊まりの捜査員たちが、最初の聞き込みにあたっている。

東署の担当係長は、横井《よこい》という四十年配の警部補だった。盗犯係の刑事と聞いて、おおかたが想像するようなタイプ。職人ふうの髪形で、仕立ての悪いジャケットにはタバコの臭《にお》いがしみこんでいた。

「二カ月で八件目」と横井が壁に貼《は》られた札幌の市内地図を顎《あご》で示して言った。赤い押しピンが八本、地図のほうぼうに押されている。「うち七件は、東署管内で発生した」

横井の部下という三十代の男が、八件のひったくり事件について、リストを作っていた。これによれば、最初の発生は四月二十八日だ。横井が説明した。

「ひったくり犯は、どのときもバイクのふたり乗り。ひとりが運転、被害者の背後から近寄って、うしろの席に乗ったもうひとりが、バッグをひったくるという手口だ。運転手は必ずフルフェイスのヘルメットをかぶっている。うしろの男は、野球帽形のヘルメット。白いマスク着用。なので、顔の特徴もわからない」

佐伯は訊いた。

「十代か、もっと年長かという分け方では？」

「若いようだ、ということ以上はわからない」

「バイクのナンバーは？」

「被害者は誰も覚えていない。その目撃者の発見が、聞き込みの最大の追求目標」

「バイクのタイプは？」

「目立たない、地味なタイプらしい。だからスポーツタイプじゃないな。実用車。あまり音はしなかったというのが、共通の証言。フォーサイクル・エンジンで、ふたりが乗って素早く逃げられるだけの大きさということを考えると、ホンダのスーパーカブの一二五あたりかなと想像できる」

「プロファイル分析では？」

横井が苦笑した。この手の質問は苦手なのか、それともプロファイリングという手法が嫌いなのか。

「犯行時間帯、曜日からは、犯人像は絞り切れない。地理的にも、同様だ。通勤型なのか拠点型なのかも、判断するには情報不足。七件が東署管内で発生ということで、東署管内に拠点がある、とも考えられたが、昨日の大通署管内の発生で、犯人たちのアジトは少し広げて考えなければならなくなった」

新宮が地図を見ながら言った。

「現場は東六丁目沿線とは言えませんか？」

「地下鉄東豊《とうほう》線沿線とも言えなくはない。だけど、イオン・ショッピングセンターの現場は、どっちでもない」

佐伯は、リストを見終えてから言った。

「二件やったのは、昨日が初めてなんですね」

「そうだ」と横井は言った。「犯行の間隔に注意してくれ。最初がゴールデン・ウィーク直前。被害者のＯＬは連休中旅行する予定で、少しまとまったカネをおろしていた。被害金額は二十八万。この犯人たちにとって、いまのところ最高の成功だ。味をしめた。次の犯行が十八日後。このとき八万。それから十日後、二万。次が一週間後。八千円。三日後。一万二千。また三日後。四千。そして二日おいて昨日、一件目、四千。それから三十分後、もう一件やったが、六千円だ。やつらはカネがなくなって焦り出している。きょう明日、また犯行になる。そして」

新宮が訊いた。

「そして？」

「もしまたはしたガネしか手に入らなかったら、連中は手口をエスカレートさせる。ひったくりを八件やって、度胸だけはついてるんだ」

「ということは、強盗？」

「やりかねない。次は強盗かもしれない」

新宮が、右手で拳《こぶし》を作って左手でなでた。腕が鳴るという意味のポーズなのかもしれない。

「というわけで」横井が言葉の調子を変えて言った。「協力を頼む。大通署管内の現場付近で聞き込み。確実なバイクの目撃情報がひとつあれば、逮捕できる」

「了解です」と、佐伯は犯行リストと地図をシャツの胸ポケットに収めた。

きょうからソーラン祭りだった。小島百合は、午後の一時四十分に琴似区民交流センターに着いた。

二時から五時まで、チーム艶麗輪舞はここの体育館を借りることになっているのだという。稽古《けいこ》の最終仕上げを行ったあと、札幌市中心部に移動、午後六時半から大通りほか、市内各所の演舞会場で群舞を披露することになっている。今年は天気があまりよくないのが、各チームの悩みとのことだった。雨が降った場合、衣裳《いしょう》や旗も重くなる。振り付けどおりに踊ったり旗を扱うことが難しくなるのだ。小島百合が振ることになっている旗はこぶりのものなので、雨でもさほど重くはならないだろうが。

小島百合は、村瀬香里と一緒に、交流センターに到着した。小島百合は最初に村瀬香里のアパートに行き、覆面パトカーで警戒している大通署の捜査員たちにあいさつしてから、彼女とこの交流センターにやってきたのだった。歩いてくるあいだ、ずっとうしろを私服警官が警備で付いてきていた。

交流センターには、べつの覆面パトカーがすでに来ていた。ふたり、私服警官が乗っている。小島百合はさらに、駐車スペースにある北海道電力のロゴをボディに書いたワゴン車も、道警本部の張り込み用の車だと見当がついた。つまりここまでのあいだに少なくとも八人の道警の警官の配置が確認できたことになる。村瀬香里の張りつけ警戒、と考えれば大げさすぎる態勢だが、道警にとっては鎌田光也は面子《メンツ》にかけても早急に再逮捕せねばならぬ凶悪犯だった。せっかく強姦《ごうかん》殺人で逮捕したにもかかわらず、病院から脱走され、つい先日は神奈川で現金輸送車強盗未遂を犯した男である。この布陣は当然とも言えるものだった。

エントランスで靴を履き替えていると、チーム代表の岩崎裕美子がやってきた。小島百合がほんとうにやってきたことに、いくらか驚いた様子を見せた。

「まだ捕まってないんですね？」

「残念ながら」と小島百合は答えた。「やはり、香里ちゃんのそばにいさせてもらいます」

「三時間で、覚えてもらいますよ。五時には、ここを出発。本番です。観客投票が始まるんです」

いまからでも辞退してくれと言っているように聞こえた。

「やりますよ」小島百合は言った。「みなさんの足を引っ張らないように」

「もし踊りの最中にそいつが出てきたらどうするんです？」

「そばにいる私服警官が止めます。踊りはそのまま続けられます。わたしは、最後の最後のガードです」

「遠くから鉄砲で狙《ねら》われるとか、そういうことはないんですか？」

小島百合は、神奈川の現金輸送車襲撃事件の情報を思い起こした。あの事件でも鎌田は拳銃を使っていない。拳銃や猟銃などの銃器を手に入れていないのだ。こんども、銃器使用はないと予想してよい。

「たぶんその可能性はない」

岩崎裕美子は、ビニール袋をひとつ手渡してきた。

「衣裳です。パンツ、タンクトップ、鉢巻きに法被《はっぴ》、それに鳴子《なるこ》。靴は用意できました？」

「黒いリーボックを」

「最高です」

更衣室で着替えていると、隣りで村瀬香里が言った。

「出てくるんなら、早く出てきて欲しい。あいつのことを気にしながら、踊りたくないもの」

「向こうも、そんなに引っ張らないでしょう。予告したんだもの、時間を置いたりせずに出てくる」

「じゃあ、きょう？」

「出るなら、ね。このあとは、絶対にひとりにならないで」

「トイレに行くときも、一緒に行ってもらうわ」

「それがいい」

体育館に入ると、すでに踊り手が大勢ウォームアップ中だった。まだメンバー全員はいないはずだが、黒いタンクトップにパンツの女性たちが百人近いと、圧倒されるような迫力を感じる。道警の女性警官が百人、制服姿で整列するよりも威圧感があるかもしれない。

気の弱い男性がもしこの集団と鉢合わせしたなら、たじろいで道を空けるのではないか。

岩崎裕美子が、手を一回パチリと叩《たた》いた。全員が動きを止め、岩崎裕美子に目を向けた。

小島百合も、岩崎裕美子の少しうしろで、休めの姿勢を取った。

岩崎裕美子が言った。

「おはようございます」

もう午後二時だから、これは芸能界のあいさつだ。

全員が同じ言葉を返した。

「ついにきょうがきました。よさこいが、始まります。きょうはあと三時間、最後の練習です。気を引き締めて、わたしたちの踊りをもう一段高いレベルまで持ってゆきましょう。何度も言ってきましたが、目標は観客特別賞、センターステージの決勝戦です。きょうまでの練習で、もう見えたという確信があります。あとひとふんばり。常連チームにはない新鮮な踊りで、よさこいに新しい空気を吹き込んでやりましょう」

「はあい」と、また全員が大声で言った。

「きょうからよさこい本番のあいだ、また多くのひとがわたしたちをサポートしてくれます。紹介しますね。小島さん」

小島百合は、自分が呼ばれたのでとまどいつつ前に出た。

岩崎裕美子が言った。

「じつは、うちのチームの実力を警戒し、敵視している誰かが、踊りを妨害すると警察に脅迫メールを送ってきました」

小島百合は、岩崎裕美子に目を向けることをこらえた。この場合、必ずしも正確にこのチームの面々に情報を伝える必要はない。

「その妨害から守るため、婦人警官さんがひとり、ずっとわたしたちを守ってくれます。制服姿でそばにいてもらうのも迷惑なので」

迷惑なの？　という想《おも》いも呑み込んだ。

「一緒に踊ってもらうことにしました。いまからみんなと一緒というわけにもいかないし、横で旗振りです。気にしないでやってください」

抑えろ抑えろと自分に言い聞かせながら、小島百合は踊り手たちの顔を見渡した。みな興味津々《しんしん》という表情だ。やってゆけるの、という不審そうな目もある。

小島百合は言った。

「警察がみなさんを守ります。わたしのことは意識しないで、踊りに集中してください」

岩崎裕美子が、小島百合にもう下がってという視線を向けてきた。小島百合は素直に下がった。

岩崎裕美子は、体育館の右手の壁の方向を手で示してから言った。

「期間中、手伝ってくれるひとが増えました。裏方さんたちです。まず、山際翔太《やまぎわしょうた》さん。荷物を運ぶマイクロバスを運転してくれます」

壁際に並んだ男女の中から、二十代後半と見える長髪の青年が歩み出た。小島百合は目を凝らした。もちろん、彼は鎌田光也ではなかった。青年はぴょこりと頭を下げて、すぐ引っ込んでいった。

「それから、佐藤和枝《さとうかずえ》さん。一昨日も紹介したわね。マネージャー業務全般のアシスタントです」

小島百合の横で、村瀬香里が言った。

「あいつ、衣裳着て、メイクして近づいてくるつもりでしょうかね」

「体格でわかるでしょ」

「あたしたちはね。だけど、鎌田の写真持って警備してる警察のひとたちは？」

なるほど、それはたしかだ。村瀬香里の言うとおり、鎌田はとりあえず警察の警備網、包囲の網だけくぐれたらよいのだ。村瀬香里の前まできたときは、もう正体がばれていようとかまわない。

視線の隅で、佐藤和枝と呼ばれた女性が、一礼してもとの位置に戻っていった。地味なポロシャツにジーンズ姿。痩《や》せていて、年齢は三十代の前半だろうか。髪はショートボブで、額の半分が隠れている。

「もうひとり、きょうから最終日まで、手伝ってくれるかた。宮前由香《みやまえゆか》さん。ＰＡのトラックに乗ります」

宮前由香と呼ばれた女性も前に出て、頭を下げた。彼女は四十歳ぐらいだろう。小柄だが、快活そうな女性だった。

岩崎裕美子は言った。

「では、観客特別賞に向けて、最後の練習にしましょう」

　昨日、振り付け担当だと紹介された女性が、小島百合を呼んだ。小島百合は、村瀬香里から離れた。たぶんこの体育館にいるあいだは、鎌田も接近は不可能。踊りの稽古に集中できるはずだ。

2

　棚橋幸夫の生家は、仙台市の隣り、宮城県利府町にあった。ＪＲ利府駅に近い商店街の中である。津久井がメモしてきた所番地を確かめると、「大次郎」という看板が出ている焼鳥屋がそれのようだ。店舗を兼ねた住宅なのだろう。まだ午後の三時半なので、暖簾《のれん》は出ていない。しかし、周囲の雰囲気から見ても、営業はしているようだ。あと二時間もすると、看板に灯《ひ》がともるのだろう。

　自衛隊からもらった資料では、棚橋幸夫はこの家で育ち、仙台市の私立高校に進学した。卒業後いったん東京に働きに出たあと、二十二歳のときに生家に戻り、その後、陸上自衛隊に入隊、二年後に満期除隊。兄がひとり、妹がひとりの三人兄弟。

　レンタカーの運転席で渡辺が言った。

「停《と》めますか？」

津久井は言った。

「その先にコイン・パーキングがある。あそこに停めよう」

「はい」

ふたりはほぼ一時間ほど前、千歳空港発仙台空港行きの飛行機で仙台に着いたのだった。強姦殺人犯の捜査、追跡ということで拳銃を携行してきた。事前に公務員の職務に関《かか》わる銃器携帯の手続きを取って、預かりで拳銃を機内に持ち込み、着陸後受け取ってきたのだ。もちろんまだ、発砲まで予想されるような事態でもない。拳銃はホルスターと一緒にそれぞれのスーツケースの中だ。

空港で借りたレンタカーを駐車場に入れると、津久井たちは商店街をいまの焼鳥屋の前まで戻った。引き戸の前で気配を窺うと、中ではひとの気配。今夜のための仕込みの最中なのかもしれない。店の左右には細い路地。自転車と原付が一台ずつ、その路地の中に突っ込んである。原付のほうは、隣りのラーメン屋のもののようだ。

津久井は渡辺にうなずいてから、引き戸に手をかけた。戸は施錠されていなかった。すっと左手に開いた。目の前には、取り込まれている暖簾。

「こんにちは」と、津久井は少し身を屈《かが》めて言った。

右手にカウンターがある。席の数は七つか八つ。ごく小さな規模の店だ。壁にも梁《はり》にも柱にも、油の皮膜ができているように見えた。カウンターの中には、六十年配の男がいて、じろりと津久井に目を向けてきた。白いダボシャツ姿で、頭は丸刈りだ。眉《まゆ》が太く、鼻も大きい。いわゆる「濃い顔」の系列だ。目が合った瞬間に、津久井は察した。この親爺《おやじ》は若いころ、たぶんその筋の連中と何かしらの関わりがあった。この眼光、身体《からだ》から放つ雰囲気、津久井に向けた表情。ただの気性《きしよう》の荒い焼鳥屋の親爺、という以上のものだ。

津久井は店の中に身体を入れた。客はない。従業員の姿もなかった。いま店にいるのはこの親爺だけだ。

「棚橋さんですよね？」

「なんだ？」と、親爺は手を休め、身体を向けてきた。肉を串《くし》に刺す仕事の途中だったのだろう。

津久井はカウンターごしに親爺と向かい合う場所まで進んだ。三歩離れた位置に渡辺。

津久井は警察手帳を見せて言った。

「北海道警察なんです。凶悪犯を追ってるんですが、おたくの幸夫くんのところに、そいつが接触してるんじゃないかって可能性がありましてね。それで幸夫くんと直接話せないかと」

「幸夫ならいないよ」

「いまどちらです？　自衛隊を除隊されてますよね」

「知らない。うちにはいない」

「ずっと連絡がない？」

「ああ」

「正月とかお盆には帰ってきてませんか」

「知らない」親爺は言い直した。「来てない」

「せめて連絡先がわかると、直接会いに行こうかと思うんですが」

「知らないって」

「息子さんと最後に会ったのは？」

「二、三年前だ」

「携帯電話、番号わかりません？」

「わかんない」

「持ってない？」

「知らない」

「奥さんも知らないかな」

「おれが知らなきゃ、女房も知らんよ」

津久井は手帳から聞き込み用の名刺を取り出すと、親爺の前に差し出した。

「もし居場所を思い出したら、一報いただけませんか。うちが追ってる男は、幸夫くんと自衛隊で同じ班だったと聞いているんです。幸夫くんはその男の数少ない友達だったと」

親爺は、シャツで右手を拭ってから、名刺を受け取った。

その名刺には簡単に、北海道警察本部帯広署刑事一課、津久井卓と記されている。それに、捜査本部の直通電話の番号。聞き込み用に片っ端から配るためのものだ。

親爺は名刺に目を落としてから言った。

「わかった。思い出したら電話する」

「お願いします」

店を出ると、渡辺が言った。

「完全に何か隠してますね。棚橋で主犯は決まりじゃないですか」

「まだわからないさ。あの父親が、警察大嫌いってだけなのかもしれない」

「マル暴かな」

「ただの田舎のヤンキーが老けただけじゃないな」

津久井は商店街のその通りの中央に立って、周囲を見渡した。シャッターの閉まった店の多い商店街だった。焼鳥屋大次郎の筋向かいに、そば屋がある。暖簾がかかっていた。

「小腹が空《す》いてないか」

「そうですね」

「そばにしよう」


北海道警察函館中央署の、刑事・生活安全課捜査員、坂井俊直巡査部長は、そのスチールのドアを開けて、司法解剖室に入った。

そこは、床はもちろん、壁もふつう腰板がある部分まではタイルという部屋だった。全体にステンレスの什器《じゅうき》ばかりが目立つ。部屋の広さは、学校の教室の半分ほどだろうか。エアコンの音がかなり大きく響いている。中の空気はひんやりしていた。室温はたぶん十度前後だ。

札幌医科大学の法医学教室解剖室のうちのひとつだ。北海道警察管内で変死体が出た場合など、たいがいはこの法医学教室で検視解剖される。坂井は一昨日、この白骨死体をここに届け、きょうはその検視結果を聞きに函館から出張してきたのだった。

部屋の中央にステンレスの台があって、その前に白衣姿の男が立っている。帽子をかぶり、マスクをつけ、薄手のゴムの手袋をしていた。ステンレスの台の上には、骨が並べられている。人間のものとすぐに判別がつく。全体は骨格標本のようにも見えるが、骨はどれも黒ずんでおり、部分的には欠けているところもある。

七日前、函館中央署管内の山中で見つかった白骨だった。熊笹《くまざさ》の生えた斜面に散乱していたもので、頭蓋骨《ずがいこつ》部分を地元の農家の男が発見、函館中央署に届け出た。署員が十二人出て、半径十五メートルの範囲から集めた骨がいますべて、台の上に並んでいる。分解しきっていない衣類の一部や、時計、キーなども発見されたから、白骨死体、と発表された。しかし、骨以外の「ボディ」の部分が残っていたわけではなかった。集めることのできた骨の量も、本来あるはずの六割か、多く見積もっても七割といったところだろう。なので、昨日まではそれが男なのか女なのかということさえわからなかった。

若い男が、マスクをはずして坂井に言った。

「法医学教室の田辺《たなべ》と言います。函館中央署の？」

「坂井です」と名乗って、坂井は警察手帳を見せた。「結果はどうでした？」

「もしよければ、そこのマスクと手袋をお使いください」

坂井がドアの脇《わき》を見ると、ステンレスのワゴンの上にその手のものが重なっている。坂井は素直に手袋をはめ、マスクをつけた。

台に近づくと、田辺という医師は言った。

「男性です。年齢は二十代後半から四十歳ぐらいのものでしょう。身長は百七十センチ前後」

坂井は訊いた。

「女の骨も混じっている、ということはありませんか？」

田辺がふしぎそうな目を向けてきた。

「どうしてです？」

「じつは、昨日になって、この白骨があった場所から五十メートルほど離れた崖下で、車の残骸《ざんがい》が見つかったんです。名義人がわかりました。行方不明になっていた男のものでした。この男の女房にも、女房の身内のほうから捜索願いが出ていますので」

「ひとりですよ」と田辺は骨に視線を戻して言った。「骨は一体分です」

「確実に？」

「ええ」

「大怪我《おおけが》をしていますか？　交通事故の場合のような」

「いいえ。とくには。ただ、奇妙な点があります」

田辺は、手袋をはめた指で、頭蓋骨の下、頸椎《けいつい》のあたりの骨を指さした。坂井は背を屈めて、田辺が指さした部分をのぞき込んだ。

田辺が言った。

「首の骨、第二、第三頸椎の後ろ側と右側面に、何か人工的なものでつけられた痕《あと》があります」

示された場所には、たしかに硬いものを突き刺したか、えぐったようにも見える痕があった。

田辺は言った。

「肋骨《ろっこつ》の第七、第八にも似たような痕があります」

田辺は台から脇に移動して、デスクの上の液晶モニターの前に立った。坂井もその横に立った。田辺がマウスを操作すると、画面にいま見た頸椎の傷の部分が拡大して示された。

「刃物の傷のように見えます」

坂井は訊いた。

「野生動物が嚙《か》み千切《ちぎ》った痕、ということはありませんか？」

「まったくちがいます。刃物です。ま、金属製工具などの先端部分である可能性も否定できませんが。こちらの肋骨も同様です」

「どういうことなんでしょうね」

「生きているときに、あるいは死んですぐ、刃物を何度も突きたてられるか、えぐられるかしたのでしょう」

坂井はモニターから田辺に視線を移して訊いた。

「つまり、首と胸を刺したり切りつけたりしたということになりますか」

「そう想像できます。野生動物がやったことではありません。また首の傷は」

田辺が言葉を切った。坂井は黙ったままで田辺の次の言葉を待った。

田辺が、少しためらいがちに言った。

「この頸椎の傷痕は、刺したとか切りつけたというより、首を切り落とそうとして、けっきょくあきらめた傷のように見えます」

坂井はまばたきして、田辺の言葉を反芻《はんすう》した。胸の骨に刃物傷。加えて、首を切り落とそうとした痕。

ついいましがたまでは、函館中央署では交通事故ではないかという判断だった。山道で運転を誤り転落、運転者は大怪我をして道路まで戻ることができず、そのまま死んだのではないかと。しかし、刃物傷があるとなると。

車の名義人がわかり、しかもきょうになって、その男は家族から捜索願いが出ているとわかった。六年前、ふいに札幌市内のアパートから消えたのだという。失踪《しっそう》時、車もなくなっていた。

男が消えるその二週間ほど前には、その女房がアパートからいなくなっていたようだとも言う。男も消えて二週間ほどたってから、女のほうの身内が捜索願いを出した。やがて男の両親も息子の捜索願い。

男は何か犯罪に巻き込まれたのだろうか。最初に女が拉致《らち》され、ついで男という順番で。

坂井は、かつて横浜で起こったという弁護士一家失踪事件を思い出した。あの事件ではけっきょくカルト宗教の狂信者たちが一家を殺害、遺体を車で新潟まで運んで山中に捨てたのだ。犯人たちの自供から死体遺棄現場を掘ると、子供の白骨を含め、一家三人の骨が見つかったのだった。こんどもあのような事件ということだろうか。

いや、と坂井は思い直した。これがたとえば暴力団やカルト宗教が関わった事件だとして、首を切り落とそうとした痕、という点が気になる。身元をわからなくするために死体をばらばらにして遺棄するということはそう稀《まれ》ではないが、もしやったのが暴力団員や狂った使命感を持ったカルト信者たちなら、確実に首を切り落としたことだろう。途中でやめたりはしないはずだ。

殺害者が被害者の首を切り落とす理由として、警官たちが頭に入れていることはもうひとつある。つまり殺害者のほうが弱い立場で、被害者を殺したはよいが、相手が生き返ってくるのではないかという恐怖が残るとき、その首を切り落とそうとするのだ。

坂井は田辺に頼んだ。

「先生、あの白骨、うつぶせの状態に並べてもらうことはできますか。上半身だけでけっこうですが」

「かまいませんよ」

田辺がステンレス台まで歩いた。坂井も続いた。

田辺は慣れた手つきでまず頭蓋骨をひっくり返し、ついで頸椎、胸骨、脊椎《せきつい》といった骨もうつぶせの状態にした。

坂井はその骨の左側に立って、自分がいま刃物を持っていると想像してみた。殺したばかりの死体は、うつぶせである。つまり、死体の目は自分を見ていない。モノと意識することが可能だ。その状態で首を切り落とすべく右手を頸椎の上に下ろしていった。

田辺が言った。

「そのとおりです。誰かがちょうどそのかたちで刃物をふるった。頸椎の傷痕は、そのような状態で作られたと考えてよいでしょう」

坂井は顔を上げ、ふっと荒く息を吐いた。自分の想像した情景に、胸が苦しくなったのだ。

「ちょっと廊下に出させてください」と坂井は言った。「いまのお話、とり急ぎ報告しますので」

田辺はどうぞとドアを示した。

3

そば屋の店の中は清潔で、三和土《たたき》には水が打たれたばかりと見える。客はなく、棚の上のテレビも消えていた。親爺は、六十代の細身の男だった。調理場との仕切りの暖簾をよけて、顔をのぞかせた。

津久井は警察手帳を出して言った。

「じつは、北海道から逃げた凶悪犯の足どりを調べてるんです。そいつが、あそこの幸夫って子と親しかったようなんですが、幸夫くんのことご存知《ぞんじ》ですか」

親爺が言った。

「いまは、うちにはいないよ。自衛隊に行ってるはずだ」

「数年前に除隊してるんです。帰ってきていない?」

「そうなの?　最近、顔は見たことはないな」

「あそこの親爺さんは、息子の連絡先も知らないって言うんだけれど」

「あまり親子仲はよくなかったんじゃないかな。幸夫は高校を出ると、さっさと家を出たんだ。何年かして、自衛隊に入ったという話を耳にした」

「最近はまったく戻ってきていない?」

「もう何年も見ていないよ。正月でも」

「お袋さんとは？」

「やっぱりあまり可愛《かわい》がっているようでもなかったな。こんなことを言うのはなんだけど」

「あの親御《おやご》さんたち、息子のケイタイの番号も知らない？」

「知らなくても、当然という感じもする」

「幸夫くんの連絡先、兄弟なら知っているかな」

「さあ。ふつうのうちなら、そうだろうけど」

棚橋家は、あるいは棚橋幸夫は、ふつうではないと言っていることになる。

「あと誰か、幸夫くんの連絡先なんて知っていそうなひとはいませんかね」

「幸夫と親しかったのは、ひとり知ってる。いま仙台にいる」

「なんていう友達です？」

「岸本達明《きしもとたつあき》。高校も同じところに進学した」

「連絡先わかります？」

「宮城福祉支援センターだったかな。障害者の授産施設。仙台の台原《だいのはら》ってとこにある」

「調べてみます。どんな子なんです？」

「飛ばし屋。十七のときに、バイクの交通事故で下半身不随になった。いまそこの施設で、何か細工物を作っていると聞いたよ」

「幸夫くんとはどんなつきあいだったんです？」

「近所でたいがい一緒。補導されるときも、事故を起こしたときも。いつかふたり一緒に外人部隊に入るんだ、なんてほら吹いてたよ」

津久井は思わず渡辺に目を向けていた。これですかね、と渡辺が微笑した。


新宮昌樹は、上司である佐伯宏一が質問をするのを、横で見守っていた。

連続ひったくり犯の捜査の応援である。新宮と佐伯は、現場である北四条東六丁目を中心に、東西二ブロック南北八ブロックの範囲で目撃者探しを命じられているのだ。佐伯たちは該当地区の詳細な住居地図を持ち、犯行のあった時間帯にも営業していたコンビニ、飲食店などの聞き込みから始めた。昼休みをはさんで、これでもう五時間の聞き込みになる。まったく成果はなく、新宮は少し疲労も感じてきていた。

いま佐伯が店長と話しているのは、現場から西に三百メートル離れた場所にあるダーツバーだ。このあたり、最近は創成川イーストなどと洒落《しゃれ》た呼び方もされるようになっているが、もともとは産業エリアである。ビール工場やガス会社、それにもっと小さな町工場や卸商などが集中していた。いまは再開発が進み、かなり集合住宅もできている。しかし、業務用車両の利便性で道路整備が進められてきた地区だから、町は全体に殺風景である。緑も少ないし、小商店や食堂のたぐいも目立たなかった。そのぶん、歩行者の姿も少ないということである。

バンダナを巻いた三十代のオーナーは、カウンターの中でグラスを磨く手を休めて佐伯に言っている。

「いや、やっぱり聞いていないですね。ドアを閉め切っていたし、うちはけっこう音楽も大きくかけてますから」

佐伯が訊いた。

「お客さんで、バイク好きの仲のいいふたりなんていないかい」

「うちはお酒を出しますから、バイクで来るひとはいないな」

「昼間、コーヒー飲みに来るひともいるんだろう」

「バイクねえ。ハーレーでやってきた年配の方がいましたけど、名前はわかりません」

「最近？」

「店がオープンしたばかりのころですから、一年以上前」

佐伯の胸ポケットで携帯電話が震えたようだ。新宮が見ていると、佐伯はモニターを確認してすぐ、ちょっと失礼とオーナーに言ってカウンターから離れた。

新宮は佐伯のあとを引き取って訊いた。

「この近所に、バイクショップなんてありますか」

もらった地図には、バイクショップの位置は示されていなかったのだ。

オーナーが答えた。

「醸造所の南に一軒、あったような」

指示された聞き込みの範囲外だ。新宮は佐伯の指示を待とうと、佐伯に目を向けた。

佐伯は新宮に背を向けて言っていた。

「そうなんです。ええ、あとは服部《はっとり》さんのほうで、うまく生かしてもらえたら」

「いえ。残念ながら」

「そのあたりの事情、直接お目にかかってお話ししようかとも考えています」

「ええ。たとえば中間の東京とかでは？」

「もちろん納得してはいません。だけど、これ以上のことは、自分にはできないんです」

「土曜日ですね。休み、取れますよ」

「ええ。持参します」

佐伯が携帯電話を胸ポケットに収めてカウンターの前に戻ってきた。

新宮は言った。

「バイクショップがあります。少し離れていますが、行ってみますか？」

佐伯は首を振った。

「まずはエリアをひとつずつつぶしていこう」

店長が訊いた。

「ひったくりと強盗はどうちがうんです？」

佐伯が答えた。

「ひったくりは窃盗犯。少しだけ罪が軽い。被害者に怪我をさせてなければ」

「最近、北区の釣り具屋で万引きして、店員はねて死なせちゃったのありましたね。あれは窃盗？」

「強盗殺人」

店長は笑った。

「ロッド一本で殺人になっちゃったんですか。わりが合わないすね」

「犯罪はみなそうだ。ありがとう」

「何か思い出したら、電話します」

その店を出たところで、新宮は佐伯に訊いた。

「東京に行くんですか？」

佐伯が、少しだけきつい目で新宮を見つめ返してきた。

「プライベートなことだ」

「すいません」

佐伯がまた地図を取り出した。

「この先に、旗やら幟《のぼり》やらの卸店があるな」

「夜の十一時には店は閉まっていたかも」

「よさこいソーランの時期だ。かきいれどきかもしれない」

音楽が止まった。

小島百合は荒く息をついて、体育館の床に座り込み、壁にもたれかかった。旗竿《はたざお》は壁に立てかけた。

およそ四十五分、振付師の指導で旗を持ったダンスの振り付けを練習したのだ。ほかの踊り手たちも多くがその場に座り込んだ。

小島百合の持つ旗は、男性ふたりが持つ巨大な旗に較べるなら、商店街のセールの幟のようなものだった。でも、音楽に合わせて振るのは容易なことではない。そもそも小島百合は、格闘技のための筋肉は鍛えてきたが、ダンスのための筋肉は持っていなかった。音《ね》を上げたくなるほどにきつい練習だった。

ペットボトルから健康飲料を飲んでいると、村瀬香里が隣りにきて腰を下ろした。

「百合さん、すごいですよ」と、村瀬香里は無邪気に言った。「もう完全にマスターしたじゃないですか」

上から目線だ。そのお歳《とし》でよく頑張っていますね、と言っている？　それとも、こう感じるのはわたしのひがみ？

「まさか」と小島百合は、汗をぬぐいながら言った。「踊るだけならなんとかできても、わたしはその一方で周囲を警戒し、あなたを守んなきゃならないのよ」

「あの振り付けなら、ちょうどフロントラインを守る格好じゃないですか。意識しなくてもできますよ」

「きつかった。あなたたちの脇を行ったり来たり。それより、またちょっとケイタイ確かめてくれる?」

村瀬香里はすぐにポシェットから携帯電話を取り出してモニターを見た。

「何も入ってない」

「やつは、もうあなたがこのチームで踊るってことを把握してるんでしょうね。わざわざ脅迫する必要はない」

「きょう、現れる?」

「何十人もの警官があなたのまわりで網を張ってる。現れたらすぐ逮捕。ただ、ステージが分散していて、場所を一カ所に絞れないというのはきついね」

よさこいソーランの会場は、大通公園西八丁目広場のセンターステージだけではなかった。全部で市内に二十五カ所ある。審査に参加するチームの会場だけでも、市中心部に十カ所以上だ。南大通り、北大通り、駅前通り、南一条通り、薄野、札幌駅南口広場、北海道庁赤レンガ前広場といった会場があって、文字どおりその中心に、西八丁目広場のセンターステージがある。会場の大半には仮設の観客席が作られているが、通行人が自由に観《み》ることのできる会場もあった。

審査に参加するチームは、その会場を順繰りにまわっては、一般の観客や審査員の前で自分たちの群舞を披露しなければならない。それぞれの会場は事実上つながっており、会場から会場への移動は徒歩となる。まれに札幌駅南口広場と薄野会場とのあいだを移動するような場合だけ、地下鉄を使うことになる。

鎌田が村瀬香里を襲うとしたら、あんがい群舞の最中ではなく、その移動の途中を狙うかもしれなかった。もっとも、チーム自体がそのときになってみなければ、地下鉄を使うか徒歩になるかわからないという。つまり移動時を狙っての待ち伏せは不可能、踊りの最中から村瀬香里に目をつけ、あとをつけることになるだろう。当然警官たちもそんな不審な動きをする男がいれば気づくはずで、鎌田が村瀬香里が踊る艶麗輪舞のチームに近づいたら、早い段階で気がつくはずである。

ただ、と小島百合は思う。鎌田はわざわざ村瀬香里を発見したことをメールで告げてきた。警察があらためて厳重な警戒態勢を敷くことを、当然予期しているだろう。何か裏をかくだろうとも想像できるのだ。前回村瀬香里を襲ったときのことが前例となる。あのときは、小島百合が村瀬香里の張りつけ警戒を終えて彼女を自宅アパートにひとりきりにしたところで、意外な場所から登場した。こんども警察の裏をかく手を、想定していると考えてよい。いくらなんでも、警察の警戒の網を正面から突破して村瀬香里に近づこうとするはずはないのだ。

今朝の捜査会議でも、鎌田が計画している「裏をかく手」については、誰も想像がつかなかった。よさこいソーランが終わるのを待つのではないか、という見方さえ出た。このタイミングで脅迫メールを送れば、警察は必ず考える。鎌田は絶対によさこいソーラン祭りの最中という警戒の難しくなる時期を選ぶだろうと。警察にはそうやってひとり相撲をさせておいて、警戒がゆるんだ祭りのあとに襲うのではないかと。たしかにその可能性はあるが、だからといっていま警戒をしないわけにもゆかなかった。

しかし、移動のときに隙ができる。祭りの最中、踊り手が数千人、そしてその何十倍かの数の観客が、札幌市中心部のごく狭い範囲を行き来する。艶麗輪舞をＶＩＰのように囲めるならともかく、移動時にはどうしても警戒の網は粗くなるのだ。注意も分散する。

また、祭りが警戒を難しくするもうひとつの理由は、この期間、札幌市内には隈取《くまど》りふうの化粧をした、奇妙なファッションの踊り手があふれることだ。風体の不審さで職務質問をすることが事実上できなくなる。鎌田の側から言えば、一見どこかのチームの踊り手と見せる衣裳を身につけ、顔が判別できないような化粧をすれば、村瀬香里にかなりやすすと接近できるということになる。けっきょく、踊りの最中の警戒は難しい。

踊り手ではない女性が、ビラを配りにきた。きょう紹介されていた三十代の裏方さんだ。受け取ったチラシには、きょうの詳細な予定が書かれている。

祭りのあいだのチームの本部は、北大通り西九丁目の、札幌公園ホテル二階の小宴会場と二〇二号の客室。客室は女性専用。トイレ等はできるだけ公園ホテルですませること。常時ふたり待機。本部メンバーの携帯電話番号は、早めに登録しておくこと。

ＰＡ班は六時ちょうどに道庁赤レンガ前広場で設営開始。

本隊は六時二十分集合。

演舞は道庁赤レンガ前広場の第七組四番目。前のチームは、滝川市の愛神楽《あいかぐら》ホノオ。終えるとすぐに大通公園西五丁目広場に移動。ＰＡのトラックは北大通りに移動し、愛神楽ホノオのトラックのうしろで待機。

二回目の演舞の前に、軽食。

七時三十分ごろ、南大通り西六丁目からパレードに加わって演舞開始。

南大通りでの演舞が終われば、本隊とＰＡ班はすぐ駅前通り南三条に移動。八時二十分ごろ、演舞。

演舞中、スタッフが常時付近で待機。衣裳、小道具等の破損の場合はすぐに用意のスペアと交換。救急セット等もスタッフが持つ。

九時、大通公園西九丁目広場に集合。十五分ほどミーティング。解散。個々に食事。

小島百合はその進行表を見て、村瀬香里に言った。

「移動のときも、わたしから離れないでね」

「ずっと一緒なんですよね」

「アパートに送って、朝、別の女性警官と交代するまで」

小島百合は立ち上がって、その進行表を配っていた佐藤和枝のうしろから言った。

「佐藤さん、もう一枚もらえる？」

佐藤が立ち止まって、黙って進行表を一枚差し出してきた。小島百合はそれを受け取り、体育館の外に出た。

エントランスの脇に、私服の若い捜査員がいる。鎌田を追っている捜査本部のメンバーだ。

小島百合はその捜査員に進行表を渡して言った。

「きょうの詳しい予定がここに。これに合わせて、配置をお願い」

「了解です」その若い捜査員は、視線を小島百合の衣裳に向けて訊いた。「戦闘マシーンですか？」

「何？　この衣裳のこと？」

「ええ」捜査員は、戦う女性が主人公の映画のタイトルを口にして言った。「百人もの女性がその格好だと、迫力ありますね」

「みなさん、審査員に媚《こ》びないんだ、って自慢してるわ。ニシン場トラッドだけがソーランの衣裳じゃないだろうって」

「うちの女性警官もその格好だといいのに」

小島百合は、それはセクハラにあたる言葉だろうかと一瞬考えた。それとも彼はただ、若さのせいで心底このファッションが格好いいと思っただけか。正直なところ、きょうこの衣裳をつけてみて、自分自身も気に入ったのだ。鎌田ともう一度対決しなければならないとしたら、ヤン衆の衣裳よりもこの格好で立ち向かうのは悪くない。自分があの、銃器も得意で格闘技はパーフェクトという女主人公に近づいた気分にさせてくれるではないか。最後にだめ押しの回し蹴《げ》りを入れるときも、この格好だとさまになるはずだ。

小島百合は言った。

「男がこんな格好で近づいて来たら、ちょっと注意してね。目立つ衣裳は、正体を隠すには都合がいいんだから」

若い警官は白い歯を見せてうなずいた。

4

岸本達明は、車椅子でその授産施設の事務室に現れた。

髪を短く刈った男だ。Tシャツ姿で、下はジャージ。顔の右半分にも、手術の痕があった。そうとうに大きな交通事故だったのだろう。腹にはウエストポーチをつけていた。

津久井は岸本のそばまでスツールを動かして警察手帳を見せた。

「じつは、北海道のとある犯罪事件の容疑者を追っているんだ。棚橋幸夫くんがもしかしてその容疑者から連絡を受けているのではないかと思うんだけど、棚橋くんの連絡先なんてわかりませんか。彼とは仲がよかったと聞いているんですが」

岸本達明は、黙ったままで津久井を見つめてきた。津久井は多少焦《あせ》った。下半身不随と聞いてきたが、もしかして言語中枢にも障害が残っているのだろうか。おれの言葉が理解できなかったか。

施設の職員に、その件を確かめようとした。岸本に会いたいと告げたとき、とくに職員は何も注意してはくれなかったが。

　そのとき、岸本が口を開いた。

「あいつ、いまどこなの？」

　ごくふつうの口調だった。発音もしっかりしている。言語中枢には何の問題もないのだろう。

「それを知りたいんだ。親御さんもわからないって言うので」

「おれもいまは知らないんだ。最近、連絡取れなくなった。ケイタイの番号も変わった。生きてるよね？」

　津久井は渡辺と顔を見合わせてから訊いた。

「どういう意味だい」

「いや、気になるから」

　切った張ったの危ない世界にいる、という意味なのだろう。津久井はその事情をいきなり問い詰めるのではなく、外側から訊いてみた。

「最後に会ったのはいつだい？」

「二年ぐらい前かな。一回利府に帰って来て、酒を飲んだ」

「最後に連絡取り合ったのは？」

「二月ごろ。いや、三月だ。カネ貸してくれないかって」

「あんたに、カネを貸せって？」

「ああ。おれがいまこの施設でいくら稼いでると思う？　それ言ったら、切羽詰《せっぱ》まってるんだって言ってた」

「闇金《やみきん》とか？」

「そうなんだろうと思う。断ったけど、このあいだ、気になってさ。電話してみたら、もう、使われていません状態だった。あいつ、生きてるよね」

「たぶんね。闇金だって、そうそう無茶はしないさ」

渡辺が言った。

「その電話、ケイタイで、いつあったものか確かめてもらえるかな」

岸本はウエストポーチから携帯電話を取り出した。

「三月十日だ」

神奈川の強盗事件のほぼ三カ月前ということになる。

津久井は訊いた。

「棚橋は、働いていた？」

「たしか警備会社。ほら、あいつ自衛隊出身だし」

警備会社は、採用の際に身元調査をかなり徹底してやる。たとえ自衛隊経験者でもだ。親元にも照会がある。警備会社にいたとなると、棚橋の親爺たちが消息を知らないということはありえないはずだが。あの親爺はやはり知っていてとぼけたか。でもたしかに、棚橋がパチンコ屋の現金輸送車を襲ったことを考えると、その線は納得できる。現金輸送のシステムにも、多少知識があったということなのだから。

岸本は、元オリンピック選手を多く抱える警備会社の名前を出した。そこだと聞いたことがあると。

渡辺がその名をメモしたので、津久井はもうひとつ訊《たず》ねた。

「カネにぎりぎり困ったとき、棚橋は親御さんに頼らないのかな。友達のあんたに電話するのって、珍しいことのように思うから」

「あいつ、勘当されたようなものだし。あの親爺なら絶対にカネなんて出さないよ。出すカネもないだろうし」

「じゃあ、けっきょくそのあと、棚橋はどうやって切り抜けたと思う？」

「フランスに逃げた」そう答えてから、岸本は笑った。「自衛隊に入る前、あいつ、フランスの外人部隊に行きたいなんてこと言ってたんだ」

「こんども本気で？」

「もし殺されることがわかってたら、するかもしれない。あ、飛行機代が必要なのか。あいつ、必要だったのはそのカネだったのかな。四十万貸してくれって言ってたんだ」

「そのあと棚橋はどうしたかな」

岸本は津久井を見つめてきた。自分にどんな答が求められているのか、それを探るような目だった。少しのあいだ、無言が続いた。その沈黙のあいだに、岸本が答えまいとしたことがわかった。

れるかもしれない」

「ありがとう」津久井はスツールから立ち上がった。「もしこんど、棚橋から電話があったら、わたしにも連絡をくれないか。棚橋がもし困ったことになっているなら、助けになれるかもしれない」

岸本が、津久井を見上げて訊いてきた。

「その北海道の犯罪者って、何をやったの？　闇金の関係者かい？」

「いや」どこまで答えるべきか、少し考えてから津久井は答えた。「一応、殺人容疑」

「棚橋のダチなんだね？」

「自衛隊で親しかった」

「もしかして、鎌田って男？」

その名が出たか。津久井は緊張を気取《けど》られぬように言った。

「知ってるのかい？」

「二年前に会いにきたとき、鎌田ってダチのことを言ってた。一緒に、けっこうカネを稼いだことがあったって。そのうち一緒に何かやりたいみたいなことも言ってた」

「どんな稼ぎ？」

「ノミ、だったかな。博打《ばくち》の胴元かな。なんかそういうことだ」

自衛隊が把握しきれなかったノミ行為もあったのかもしれない。

津久井はあらためて岸本に礼を言い、渡辺と一緒にその事務室を出た。期待以上によい情報を得られたようだ。仙台まで出張してきた甲斐《かい》があったかもしれない。

レンタカーに乗り込んでから、津久井は渡辺に言った。

「警備会社の線は、捜査本部からあたってもらおう。辞めていたとしても、最後の住所はわかる」

渡辺が言った。

「棚橋が相棒って線、濃厚になってきたでしょう」

「そうだな。この筋読みは、悪くないと思えてきた」

渡辺が微笑して、車を発進させた。津久井は携帯電話を取り出した。いまの件を報告したら、たぶんきょうのうちに東京への移動が命じられることになるだろう。東京で応援を待つことになるかもしれない。神奈川県警への協力要請は、たぶんあるまい。

新宮昌樹は、上司の佐伯と共に大通署に帰った。報告書は佐伯がすぐにまとめ、伊藤のサインをもらってから、東署の横井にファクスした。

聞き込みでは何の成果もなかったのだ。その時刻、犯行も逃走する犯人たちを見た者も出なかったし、不審なふたり組に気づいた者もなかった。あのエリアの住人もしくは通勤者で、日頃《ひごろ》挙動が奇妙に見える者についての情報も出ない。じっさい、犯行現場のリストから考えても、犯人たちの拠点は東区内のどこかであろうと推測するほうが自然なのだ。中央区の犯行現場は、犯人たちが拠点の近場を避けてもっとも遠出した場所、ということになる。

横井が言っていたように、カネに困った連中はきょうまた犯行に出るだろう。そのとき犯行現場は、より札幌市中心部に近くなる。もしかすると、確実に現金を求めて、コンビニに押し込むという可能性もあった。その場合も、よさこいソーランで売り上げが上がっている市内中心部のコンビニが標的になるのではないだろうか。わざわざ辺鄙《へんぴ》な地区の売り上げの少ないコンビニを狙う意味はない。彼らは最初の二回で犯罪の成功体験を積んでおり、度胸もつけた。リスクの計算には甘くなっている。逆にカネの必要性、緊急性は厳しいものになっている。

強盗。

今夜か明日、市内で発生するか。

新宮はデスクで、どこかから漏れ聞こえてくるよさこいソーランの音楽の音を意識した。きょうから四日間、市内中心部は、各所で通行止め、祭りの臨時会場、臨時のステージとなっている。いつもより多くの警官が警備に動員されてはいるが、緊急時には現場に急行するのも難しくなっているということだった。

やつらはこのタイミングをはずすまい。

聞き込みのあと、署に帰る途中に佐伯が言っていた。たぶん東署は、管内の素行不良の青年たちに目をつけているはずだと。バイクに乗れて、カネに困っている青年ふたり組。ひとりがかぶっていたヘルメットはフルフェイス型だから、もともとスポーツタイプのバイクに乗る青年かもしれない。また犯行の曜日と時間帯を考えると、連中は夜間働いてはいない。日中勤務か無職。つねにふたり組ということは、つまりどちらも時間はかなり自由になるのだ。ふたりとも無職の可能性のほうが高い。東署は、バイクがらみで補導歴、検挙歴のある者をひとりひとりあたっているのではないか、と。

佐伯は、フロアの隅のファクスで報告書のコピーを送ったあと、自分のデスクの電話で横井と少し話していた。聞き込みの詳しいところを、横井が求めていたようだ。

その電話が終わったところで、佐伯が新宮に言った。

「よし、きょうはもういいぞ」

時計を見ると、午後の五時四十分になっていた。

新宮は訊いた。

「きょうは、ブラックバードですか？」

ブラックバードというのは、佐伯がよく行くバーだ。ときどきジャズのライブが入る。マスターはかつて道警勤務だったという男だ。四十代で退職し、店を始めた。狸小路《たぬきこうじ》という商店街のはずれにある。大通署からは、五百メートルほどの距離。新宮もときどき顔を出す店だった。

佐伯は首を振った。

「いや、まっすぐ帰る」

「お疲れさまでした」

新宮の携帯電話が震えた。新宮は胸ポケットから携帯電話を取り出しながら、佐伯の姿を目で追った。佐伯はフロアの奥のロッカーの前に立つと、中からクラフト紙の紙袋を取り出した。平たくて硬そうなものが入っているようだ。少し重みがありそうでもある。

モニターには、メール着信が表示された。新宮はメールを読むためボタンを押した。佐伯は紙袋を下げて、フロアを出ていった。

メールは大学時代の友人からのものだった。

「土曜日合コン補充募集。相手は五人。公務員とナース。来るか?」

土曜日?　日勤だが、夜の合コンなら参加できる。

新宮はすぐに返信メールを入力した。

「参加する。時間、会場教えてくれ」

入力しながら、どんな格好で参加するか考えた。天気はこのところぐずつき気味だ。涼しいぐらいの気温。スーツがいいだろうか。いくらなんでも、合コンにいきなりポロシャツでは場違いだとひんしゅくを買うだろう。軽めのジャケットがいいか。

返事を送信してから思った。

佐伯がロッカーから持ち帰った物は、いったい何だったのだろう?

小島百合は、北海道議会前の広場で、あたりを見回した。

この広場から百メートル西には道警本部ビルがあり、南東に二百メートルの場所には大通警察署がある。もともとここは自分にはなじみがあったが、三年ほど前に起こったある事件から、この広場はいっそう意味のある場所となった。あのとき、自分の同僚であるひとりの警官を、議会での証言のために仲間たちとここまで連れてきたのだ。裏金問題で、彼はほんとうのところを質問されることになっていた。その警官の証言を察知した当時の道警のトップは、折から起こった女性警官殺しの犯人としてその警官を指名手配、射殺命令さえ出した。しかし自分たちは、女性警官殺しの真犯人を割り出したうえで、道警の包囲網の裏をかき、なんとかその警官を議会の百条委員会へと送り届けることができたのだ。

あのとき、この広場の周辺には、たぶん二百人や三百人の警官が配置されていたことだろう。しかしきょうは、全体でも三十人ほどだろうか。よさこいソーランの会場警備のためにふたりか四人。そして村瀬香里を狙う鎌田光也逮捕のために動員されている警官が、ふた班十二人ぐらい。それとは別に、大通署生活安全課の一班と自分だった。

艶麗輪舞の踊り手たちは、いましがた百二人であることが、岩崎裕美子から告げられた。優勝を狙う常連チームは百五十人以上いるのがふつうだから、艶麗輪舞は中規模のチームということになる。規定では、四十人以上の踊り手がいれば、審査を受けてファイナルに出場する資格がある。

いまこの場には、艶麗輪舞のほか第七組のチーム六団体が自分たちの出番を待っていた。最初に演舞を見せる三チームはすでに道庁赤レンガ前広場のすぐ脇で待機しているはずだ。

赤レンガ前広場のほうからは、大音量でロックふうにアレンジされたソーラン節が聞こえてくる。第七組トップの名門チーム、小樽海神踊り隊が演舞を始めたところのようだ。

村瀬香里をはじめ、艶麗輪舞の面々は、いまそれぞれウォームアップをしたり、互いに化粧を確認しあったり、本番最初の演舞に向けて、気持ちを高めているところだ。

村瀬香里は軽く身体を左右に揺らしながら、小さくハミングしている。上目ぶちには赤い隈取り。口紅もかなり強い赤だ。さらにラメ入りのアイシャドウ。髪はひっつめにして、うしろでまとめている。黒いユニフォームに、太いベルト。鳴子を持つ手には革のリストバンド。彼女の顔は高揚しているように見えた。本番になると、あるいはひと前に出るとき、萎縮《いしゅく》するのではなく燃えるタイプ、乗るタイプなのだろう。小島百合もどちらかと言えば本番の試合には強いほうだけれど、村瀬香里の場合はその傾向が極端に出ているように思える。

村瀬香里が小島百合の視線に気づいてハミングをやめた。

「どうしました？」

小島百合は微笑して答えた。

「やつを気にしてるの。わたし、踊りが始まったら、それに集中してあなたのガードを忘れてしまいそうな気がする」

「百合さんがあたしのそばにいるってだけで、あいつは近寄るのをやめるんじゃないかな。一度撃たれているんだから」

「ならいいけど」

小島百合はもう一度あたりを見まわした。大通署の生活安全課の私服警官たち六人の姿は見分けられる。しかし、十二人いるはずの道警本部の私服警官の姿が、まだ目に入らないのだ。男ならそうかと思うけれども、ちょっと注意して見つめると、まったくの観客だとわかる。大きな一眼レフ・カメラを持った長髪の男や、リュックにケミカルシューズを履いたいわゆるおたくファッションの男たちは捜査員ではない。どちらかと言えばもっと野暮な私服姿で、このお祭りの場の空気にまったくなじんでいないのが彼らだ。こんどの場合、村瀬香里のガードということ以上に、村瀬香里をおとりとして鎌田光也の接近を許し、襲撃直前にやつを逮捕する、ということが一義的な目標だった。通常の警戒の場合とはちがい、捜査員がここに多数いることは極力隠しているのかもしれない。

いた。ひとり発見した。

小島百合は、広場の東側、池の脇に立つひとりのシャツ姿の男に目を留めた。見知らぬ顔だが、彼はそうだ。四十歳ぐらい。退屈そうに周囲に視線を向けながら、口をぶつぶつと動かしている。ひとりごとを言っているのではないはずだ。ピンマイクで、近くにいる指令車に報告している。

もう少し注意深く見てみた。もうひとりいた。作業帽をかぶって、シャツはインパンツの中年男だ。折り目のついたズボンなのに、足元はスニーカーだ。小さなデジカメでまわりをひっきりなしに写している。いや、いちおうシャッターを押しているような格好をしているが、じっさいはたぶん撮っていない。まわりに向ける視線をカモフラージュしているだけだ。

こんな捜査員たちが、いま艶麗輪舞を囲んで、鎌田が現れるのを待っている。村瀬香里に接近するのを警戒している。

ふと、小島百合の胸のうちを、黒い影のようなものがよぎった。

何？　と、小島百合はその正体を確かめようとした。何か気がかりだ。何かこの警戒の態勢に対する疑念のようなもの。それが湧《わ》いてきている。その根拠はなんだろう。どんな理由から、疑念が湧いてきたのだろう。

誰かの言葉が、きっかけだったろうか。だとしたら誰のどんな言葉？　きょう、あるいは昨日、自分は誰とどんな言葉を交わしたのだったか。

最初の音楽が終わり、二番目のチームの音楽が始まった。やはりロック調にアレンジされた漁場の労働歌。第七組二番手の演舞が開始されたようだ。

赤レンガ前広場のほうから、岩崎裕美子が駆けてきた。

「移動して。次の次だから」

小島百合は村瀬香里に目をやって、ほかの踊り手と一緒に歩き出した。

気がかり。それって、村瀬香里とのやりとりの中から生まれたのだったろうか。

岩崎裕美子と並んだとき彼女が小島百合に言った。

「踊りについてゆけないと思ったら、すぐに言ってください。代わりを立てますから」

小島百合は訊いた。

「そんなにひどい？」

「いえ、なかなか。でも、踊りに集中してもらえるかどうか、心配」

「やるってば」

歩きながら、右手を歩いている男が目に入った。アポロキャップにケミカルシューズ、小太りでバックパックを背負った青年だ。いましがた、これは絶対に捜査員ではないと判断したばかりの男。彼はさっきから村瀬香里との距離をぴったり同じままで移動している。視線は村瀬香里には向けていないが、彼女を視線のどこかに捉《とら》えて意識を向けているのは明らかだ。小島百合は自分の観察力の貧しさを恥じた。こういうタイプの捜査員もいるのだ。彼のその体型はもしかして、意識的に作ったものか？　たぶん警備セクションが長く、尾行にも慣れている捜査員なのだろう。もしかすると、彼自身何度か職務質問に引っかかっているかもしれない。彼がもし秋葉原《あきはばら》を歩けば、警視庁万世橋《まんせいばし》署はまた一本ドライバーかスイス・アーミーナイフを押収できると舌なめずりすることだろう。

小島百合は、旗竿の石突きを確認するような仕草で、うしろにも目をやった。

踊り手の横を、佐藤和枝が歩いていた。大きなショルダーバッグを下げている。視線が合った。彼女はいくらか緊張した面持《おも》ちで、小さく会釈してきた。

5

JR仙台駅に近いレンタカー営業所で、津久井は本部の原口からの電話を受けた。

原口が言った。

「警備会社から連絡があった。メモできるか」

「はい」と、津久井は渡辺に目で合図し、メモを頼んだ。「どうぞ」

「退職したのは、今年五月の十日付けだ。そのふた月ぐらい前から、会社に消費者金融から頻繁に電話が入るようになった。上司が一度事情を訊いたところ、百二十万ぐらいの借金があると説明したと言うんだ。弁護士に相談しろと上司は勧めたけど、じっさいにした様子はなかったそうだ。四月に入って出社しなくなり、やがて電話があって、退職すると。それが五月十日。その日付けで退職ということになった。二万八千円ほどの給料が出ることになっていたが、取りにきていない」

「勤務地は？」

「横浜支店」

「住所はわかります？」

「言うぞ。横浜市瀬谷区《せや》……」

渡辺がメモをしたのを確認してから、津久井は訊いた。

「それが、退職時の住所なんですね?」

「少なくともそう申告されていた」

「棚橋は、現金輸送車襲撃事件の主犯の可能性が強まってきましたね。神奈川県警は、どこまで接近しているんだろう」

「あっちは、べつの線から追ってる。まだ棚橋って名前には行き当たっていないかもしれない」

「棚橋との不用意な接触は、こいつを逃走させることにもなりかねませんね」

「棚橋の居場所の情報を取るところまで進めてくれ。確認できたところで、神奈川県警と協議が必要かもしれん」

「そうします」

「今夜じゅうに、東京に着いておけ」

津久井は腕時計を見た。午後の六時二十分。まだまだある。今夜九時には、東京に着いているだろう。北海道とはちがう。交通の便がよいから、都市間の距離は段違いに近い。

「新幹線で、東京に移動します」

「十時までに、次の指示を出す」

「はい」

携帯電話を切って渡辺に目を向けた。

渡辺が、自分のメモを見ながら言った。

「この住所、現金輸送車襲撃事件の現場に近いところですよ」

「あっちのほう、知っているのか？」

「学生時代、横浜にいましたから」

「あっちの事件は、座間だったろう？」

「襲撃事件は、座間市座間。棚橋の住所は、横浜市瀬谷区三《み》ツ境《きょう》。土地勘がある、と言える範囲です」

津久井は、額をこすって考えた。もしかして自分は、いきなり現金輸送車襲撃事件の主犯と対面することになるのか。逮捕状もなしに。しかしこっちの目的は主犯逮捕ではなく、鎌田光也の居場所確認、消息の把握なのだ。対面時にいきなり北海道警察と名乗ってそれを訊いた場合、相手はどう反応するか。神奈川県警だろうが北海道警察だろうが、とにかく棚橋は、警察の訪問などまっぴらだと逃げるのが自然だろう。逃げられても自分たちには、追う法的根拠はない。やれるとしたら、逃げようとする相手に体当たりされて、公務執行妨害の現行犯で逮捕するという手か。かつて公安がやっていた微罪での身柄拘束、逮捕の手だ。しかしこの件でそれをやることには抵抗がある。卑怯《ひきょう》すぎるし、警察官職務執行法の勝手すぎる運用というものだ。

津久井は言った。

「鎌田逮捕のためには、この棚橋が襲撃事件と無関係であってくれたらいいと思うようになってきた」

「どうしてです？」

「無関係なら、とりあえず鎌田の行方について話が聞ける。主犯なら、話は聞けない。逃げられるか、神奈川県警に逮捕されるかだ。おれたちが鎌田の消息について聞けるのは、神奈川県警が送検したあとだよ」

　渡辺がふと思いついたように言った。

「別件で逮捕状取ってもらいましょうか」

「何かあるか？」

「自衛隊時代の賭博《とばく》行為」

「一回だけだろ。常習性がなければ、令状は難しい」

「どうやります？」

「居場所を突き止めてから、臨機応変に」

　渡辺は不服そうではあったが、それ以上何も言わなかった。

　行こう、と津久井は渡辺をうながした。これからいちばん早い新幹線で、東京に向かうのだ。

きょう三つ目のステージが終わった。

第七組四番目のチームとして、道庁赤レンガ前広場で一回、南大通りで一回、そしていま、駅前通り南三条で今夜最後の演舞を披露したのだ。

小島百合は、その場に両脚を開いて立ち、旗竿を路面について、息を整えた。きょう最後の演舞が終わったのだ。

拍手がまだ続いている。通りの両側には仮設の観客席があって、チケット代を支払って観客が各チームの群舞を鑑賞していたのだ。通行人もそのうしろで足を止め、観客席の隙《すき》間《ま》ごしに群舞を眺めている。

小島百合はいま隊列の最前列左手にいる。三メートル右側には、村瀬香里。彼女がちらりと、上気した顔を向けてきた。自分を表現しきったという想いなのか、夜の街の灯の下で、その頰《ほお》は輝いて見える。じっさい、横目で彼女の踊りをずっと追っていたが、切れがよく躍動的で、それでいて動きのひとつひとつに豊かな情感がこもったダンスだった。器械体操の動きではない。まぎれもなく舞踊だった。

それに較べれば、警戒任務も併せて受け持った自分の踊りは、いわばリズムセクションのひとつ。華麗さの代わりに、正確さがあっただけだ。しかし、全体で見るなら、けっこう自分の旗振りも、メインの踊り手たちを引き立てる欠かせぬパートであったろう。

小島百合は、ついまた自分がこの演舞を楽しんでしまったことを意識した。任務は絶対に忘れまいと努めたけれど、もしかすると一瞬かあるいはもう少し長い時間、自分の踊りに没入してしまったかもしれない。

立ち見と歩道の観客たちの中に、警戒の捜査員たちがいる。もうかなり見分けられるようになっていた。作業帽の中年男や小太りのバックパック青年ばかりではなく、チロル・ハットをかぶってステッキを持った初老の男もそうだろう。白いポロシャツを着た胸の厚い青年もそうだ。グレーの綿《めん》ジャケットを着た地味な印象の三十男も、最初の群舞のときからずっとそばにいる。彼も捜査員のひとりだ。つまり、警戒の包囲網は、かなり目が細かい。この隙間から村瀬香里を狙って飛び出してくるというのは、かなり難しいはず。鎌田光也がここにいたとして、襲撃はやはりためらわれたことだろう。

この会場での司会者があらためて艶麗輪舞の名を挙げて、もう一度盛大な拍手を、と締めくくった。観客たちがまた拍手した。なかなかの量と聞こえた。小島百合たちは観客たちに向けて一礼した。

リーダーの岩崎裕美子が、振り向いて大声で指示した。

「最高でしたよ！　これから本部に戻ります」

すでに隊列のうしろには、次のチームが待機している。チームの面々は小走りにその会場、駅前通りの南三条を北に歩き出した。本部のある札幌公園ホテルまでは、大通公園まで二ブロック北に向かい、それからまだひとでごった返しているはずの北大通りに出て、六ブロックだった。

小島百合が村瀬香里のぴったり横について移動を始めると、捜査員たちだろうと目をつけていた男たちも、チームの動きに合わせて歩道を歩き出した。反対側の歩道でも、配置されていた捜査員たちが、チームを囲む態勢のまま動き出しているはずである。

この移動の時間に気をゆるめてはならない。

少し緊張が抜けるし、観客の視線もない。移動する自分たちとほかの通行人とは空間で分離されていない。隙だらけとなる。自分が鎌田光也ならこの移動のタイミングを狙う。移動中こそ、接近も襲撃も、そしてその場からの逃走も、可能性ありと見えるのだ。

大股に歩きながら、村瀬香里が言った。

「お腹《なか》すいちゃった。あとでお好み焼き食べに行きません?」

小島百合は左右へ目配りしたまま訊いた。

「どこかいいとこ知ってるの?」

「狸小路六丁目に見つけた」

「全体で打ち上げなんてやらないの?」

「百何十人も一度に入れるところなんてないっしょ。最後の日、セクションごとになるかもしれない」

「じゃあ、食べに行きましょ」

そのとき、歩道の左手を歩いている男が、すっと近寄ってきた。歩道を歩くひとの流れを、斜めに切るように。髪を茶色に染めた若い男だ。艶麗輪舞の面々に向かって何か声を出したようにも見えた。

鎌田光也？　ちがう。

それでも小島百合は瞬時に反応して村瀬香里の前に出た。捜査員ふたりがさっと男の進路をふさぐべく動いたのがわかった。

捜査員のひとりが足払いをかけた。若い男はその場で尻餅《しりもち》をついた。捜査員ふたりが茶髪の男を押さえつけた。すぐにもうふたりの捜査員がその場に駆け寄った。周囲の通行人は立ち止まり、唖然《あぜん》としている。小島百合たちのすぐ前、わずか四、五メートルほどのところでのできごとだ。

「何すんだよ」と若い男が怒鳴った。

この場の処理は、その捜査員たちにまかせておけばいい。小島百合は足を早めた。

「ヒロヤ！」という女性の声が聞こえた。

小島百合は小走りのまま振り返った。同じチームの踊り手がひとり、茶髪の男に駆け寄ってゆく。彼女のボーイフレンド？

「みいこ！」と茶髪の男が叫んだ。

捜査員のひとりが、艶麗輪舞のその娘の顔を見た。不審そうな顔だ。べつの捜査員は、顔に苦笑を浮かべた。鎌田でもなければ、飛び入りのストーカーでもないと気づいたようだ。

かすかに空気が弛緩《しかん》した。集中しなければならないのはこういうときだ。

小島百合は村瀬香里をうながした。

「行きましょう」

うしろでは、次の組の音楽が大音量で響き始めた。艶麗輪舞のものとはまったく曲想のちがう、民謡調の音楽だった。

小島百合たちが大通り西九丁目広場の北側にある札幌公園ホテルに到着したのは、午後の八時五十分だった。よさこいソーランのどのステージ、どの会場でも、そろそろ最後のチームが演舞に入るかあるいは終わっているという時刻だ。部屋には全員は入りきれないから、きょうの締めのミーティングは、ホテルのすぐ向かい側、西九丁目広場の片隅で行われることになった。

全員が広場に再集合したのは、それから二十分後だった。

村瀬香里は本部の部屋から、私物のポーチを引き取ってきていた。小島百合は、村瀬香里と代わって洗面所に入った。出てきたとき、村瀬香里が小島百合を黙って見つめてきた。顔が少し緊張している。手にはピンクの携帯電話。

小島百合はすぐに気づいて駆け寄った。

「また、あいつから？」

村瀬香里はうなずいて、携帯電話のモニターを小島百合に見せた。

こういう文面だ。

「踊り見てた」

「刑事多すぎ。だけどそろそろ痛い目にあうよ」

発信人はわからない。メールアドレスの表示はあったが、登録されているアドレスからのものではなかった。意味がないとしか思えないアルファベットと数字の組み合わせ。ドメインは大手キャリアのもの。

文面と、見知らぬアドレスということで、だから、これは二度メールを送ってきた人物と同じだと判断できる。つまり濃厚に鎌田光也の可能性。

着信の時刻は、つい十五分ほど前だ。艶麗輪舞がまだ移動中か、あるいは一部がこのホテルに着いたというあたりのタイミングだ。キャリアのドメインでメールを送ってきたのだから、携帯電話からの発信だ。こいつは飯島梢の携帯を盗んで一度村瀬香里にメールしたあと、村瀬香里のアドレスをべつの携帯電話に登録したということなのだろうか。

小島百合はもう一度文面を頭に入れてから言った。

「こいつは、すぐそばにいる。ずっとあなたを見ていたんだ」

村瀬香里が訊いた。

「いた？　刑事さんたちも、あいつの写真ぐらいは持っているんでしょう？」

鎌田の素顔を実際に知っているのは、動員されている警察官の中では、事実上小島百合ただひとりだ。去年、逮捕した直後に鎌田の顔を見た者は何人かいるが、逮捕時の格闘と揉《も》み合いですでに鎌田の顔は腫《は》れ上がっていた。そちらの印象のほうが強く記憶されていた。はたして彼らが今夜の素顔であるはずの鎌田を見分けられたかどうか、あやしいところがある。

小島百合は言った。

「警官の網を遠目に見ていたのかもしれない。だから、ひとりも鎌田に気がつかなかった。でも、わたしたちには見えないところから、こいつはわたしたちを観察していた」

「確実に見ていたと言える？　ただ当てずっぽうでメールしてきただけかもしれない」

「こいつは踊りが終わるタイミングを知っていた。まわりに刑事がいたことも。あの誰かさんのボーイフレンドが押さえ込まれたところも見ていたんだと思う」

「この文章なら、どうにでも取れる」

小島百合は、パンツのポケットに収めていた警戒任務用のＰＨＳを取り出し、スイッチを入れた。

「小島です。バンビのケイタイに、カルビーからメール。すぐ近くまで接近していたようです」

「内容は？」と、堀江が訊いた。彼はいま、このホテルから三百メートルの距離の大通署で全体を指揮している。

小島百合は言った。

「踊り見てた。刑事多すぎ。だけどそろそろ痛い目にあうよ」

「それだけ？」

「ええ。宛て先も署名もなし」

「発信人は？」

「登録されてないメールアドレスです。発信は十五分前」

「もう一度文面を」

「踊り見てた。刑事多すぎ。だけどそろそろ痛い目にあうよ」

少しの間を置いてから、堀江が言った。

「友達からのメールってことはないのか？」

「登録されていれば、友達の名前で表示されます」

「ほかの私服たちは、それを知ってる？」

「いいえ。バンビもいま気づいて、わたしに見せてくれたばかりです。ほかに目撃の報告は？」

「何も入っていない。もう一度折り返す」

堀江との電話はいったん切れた。

村瀬香里が訊いた。

「どうなります？」

「ガードはうまくいったわ。あいつは、近づけなかったんだから。でも、逮捕するには足りなかった。ひとを増やすんだと思う」

「このあとの食事のこと」

小島百合は少し考えて言った。村瀬香里になお今夜おとりを続けさせるか、それとも彼女の安全最優先か。自分にとっては、答はひとつだった。

「打ち上げは、やつの逮捕まで取っておきましょう。どうせ明日には終わる。今夜はあなたの部屋で、宅配ピザにしない？」

村瀬香里は素直に言った。

「二枚ぐらい食べられそう」

うしろから、岩崎裕美子がやってきて言った。

「ミーティングよ。九丁目広場に集まって」

小島百合は、ロビーを見回してからホテルの外に出た。

西八丁目のセンターステージでの演舞ももう終わっていた。ステージ上のライトは、あらかた消されている。いまは設備の一時撤収作業のために、少しだけライトがついている状態だった。観客席はもう無人だ。さっきまでは、ラッシュどきの札幌駅コンコースのようであった西九丁目の広場も、いまはかなりひとが引いていた。十人、あるいは十五人という単位で、よさこいソーランに出場したらしい派手な衣裳の男女がいるだけだ。

艶麗輪舞のチームは、西九丁目の芝生の広場の北隅に集まった。百人少々の踊りの衣裳を着た踊り手と、思い思いの私服の裏方たちが二十人ほど。刑事たちはチームの面々を囲むように、木立の暗がりや広場の要所要所にいる。心なしか、刑事だと見分けのつく男たちの顔には緊張と警戒があるように見えた。堀江を通じて、鎌田が今夜すぐ近くまできていたことが伝えられたのだろう。

岩崎裕美子が、いったん手を叩いて全員の意識を自分に集中させてから言った。

「お疲れさま。素晴らしかった。最高でした」

賛同の声がもれた。拍手する者もいる。

「さっき、今夜のぶんの集計結果が非公式に発表になりました」と岩崎裕美子が言った。

チームメンバーは全員私語をやめて、岩崎裕美子を見つめた。

「一般観客投票は、いまのところ当選圏内、総合十二位です」

わおっと歓声が上がった。

「でも」と岩崎裕美子は、口調をいくらか厳しいものにしてつけ加えた。「センターステージ出場のためには、明日夜の段階では、なんとか十位以内にならなくちゃならない。明日は、もっといい踊りを見せて、この位置をゲットしましょう。目標は観客特別賞。センターステージなんだからね」

また歓声。体育会の乗りの声だった。

小島百合は不安を抑えて周囲に目をやった。少し暗くなってきた西九丁目広場のこの周囲に、やつがいる。まだ村瀬香里を見つめている。目を光らせている。なのに、わたしたちには彼が見えないのはどうして？　どうしてなのだろう。

小島百合はまた思い出した。きょうどこかの時点で感じた気がかり。何か、わたしは大事なことを忘れているか、気がついていないか、そのことが気になったような気がしたのだった。村瀬香里の言葉？　それとも誰か捜査員の言葉だっただろうか？　いったいなんだったろう。村瀬香里のなんという言葉に、自分は反応してしまったのだろう。

思い出せなかった。

ミーティングが終わったところに、堀江から電話があった。

「その文面とメールアドレスから、発信人、携帯電話の持ち主を調べられないか、検討した。脅迫と言えるかどうか微妙だ。令状は無理だろうという判断になった」

やむを得ないところだろう。あいつがせめて、殺すとか死ねとか書いてくれていたら、裁判所も情報の開示を命令するのだが。

金曜日

1

　ＪＲ神田駅に近いビジネスホテルのレストランで、津久井は携帯電話を取り出した。

　原口からだった。

「いまどこだ？」と原口が訊《き》いた。

「神田駅そばです」

と津久井は答えた。昨夜は東京駅に着いたところで、それ以上の移動をやめたのだ。東京駅に近いこの神田でビジネスホテルを探し投宿した。

　午前八時を三分まわった時刻だった。まだきょうの日勤者との引き継ぎは行われていないが、きょうのシフトが事実上動き出している時刻だった。

「これから横浜に移動します」

「朝いちばんで、神奈川県警に探りを入れる。ことによったら、ストップをかけることになるかもしれん」

　それは想定できる事態だった。神奈川県警が棚橋を現金輸送車襲撃事件の主犯とすでに特定していたら、その場合は取り引きになるだろう。棚橋の逮捕後できるだけすみやかに、部が身柄を確保する、という取り引きである。


共犯者、つまり鎌田の居場所について供述を引き出すということだ。その供述をもとに、自分たちは鎌田逮捕に向かう。主犯は神奈川県警、共犯の鎌田のほうはまず北海道警察本部が身柄を確保する、という取り引きである。

　津久井は訊いた。

「村瀬香里のほうはどうでした？　何かありましたか？」

「あった。夜になって、村瀬香里に新しい脅迫メールがきた」

「鎌田から？」

「そう名乗ってはいなかったが。そいつはうちの捜査員のすぐそばで、村瀬香里を観察していたようだ」

「ということは、もう神奈川にはいないということでしょうかね？」

「いや、鎌田ではなく、誰かべつのストーカーの出現なのかもしれない。こっちでも判断しかねている。村瀬香里のまわりを固めた刑事たちは、ただのひとりも鎌田を確認していないんだ。お前はこの線を引き続きやれ」

「はい」

　携帯電話を切ると、渡辺がテーブルの向かい側で箸《はし》を止めて津久井を見つめてきた。津久井は原口の話を要約して聞かせた。

　渡辺が言った。

「鎌田じゃないのかも」

「村瀬香里にこれだけつきまとうのは、ほかに誰かいるか」

「彼女の商売を考えれば、客の中にはほかにもいたんじゃないでしょうかね」

津久井は肩をすぼめた。捜査本部でもその点は十分に検討したことだろう。しかし村瀬香里にはほかに思い当たる男はいなかったのだ。また道警にしても、村瀬香里への粘着、脅迫となれば、判断はどうしてもそれが鎌田光也だということに傾く。逆に言えば、自分たちが神奈川に向かうのは、鎌田はすでに北海道に戻っている、という事実を確認するためのようなものなのだ。

津久井は言った。

「そろそろ出よう。九時半には、瀬谷ってところに行っていたい」

はいと答えながら、渡辺はホテルの朝定食の漬け物を口に放《ほう》り込んだ。


小島百合は、窓のカーテンを少し開けてまた外を確かめた。ここは木造の二階建てアパートの二階だった。単身者かカップル向けの一ＬＤＫの部屋だ。昨夜は、小島百合がここまで付き添い、泊まった。村瀬香里のほうは奥の寝室のベッドで眠ったが、小島百合は居間のカウチで、村瀬香里から借りたジャージとＴシャツで眠ったのだった。ユニフォームは昨夜のうちに洗濯機にかけていた。きょう夕方からの演舞までには十分に乾くだろう。

窓からは、小さな空き地が見える。その向こうに中層の集合住宅。右手にも集合住宅があった。真裏の集合住宅の前には、捜査車両が一台配置されているはずである。また、玄関のそばにも一台。

とくに不審なものは見当たらなかった。小島百合はカーテンを戻すと、ＰＨＳで長沼に電話を入れた。

「おはようございます。無事に朝です」

長沼が言った。

「外も何もない。鎌田は現れなかった。村瀬香里のケイタイも確認してみてくれないか」

「起きたらすぐに。彼女は踊り疲れたのか、まだ眠っています」

「いまは堅気《かたぎ》なんだから、もう起きろと言え」

「そうですね。コンビニに買い物に行けますか」

「何だ？」

「冷蔵庫には何も入っていないんです。牛乳とかパンとか」

長沼はため息をついてから言った。

「表の刑事に買いに行かせる。何が必要なんだ？」

「牛乳。卵。サンドイッチ。あればトマト。レタス。ドレッシング」

うしろで村瀬香里の声がした。

「ヨーグルトもお願いします。アロエ入りの」

ちらりと村瀬香里を見てから、小島百合は長沼につけ加えて言った。

「アロエ・ヨーグルト」

「わかった」

「わたしはいったんうちに帰ってかまいませんか。着替えの用意はなかったので」

「九時でそこを交替する。よさこいソーラン開始のときにまたお前に交替。六時でいいんだな？」

「ええ」

ＰＨＳを切ってから、小島百合は振り返って言った。

「ケイタイを確かめてくれない。あいつからまたメッセージがきていないか」

「いま」

パジャマ姿の村瀬香里は、いったん洗面所に入ってから居間に戻ってきた。

「あら」村瀬香里は、自分の携帯電話のモニターを見て、小さく声を上げた。「きてる」

小島百合がのぞきこむと、こういうメッセージだった。

「おはよう」

「今夜はいいお祭りになるよ」

発信元のアドレスは、昨日のものと同じだった。

ファイル添付のアイコンがついていた。

村瀬香里がそのファイルを開いた。写真だ。札幌の夜景。駅前通りの風景と見える。移動しながら、南二条との交差点の様子を撮ったものだろうか。踊り手たちの姿は見えない。いくらか上向きのアングルのせいか。

「送られたデータが出るでしょう。いつ撮られたものだろう」

村瀬香里がボタンを操作して、プロパティを呼び出した。昨日の午後八時四十二分の撮影だとわかった。つまり、昨日の三回目の演舞を終え、本部に帰るときのことになる。移動が始まった直後か。この時刻、たしかに自分たちはここにいた。自分たちのすぐそばに、この写真の撮影者はいたのだ。艶麗輪舞の踊り手たちが写っていないので、すぐ真横にいたかどうかまではわからないが。

もう一度文面を読んだ。

「おはよう」

「今夜はいいお祭りになるよ」

「いいお祭り」。向こうにとっての、ハイでハッピーな時間となるということだ。今夜、相手は決行する。村瀬香里に報復してくる。一年と二カ月前に果たせなかった村瀬香里への暴行殺害を実行するということだ。しかしそれはあくまでも、かつて鎌田事件を担当した女性警官としての解釈だ。この文面ではまだ、脅迫メールと判断するのは難しい。発信人情報提供のための令状を裁判所に求めるのはやはり無理だろう。事件性、犯罪性は認められまい。

「大丈夫」と小島百合は村瀬香里に言った。「きょうは、刑事が倍になる。近づく前に鎌田を逮捕できる」

村瀬香里は、首をかしげたまま小島百合を見つめてきた。

「これって、ほんとにあたしに送ってきたメールなんだろうか？」

「あなたのケイタイでしょう」

「誰宛《あて》か、書いていない」

「親しい友だちには、呼びかけ抜きの子もいるんじゃない？」

「このひと、親しくないよ」

「じゃあ、誰宛だと言うの」

「梢のケイタイが盗まれて、彼女のケイタイから最初のメールがきた」

「モバイルのほうのメールもあったわ」

「梢宛ってことないんだろうか」

「わざわざ梢ちゃんのケイタイ盗んで、あなたのアドレスにメールしてきてるのよ」

「なんか、全然ほんものっぽさ感じられなくなってきて。添付の写真見ても、ふうんって感じ。あ、そばで踊り観《み》ててくれたんですね、みたいな」

「ただのごあいさつにしては、手がこみすぎてるのよ」

小島百合は自分のＰＨＳをもう一度取り出し、長沼を呼び出して報告した。

メールには写真が添付されている、と報告すると、長沼は言った。

「その写真を送ってくれ。昨日は、写真を撮っている者もいた。同じ時刻で、同じ場所を写していたら、鎌田が写っているはずだ。変装しているかもしれんが」

変装。そうか。小島百合は言った。

「昨日から、街なかはよさこいソーランの衣裳やらユニフォームを着た男女であふれています。隈取《くまど》りふうの化粧で、法被《はっぴ》を着ていれば、鎌田は捜査員の目をごまかせたかもしれません」

「とにかくその画像を至急送れ」

小島百合は村瀬香里から携帯電話を借り、画像を長沼に送った。

2

津久井は、瀬谷駅前のファストフードの店で、原口からの電話を受けた。

津久井は一応、出入り口の脇《わき》まで歩き、周囲に声を聞く者がいないかどうかを確かめてから言った。

「大丈夫です。どうぞ」

原口が言った。

「すり合わせの件だ。神奈川県警ではまだ主犯の特定に至っていない。こっちが鎌田光也の足どりを追う件で、管内での聞き込みが捜査の邪魔になりそうなエリア、人物を訊いたが、横須賀《よこすか》以外はご自由にとのことだ」

　津久井は確かめた。

「横須賀ですか。あちらは、とにかく主犯狙《ねら》い一本なんですね？」

「そうだ。主犯の特定は早いような口ぶりだった。だけど捜査本部も作っていないんだ。本気度はどの程度のものかな。いまどこだ？」

「瀬谷区の三ツ境ってとこです。棚橋の最後に確認できてる住所の近く」

「棚橋がまだそこにいることが確認できた時点で、もう一度連絡をよこせ。神奈川県警には、次は棚橋の名前を出して確認する。主犯の可能性が強ければ、神奈川県警に身柄拘束をまかせていい」

「了解です」

　津久井は渡辺に合図し、自分のバッグを手にすると、店を出た。ここからはタクシー利用になる。聞き込み自体をおおっぴらにできない場合、住宅街を徒歩でうろうろするのは、避けるべきだった。相手に気づかれ、警戒される。相手の住まいのドアをノックする前に逃げられる可能性も高まる。かといって、きょうの場合はレンタカーを使うほど、想定できる聞き込み先が広範囲に広がっているわけでもない。地元情報を得るためにも、むしろタクシー利用のほうが都合がよいはずだった。

　駅前のタクシー乗り場で、津久井は客待ちのタクシーのドライバーに言った。

「時間でやってもらえるか」

「かまいませんよ」と、制帽をかぶったドライバー。「これ、料金表」

ちらりと見てから、津久井は警察手帳を出した。

ドライバーはさほど驚かなかった。

「遠くまで？」

「近くですむ」

「大事件なんですか？」

「ローカルな事件さ」

住所を告げると、運転手は車を発進させた。駅前を走るこの幹線道は厚木《あつぎ》街道らしい。札幌の市街地の通りと較《くら》べるとかなり狭い。片側一車線ずつ。それでいて通行量はなかなかのものだ。渋滞している、と感じられるほどだ。道の両側には駐車場のある商店、レストラン、食堂などが並ぶ。途中、空き地や農地もけっこう目についた。

五分後に、運転手は言った。

「このあたり、左側が二丁目です」

けっこう起伏のある土地だ。幹線道から左手に折れると、木造の二階家と、アパート、それに四階建てか五階建ての中層住宅がまじっている。すさんだところは見当たらない、新しい印象の住宅地だった。

「ここは、どういうひとたちが住んでるところ？」

「いろいろですよ」とドライバーは答えた。「横浜で働くサラリーマン家族。相模《さがみ》線周辺で働くひとたち。工場なんかもけっこうあるから、そういうところの工員さんも多いか」

「家賃は高いほうかい？」

「ピンキリ」

ドライバーが左手を示して言った。

「その番地はこのあたり」

津久井はウィンドウごしに目を向けた。

ちょうど左手に、コンビニエンス・ストアがあった。そこから折れた道の奥には、サイディング・ボード貼《ば》りの木造二階建てのアパートが並んでいる。スチール製の階段と、外廊下。一階に四戸、二階に四戸という造りだろう。駐車スペースはどの建物も狭く、軽自動車が二台ぶんあるかないかと見える。

すぐ手前の電柱の住居表示を見た。このあたりだ。

「降ろしてくれ。あそこのコンビニで待っていてくれないか」

タクシーを降りて、渡辺とふたり、そのアパートの前へと進んだ。そのアパートは、通りに対して直角に建っている。ふた棟の同じかたちの建物が向かい合っていた。警備会社から教えられていた住所から察するに、棚橋の部屋は、どちらかの建物の一階にあるはずである。

建物の壁に番号がついていた。右手がそうだ。渡辺が津久井から離れ、その建物の裏手側を見張る位置についた。裏手はブロック塀とのあいだの距離がわずか五十センチほど。途中に自転車が置いてある。逃走に使うには無理のある空間だった。

こっちに、と津久井は渡辺を呼び、自分の腰のうしろに手を当てた。

ふた棟のあいだの通路を進んだ。右手の建物の二号室が、棚橋の住所。表札はかかっていなかった。

ドアを確かめながら、建物のあいだの通路を進み、突き当たったところで戻った。二号室のドアの郵便受けは、投函《とうかん》無用というシールでふさがれている。ということは、空き室か？

その隣りのドアが開いて、主婦らしき女性が姿を見せた。津久井はすぐ会釈して言った。

「こんにちは。警察なんですけれど」

横で渡辺が警察手帳を出して見せた。

その三十代の化粧をしていない主婦は、怪訝《けげん》そうな顔で言った。

「サラ金のひとじゃないですよね」

「警察です。北海道警察。どうしてです？」

「ずっときていたから。でもそこのひと、とうとう引っ越ししてしまいましたよ。というか、追い出されて」

「追い出された？」

「ここ、家賃滞納に厳しいんです。とうとう大家が家財道具全部外に放り出して、錠を取り替えてしまった」

「いつごろです？」

「一週間ぐらい前かな」

輸送車襲撃事件の二、三日後ということになるか。

「棚橋さんは、ひとり暮らしでした？」

「いえ、このふた月ぐらいは、もうひとり男のひとの姿があったね」

「若い男？」

「ええ」

渡辺が、鎌田の写真を取り出して見せた。逮捕直後に撮られたもので、顔が腫《は》れ上がっているもの。

主婦は顔をしかめた。

「眉毛《まゆげ》のあたりとかは、似ているような気がするけど」

当たりだろうか。少なくとも一週間ほど前、つまりこの近所で現金輸送車襲撃事件が起こったころ、このアパートには自衛隊経験があってカネのない男がふたり、一緒に住んでいたのだ。

「その男は働いていたのかな」

「どうでしょう。日中はうちにいたみたいだけど」

「夜は出て行った？」

「ええ。朝早く、帰ってきたところを窓から見たことがあった」

「棚橋さんが追い出されたとき、一緒に出ていったのかな？」

「きっとそうでしょう。家財道具をふたりで整理してたから」

「その男の名前、ご存知ですか」

「知るわけないでしょう」

「棚橋さんは、そのあとどこに行ったかわかります？」

「いいえ」

「家財道具は、自分のクルマで運んでいきました？」

「いいえ、運送屋さんがきてましたよ」

その主婦は大手の運送会社の名を口にした。

渡辺がすぐメモした。近所の営業所をあたることになるだろう。

「どうも」

津久井は主婦に礼を言って、そのアパートの前から離れた。

コンビニに向かって歩きながら、渡辺が言った。

「もっと常習的に犯罪やっている男かと思ったら、意外でしたね」

「追い出されていた件か」津久井は言った。「棚橋も、とりあえずはまともな仕事に就いていたんだ。強盗やるとなると、やはり追い詰められてってことだろう」

コンビニまで戻って、車の外で待っていたドライバーに大手運送会社の名を告げた。

「そこの営業所。このあたり受け持ちの」

ドライバーは少し考える様子を見せて言った。

「厚木街道のあそこだな」


ドライバーの想像のとおりだった。

「やりましたよ」と、まだ四十前後と見える所長が言った。何か伝票に書き込みながらだ。

「玄関前に全部放り出されていた。棚橋さんってひとが、まとめて送ってくれって。荷造りなんてしてなかったんで、いったんここまで運んでから、箱詰めとか」

「料金はきちんと？」

「いや、着払い」

「手続きは簡単なの？」

「実家だって言うから」

「宮城？」

「そうでした」

渡辺が、横で小さく舌打ちした。あの親爺《おやじ》は、息子から家財道具一式が送られてきたことを明かさなかったのだ。

「本人も宮城に帰ったのかな」

「それは聞いていないな」

「もうひとり、一緒に追い出された男がいるはずなんですが」

「ああ、いましたね。二個口、発送した。そのひとは元払い」

渡辺が写真を取り出した。

所長はメガネをはずして見つめてから言った。

「似てますね。帽子かぶってたんでちょっと確信持っては言えないけど」

津久井が訊いた。

「発送した物は?」

「段ボール箱ふたつ」

「中身はわからない?」

「工具って言われたような気がするな。バッグに入っていて、けっこう重かった」

「箱のサイズは?」

所長は、デスクの横の箱を示して言った。

「その箱。うちの規格品で、十二号」

渡辺がその箱を持ち上げてデスクの上に置いた。津久井は素早く目見当でサイズをはかった。三十×四十の五十センチといったところだろうか。

渡辺が何か言いたげに見えたが、あとで存分に言わせてやろう。津久井は所長にさらに訊いた。

「伝票なんて、見せてもらえないかな」

所長はわざとらしく頭をかきながら言った。

「ええと、それって個人情報ってことにならないのかな。見せてしまっていいんだろうか」

そのような反応が返るとは想像していなかった。この場合、捜査令状が必要だろうか。単純に聞き込みで教えてもらえる範囲のことだと思って、これまで疑ったこともなかったが。

津久井は言った。

「顧客の情報というよりは、知りたいのは荷物の行方なんだ。端的に言えば、我々が追っているのは強姦殺人犯だ。指名手配。時間とも追っかけっこしている。協力してもらえないかな。発送の日付がわかってるんだし、伝票探すのは難しくないでしょ？」

「そういう事情であれば」

所長は立ち上がり、壁のロッカーに向かって歩いた。

渡辺が近づいてきて、小声で言った。

「いま思いついたことがあります。去年の逮捕の直前、札幌で事務所荒らしが続きました。未解決です。いままで関連を考えたこともありませんでしたが、村瀬香里のアパートに侵入したとき、やつは屋上から下の部屋に降りたんでしたよね。連続事務所荒らしの手口と同じです」

「道具のことを言っているのか？」

「ええ。事務所荒らしには、けっこう道具が必要になる。やつは、逃亡後にまた買い揃《そろ》え、それでカネを稼いでいたんでは？　移動する際、侵入用具を持ち運ぶのは危険すぎますし」

「現金輸送車襲撃もやってる」

「そっちは棚橋が主犯です。逃げて転がり込んだら、カネに困っていた棚橋が誘い込んだってことでは？」

所長が戻ってきて、伝票の束をデスクに置いた。指が、伝票の束のあいだにはさまっている。

「これです」

津久井は、所長が開いた伝票をのぞき込んだ。

届け先は北海道札幌市西区だ。氏名は、中島一郎《なかじまいちろう》。

依頼主の欄の住所は空白。中島一郎、本人、と書かれているだけだ。

電話番号として、〇八〇から始まる携帯電話の番号が書かれている。品名は、工具類となっていた。渡辺がまた手早く伝票の中身を写した。

津久井は、希望の届け日を見て驚いた。八日も前の発送なのに、明日配達ということになっている。時間指定は、十六時から十八時だ。

「これはどうして？」と、津久井はその日付を示して所長に訊いた。

「そういう希望だったんです。すぐには北海道には行けないからって」

「つまりこれは、本人が受け取るってことか？」

「そうでした。ぼくも気になって訊いたら、そういう答だったんです」

いい情報だ。身柄確保の瞬間を手にしたことになる。

津久井は所長に礼を言って、渡辺と一緒にその運送会社営業所を出た。

駐車場の隅で、タクシーの後部席のドアが開いた。津久井はドライバーに、まだ、の意味で手を振って立ち止まった。タクシーの中では話せないことを、いますませてしまわねばならない。

津久井は原口に電話をかけた。

原口が言った。

「早いってことは、いいニュースだな」

「鎌田は棚橋と一緒のヤサにいました。八日前にアパートを追い出され、ふたりとも住所不定、所在不明です」

「おいおい、期待したのに」

「でも鎌田は明日、札幌に現れます」

「札幌に？」

津久井は運送会社から配達期日指定で荷物が発送されたことを伝えた。荷物の中身は、侵入用の工具、道具類ではないかと推測できるとも。

津久井が発送先を伝えると、原口が言った。

「その中島一郎って男が鎌田だ、という確証が欲しい。もう引っ越したなら、おおっぴらに聞き込みできるだろう。近所で写真見せて回れ。まちがいない、って証言がひとつ、確実に取れるだけでいい」

「はい」

渡辺が顔を見つめてきた。

津久井は言った。

「このあたりで、もう少し、鎌田はあそこに住んでた中島だと同定させる」

津久井はタクシーに向けて手招きした。タクシーが駐車場の奥で発進、津久井たちのほうに徐行してきた。

渡辺が言った。

「鎌田が札幌にヤサを持っていたとは意外でした」

津久井も、自分が聞いたあの脱走以降の捜査の状況を思い起こしながら言った。

「怪我をしていて、病院用パジャマ姿で脱走したってのに、見事に行方をくらました。協力者がいて、本州に逃げたのだろう、と本部は判断したんだ。だけど、あいつは札幌市内にアジトを持っていた。いまならやつは、そこに一時身をひそめて、それから本州に逃げたと考えるのが自然だな」

「サミットが終わるまでは、身動きは取れなかったはずですしね」

タクシーが目の前で停まって、後部席のドアが開いた。津久井は自分から先にタクシーに身体《からだ》を入れた。

二十六型の大型液晶ディスプレイ上には、鎌田光也の姿は発見できなかった。

小島百合は、もう十度目以上になるスライドショーに、いくらか集中力をなくした目を向けた。

小島百合の所属する大通署ではなく、本部の捜査一課のフロアだった。その小部屋で、いま小島百合は鎌田光也を追う捜査本部の堀江、それに村瀬香里を警戒する大通署生活安全課の長沼と共に、昨日捜査員たちが撮影していた画像を精査していたのだった。

最初は、村瀬香里のもとに送られてきた写真の撮影時の、南二条と西四丁目の交差点付近の写真から始めた。しかし、それらしい人物は写っていない。捜査員たちは艶麗輪舞《えんれいりんぶ》の演舞を観る観客や、その場にいる通行人たちの顔をランダムに撮影しているのだが、鎌田の姿はなかった。その時刻、交差点の様子を携帯電話のカメラに収めようとしている男の姿もない。

それから探す時間の幅を広げ、艶麗輪舞が駅前通りにいる時間帯全部の画像を見た。やはり鎌田を見つけ出すことはできなかった。

小島百合は、大型ディスプレイの脇の小型の液晶モニターのほうに目をやった。こちらはべつのＰＣに接続されており、この間ずっと、村瀬香里のもとに送られてきた画像を表示していた。駅前通りの南二条交差点の夜景だ。やや上向き加減のアングル。艶麗輪舞のチームの面々は写っていない。通行人の頭の一部が、画面の下端に少し見えるだけだ。

長沼が腕を組み、ため息をついて言った。

「昨日の午後八時四十二分。あの交差点に確実に鎌田はいたはずなんだけどな」

堀江も長沼同様にため息をついて言った。

「駅前通りの西側歩道上。それもあまりビル寄りじゃない。もしかしたら車道に出ていたかもしれないというアングルだ。なのに、見当たらない」

小島百合は、苦々しい想いで結論を出した。

「あれだけの捜査員があの場で、血眼《ちまなこ》になって鎌田を探していたんです。でも見つからなかった。写真には写っていないんじゃなくて、鎌田はきっといなかったんです」

堀江が、缶コーヒーを口に運んでから言った。

「じゃあ、村瀬香里に送られてきたメールやこの写真は、誰が送ったって言うんだ？」

「発信人はいまだに不明のままです。名乗ってもいません。もしかして、鎌田光也からのものと考えたのは、やはり早とちりだったかという気がしてきました」

「村瀬香里は、ほかに心当たりはないと言ってる」

「男の心当たりです。というか、鎌田の印象が強烈すぎて、思い出すこともできないのではないかと思います。わたしは、村瀬香里の元の店の店長から、村瀬香里にご執心だった客について、あらためて事情聴取すべきじゃないかと思い始めました。女同士のいさかいがなかったかについても」

長沼が、小島百合に同意するというようにうなずいてから言った。

「そもそも鎌田光也は病院から脱走した。札幌にはいないだろう。戻ってくる理由もない」

堀江が携帯電話を取り出した。インジケーターが光っている。堀江はモニターをちらりと見てから、席を立って部屋の外に出ていった。

大型ディスプレイ上には、また当該時刻の南三条交差点付近の画像が現れた。艶麗輪舞が群舞のさなかだ。先頭の列の左側、写真の上では右寄りに、村瀬香里がいる。背が高くパーツのひとつひとつが大きな顔立ちだから、彼女の踊っている姿はひときわ映えている。

さらにその右側、隊列の左外で旗を振っているのが小島百合だ。歯が光って見える。視線はこの写真では村瀬香里に向いていない。

さらにその外に、大きなショルダーバッグを抱えて歩いている佐藤和枝の姿。彼女のバッグの中には、予備の衣裳や鳴子が入っているはずである。

踊り手たちとはちがって、彼女の表情は高揚していない。踊り手を支える裏方という意識のせいなのか、つとめて冷静に歩いているようにも見えた。

長沼が言った。

「お前の踊りも、けっこうさまになっているじゃないか。任務忘れたって顔だぞ」

小島百合は抗議するように言った。

「この一瞬だけです。どうしても村瀬香里から目を離さなければならない動作のときがあるんです」

「道警でも、女性警官たちがひとチーム作ったらどうだろうな。道警スーパーガールズ」

「誰が祭りの警備をするんです？」

スイングドアが開いて、部屋に堀江が戻ってきた。いましがたよりも顔に不安がある。

小島百合が堀江を見つめると、彼は席に腰を下ろしてから言った。

「鎌田は札幌にいる。横浜で、津久井たちが確認した。一週間ぐらい前に、たぶん札幌に入った」

長沼が目を丸くして小島百合に顔を向けてきた。

では、やっぱり鎌田光也なのか。

あらためてかすかに戦慄《せんりつ》しつつ、それでも小島百合は自分の疑念を消しきることはできなかった。

じゃあ、なぜ昨日のあの場では発見できなかったのだ？　彼はほんとうに艶麗輪舞のすぐそばまできていたのか？　写真を撮って送ってきたのは、ほんとうに鎌田光也なのか？

長沼が堀江に言った。

「きょうは、倍ですね？」

堀江がうなずいた。

「村瀬香里を二重に囲む」

小島百合は時計を見た。

午前十一時七分前だ。

今夜の演舞が始まるまで、あとほぼ七時間。

新宮昌樹が佐伯と一緒にまたひったくり事件の聞き込みに出ようとしたときだ。刑事課のフロアに戻ってきた伊藤が、佐伯に声をかけた。

「佐伯、お前、一年以上前の札幌の連続事務所荒らしって覚えてるか？」

佐伯が自分の席を立ち、少し首をかしげながら伊藤のデスクに近寄った。新宮も佐伯の答を待った。一年以上前の事務所荒らし？　何の件だったろう？

佐伯が伊藤に言った。

「もしかして、駅前通りの金子宝石店がやられた件でしょうか」

「それも含めてだ。一昨年の夏から去年の春先あたりまでに、連続したそうだな。お前、担当してないか？」

「いいえ。あれは別班でした」佐伯が刑事課のほかの捜査員のデスクに振り返った。いまきれいにみな出払っていた。「斉藤《さいとう》たちが担当でしたね」

「その後、捜査はどうなってるんだ？」

「斉藤たちがまだ追っかけてると思いますが」

「斉藤たち、鎌田光也との関《かか》わりについて、話題にしたことはあったのかな」

佐伯が答えた。

「その関連について、どういう判断だったかは知りません。何か？」

「いま鎌田を追ってる捜査本部のほうに、津久井たちから報告が入った。鎌田はいったん脱走したあと、神奈川で現金輸送車襲撃事件に関わったんだが、そのあと札幌にまた舞い戻っているらしい」

「何のためです？」

「執着していた風俗嬢をもう一回襲うためだと、捜査本部は判断している。それで、鎌田が逮捕前、札幌で何をやっていたかが問題になり始めた。あいつ、ヤサとか、何やってたとか、自供してるのか？」

「よくわかりませんが、逮捕のときに怪我をして、ろくに取り調べもできないうちに病院から逃げられたはずです」

「鎌田の札幌での動向、所在、全然把握できていないってことか？」

「たぶん、まるっきり」

「捜査本部から、金子宝石店を含めて、連続ビル荒らし、事務所荒らしの捜査状況を詳しく報告してくれという指示だ。担当は斉藤だな」

「ええ」

伊藤が、わかったというしぐさを見せて、デスクの電話に手を伸ばした。

佐伯が新宮に振り返って、行くぞと短く言った。新宮は立ち上がって佐伯に続いた。

大通署を出たところで、新宮は佐伯に訊いた。

「鎌田光也についての捜査は、ずいぶん徹底してやったものだと思ってました。強姦殺人プラス脱走犯ですし」

「聞いている話では」佐伯が北一条通りを東に歩きながら言った。「帯広で殺人をやって逃げたあとは、札幌で何をやっていたのかも結局わからなかったはずだ。一年ぐらいいたはずだけど、仕事をしていた様子もない。風俗には通っていたけど」

「病院から脱走したあと、捜査本部の中心が札幌に移りましたよね。あれから一年以上たつ。捜査員もずいぶん投入したでしょうに」

「このあいだから、津久井まで本部詰めだからな。津久井は、どういう線で鎌田が札幌に舞い戻ったと突き止めたんだか」

新宮は、思い出しながら言った。

「ビル荒らし、事務所荒らしの件って、ビルの屋上からロープで降りて侵入、金目のものを奪うってやつですよね」

「似た手口が三つあったな。いちばん被害額の大きいのが、二件目の金子宝石店侵入だ。一億二千万円相当の宝石類が盗まれた。闇《やみ》で一割に買い叩《たた》かれたとしても一千二百万」

「鎌田との関連なんて、そのころ話題になりましたっけ」

「鎌田のことを、単純な粗暴犯、性犯罪者だと思い込んでしまったんじゃないか。そっちの事件との関連は疑ったかもしれないが」

「村瀬香里のアパートに侵入したときも、たしか屋上からだと聞きましたが」

「空き巣でもやるやつはやる手口だ。連続ビル荒らしのほうは、ビルの隙間《すきま》を排水管を伝って登るという技だぞ。かなりのスキルが要る」

佐伯が言葉を切って、胸ポケットから携帯電話を取り出し、足を止めた。先に行け、聞き耳立てるな、ということだろう。新宮はそのままの歩調で歩道を進んだ。

佐伯の言葉が少しだけ聞こえた。

「土曜日ですね。行けますよ」

新宮がそのまま二十メートルも進んだころ、佐伯が追いついて新宮に並んだ。

「明日は、おれは有休だから」

新宮は言った。

「東京に行くんでしたか」

「プライベートなことだって」

余計なことを言うな、という調子があった。どうも上機嫌というわけではないらしい。

新宮はそれ以上口をきかなかった。

3

東京・羽田空港の第二ターミナル・ビルで、津久井と渡辺はほかの乗客とはべつのゲートをくぐって搭乗ロビーに入った。

　ふたりとも、持ち込み禁止の品がある旨を申告したためだ。出張命令書の写しも添え、警察手帳を見せた。津久井と渡辺は航空会社の男性職員に、小部屋に案内された。少しのあいだ、ふたりきりで残されたが、すぐに航空会社の職員が戻ってきた。津久井たちの身分照会を行っていたのだろう。

「お手数かけました。こちらでお預かりします。千歳空港でまた別室にご案内しますので、そこでお返しということになります」

　航空会社職員は、プラスチックのバスケットを差し出してきた。中に、厚手の生地の丈夫そうな袋が入っている。津久井は旅行用のバッグから、黒い革のポーチを取り出した。渡辺も同様だ。そのポーチの中には、さらにホルスターと制式拳銃が収められている。ある意味では、使うことにならずにすんでよかった代物だった。

　ポーチを二枚の袋に入れると、職員が封を閉じ、シールを貼った。さらに津久井たちには書類にサインが求められた。サインを終えると、控えとして一枚がそれぞれに手渡された。袋をバスケットに入れて、手続き終了だった。

　搭乗待合室では、ほかの乗客から離れてシートに腰を下ろした。

　渡辺が言った。

「やつが札幌に戻った理由は、ほんとに村瀬香里への執着のせいなんでしょうかね。うちらが手ぐすねひいて待ち構えているのに」

同じ疑問を、津久井も持っていた。現金輸送車襲撃に失敗したあと、鎌田光也が商売道具らしきものを札幌に送った理由。自分で受け取るという手配にしている以上、彼が札幌に戻ることは確実だ。しかし札幌は彼が一度撃たれて逮捕され、その後病院からの脱走で大追跡劇が繰り広げられた場所である。たしかに村瀬香里の襲撃に失敗して、彼女への執着がいっそう強まったということは考えられないわけでもない。村瀬香里がメールを受け取ったことについては、捜査本部もそう判断した。でも、その判断ですっかり納得できるわけでもなかった。

原口は、鎌田がいまカネもなく、新しい事件でも失敗、人生に自棄になって、最後の徒《あだ》花《ばな》を咲かせる気なのだとも言った。しかし、鎌田ははたしてそれほど自棄になっているだろうかという気もするのだ。なるほど現金輸送車襲撃事件は失敗した。しかしこれは棚橋という男に誘われてのものだろう。計画自体は棚橋が立てたもののはずだ。警備員として働いた経験を生かして。あの事件では、鎌田のアイデアなり技術なりは、さほど生かされなかったのではないか。事件が失敗に終わったことで、逆に彼はあらためて自分ひとりで稼ごうと決意したとも考えられる。友人たちの証言でも、鎌田はワルではあるが、どちらかと言えば徒党を組まずに、ひとりでやるタイプということだった。そもそも彼は一度逮捕されていながら逃走したという、輝かしい成功体験の上に生きている。彼はまだ人生に絶望しきっていない。

津久井は言った。

「鎌田が逃げたことで、やつが札幌でどこに住んでいたか、何をやって食っていたのか、そういうことは未詳のままだった。今回、あいつが荷物を発送したんでわかった。あいつは、札幌にヤサを確保していたんだ。うちらも探り当てていないヤサがあるんだ」

「じゃあ、戻ったついでに、村瀬香里とよりを戻すということなんでしょうか？」

「それはたぶん二義的な問題だ。やつは逃げるとき、その隠れ家に事務所荒らしで稼いだ金とか盗品を残していたんじゃないか。本州に高飛びするとき、持ってはいけなかったカネなり盗品なりがあったとする。そうであれば、いまほとんど文無《もんな》しになった鎌田が、危険を冒してでも札幌に帰ろうとする理由はわかる」

いずれにせよ、今夜は村瀬香里の網に鎌田が引っかかるのを待つ。失敗した場合は、明日、荷物が届く時間帯に届け先周辺を張ることで、鎌田の身柄確保となるだろう。もうじきだ。謎《なぞ》はいずれ解決する。疑問はすっきりと氷解するはずである。


新宮と佐伯は、聞き込みの途中で北一条東交番に寄った。

大通署管轄のこの交番は、聞き込みを指示された範囲から一ブロックはずれた場所にある。交番の建物はクラシカルなレンガ造りで、開拓初期のこのエリアに多かった工場や事業所の雰囲気を残していた。かつて旧札幌警察署南一条巡査派出所もレンガ造りの交番として、札幌市街地のランドマークのひとつになっていたとか。新宮はもちろんその交番があった時代はまだ生まれてもいなかったが、北海道開拓の村に移設されたその建物は知っていた。そこでは、ボランティアが当時の巡査の制服を着て道案内をしている。

もちろんこの北一条東交番にいる制服警官たちは、ボランティアではない。新宮昌樹同様、北海道警察の職員たちだ。聞き込みの途中だ、と佐伯が告げると、交番の警官たちはすぐに待機室のほうに佐伯と新宮を案内してくれた。

山上という若い警官が、ガラス製のポットからコーヒーを出してくれた。どんな事件なのか訊かれたので、佐伯が連続ひったくり事件と答えた。東区で多く発生していたが、二日前には同じ犯人たちによる犯行と見られるひったくりが、この交番の近くでも発生したのだ。二人組によるバイクを使ったひったくりだと。

「目撃者がいない」と佐伯がつけ加えた。「被害者の証言でも、暗い中に走っていって、ふいに消えたように見えたと言うんだ。北三条と東六丁目の交差点あたりで」

「ちょっと待ってください」

山上はいったん待機室を出ていったが、すぐに大縮尺の地図を持って戻ってきた。

「昨日、巡回のとき、ちょっと気になったことがあるんです。その消えたあたりからまだ南、堤防で行き止まりになる道路で、事故でも起こしたような跡を見たんですが」

山上が示した位置は、指示された聞き込み範囲のすぐ外になる。

「バイクが、縁石にぶつかって倒れたか何かしたみたいな跡です。血も少し落ちてた。バイクの破片らしいものも。新しいものですが、ここで事故があったという通報なんかはないはずです」

「行ってみよう」と佐伯が立ち上がった。

新宮もすぐに椅子《いす》から腰を上げた。

山上が案内してくれたのは、交番から四ブロックほど離れたエリアだ。南一条通りから南へ折れた中通り。しかし道路は百メートル進んで、堤防の外壁部分にぶつかる。行き止まりなのだ。そこそこ広い通りであるし、入り口部分に行き止まりの表示もない。不案内な運転者なら、堤防通りにつながっているかと、この通りに突き進んでくることはありうるだろう。

「ここです」と山上が道の縁石を示した。

なるほど白く欠けている。そこに最近、何か質量あるものがぶつかったのだ。

新宮が目をこらして周囲を観察すると、たしかに血痕《けっこん》と見えるものがあった。しかし大怪我でもないようだ。やや大きめの擦過傷というところか。それでも包帯は確実に必要だろうと思えるレベルの傷と想像できた。

山上が、通りに面した倉庫の壁の下を指さして言った。

「これを見てください」

新宮と佐伯が見ると、それはガラスとプラスチックの部品だった。

山上が言った。

「ヘッドライトが割れて、フェンダーも破損してますよね、これ」

佐伯が訊いた。

「うちの担当たちは、ここを知らなかった？」

「と思います。自分も、そういう関連があるとは思わなかったものですから、とくに報告しませんでした」

「これがもしひったくり犯のバイクなら、もう夜間の犯行は無理だろうな。ヘッドライトをつけられないとなると、夜は走ることもできない」

新宮は言った。

「ライトのガラスぐらい、すぐに交換できませんかね」

「フェンダーも壊れてる。修理代はけっこうかかる。こいつらはいま素寒貧《すかんぴん》だ。修理には出せない」

「もうひったくりはあきらめる？」

「次は薄暮にやるか、バイクを盗むか、強盗かだ」

新宮がガラスの破片を拾おうと屈《かが》みこんだとき、佐伯がすっと新宮のそばから離れていった。

ガラスを拾いながら新宮が佐伯を見つめていると、彼が小さく言うのが聞こえた。

「そんな遅い便ですか」

「わかりました。カードは使えます？」

「はい」

「どうも」

新宮は腕時計を見た。午後の四時になろうとしていた。


小島百合は、午後の五時に村瀬香里のアパートに到着した。いったん自分のアパートに戻り、着替えてきたのだ。

アパートのそばに、一台のパトカーが駐車していた。これは、警察がいることを鎌田にはっきりとわからせるための張り込み。裏手かごく近所にはもう一台、覆面パトカーがあるはずである。もしかすると、と小島百合はアパートのエントランスに向かいながら思った。通りの向かい側、あのクリーニング店の駐車スペースに停《と》まっているスモークガラスのワゴン車がそれかもしれない。

ドアをノックして、のぞき穴の前に顔がはっきりわかるように立った。中でひとの気配があったので、小島百合はのぞき穴に向かって微笑した。自分のうしろに鎌田がいたりはしない、と告げるつもりで。ドアが開いた。

小島百合は村瀬香里に訊いた。

「その後、何かメールでも入っている?」

村瀬香里は、まだ化粧前の顔で言った。

「ううん。何にも」

「すぐ支度できる?」

「五分でいい。化粧は本部でするから」

洗面所に入った。昨夜、村瀬香里の部屋で洗濯したよさこいソーランの衣裳はもう乾いていた。小島百合はその洗濯物を取り込み、手早く畳んで自分のショルダーバッグに収めた。

そこにPHSへ通信があった。電話を耳に当てると、長沼だった。

「村瀬香里のまわりには、昨日の倍の私服がつく。二重に包囲して、鎌田の接近を待つ」

小島百合は訊いた。

「村瀬香里をよさこいから隔離して保護することになりますか?」

「まさか。それはできない。彼女がいるからこそ、鎌田も接近するんだ。きょうも、ご苦労だが、お前も」

長沼は、みなまで言わずに電話を切った。了解だ。

直後に、こんどは小島百合のショルダーバッグの中で着信音。自分の携帯電話にメールだ。

取り出してモニターを見ると、佐伯からのものだった。

「すまない。日曜に急用。またこの次に。佐伯」

小島百合は村瀬香里に気づかれぬように、鼻から息を吐いた。

まったくあの男ときたら、せっかくの巡査の休日だっていうのに、この土壇場でキャンセルだなんて。そもそも急用って何？　仕事？　私用？　もし後者なら、わたしはもう彼をウェイティング・リストのずっとうしろに回してやる。わたしと休日を過ごしたいと望む男は、たぶんひとりではないはずなのだ。

「どうしたの？」と村瀬香里が訊いた。ふしぎそうな顔だ。いま自分はもしかして、かなり険しい表情をしていたろうか。

なんでもない、と小島百合は答えて、村瀬香里に支度をうながした。

4

津久井たちが北海道警察本部に帰り着いたのは、午後の六時まであと五分という時刻だった。

千歳空港に着いたときの電話連絡で、このあと緊急に捜査本部会議が開催されると告げられた。もっとも、鎌田光也逮捕のための捜査員たちの大半はいま、村瀬香里の周辺にびっしりと張りついている。この捜査本部会議への出席は、津久井たちふたりとほかに幹部たちだけとなる。

ロビーに入り、エレベーターの前に向かったところで、津久井は函館中央署の坂井巡査部長と出くわした。

津久井は、あいさつのつもりで声をかけた。

「白骨死体、何かわかりました？」

すると坂井は足を止めて、少し緊張した面持ちで答えた。

「身元は車からわかってる。六年前、札幌のアパートから消えて捜索願いの出ていた男だ。桑原勇太《くわばらゆうた》。焼き肉屋店長。医大の骨の鑑定結果は、殺人だよ」

津久井の隣りで、渡辺が目を丸くした。

「焼き肉屋店長？　かみさんにも捜索願いが出ている一件ですか？」

坂井がふしぎそうに渡辺に目を向けた。

「知ってるの？」

「あのとき、事件性があるかもしれないということで、聞き込みしました。けっきょく、何が起こったのかもわからないままになってしまいましたが」

「捜査報告書を読んだ。かみさんが、亭主の消える二週間ぐらい前に消えているんだって？」

「そうなんです。かみさんのほうの両親からも捜索願いが出た。亭主の両親からも、同じようなタイミングで捜索願い」

津久井が訊いた。

「殺人だっていうのは、確定？」

「ああ」坂井はまた津久井に顔を向けた。「骨には刺し傷切り傷だらけ。首を切り落とそうとした形跡もあった」

渡辺が言った。

「女ですね」

坂井が渡辺に訊いた。

「かみさんの失踪は、当時は全然事件性ないって判断だったのかい？」

「亭主より先に消えてますが、部屋の様子もとくに変わったところはなかった。部屋には少量の血痕《けっこん》はありましたけど、致命傷のじゃない。近所のひとの話だと、亭主はＤＶ野郎だったようで、それでかみさんがたまりかねて逃げたんだろうって」

津久井は時間が気になって言った。

「じつは、こっちも緊急なんだ」

坂井はうなずいて、渡辺に訊いた。

「あんた以外にいま、当時捜査に関わってた人間は？」

渡辺が答えた。

「小樽署の刑事・生安に、塩山《しおやま》って警部補がいますよ」

「ありがと。おれはきょうは札幌泊まり。明日、うちの課長も出てきて、対応協議だそうだ。捜査本部設置ってことになるのかもしれない」

津久井は坂井に頭を下げると、エレベーターに乗り込んだ。すぐに渡辺が続いた。

箱にはふたりきりだったので、津久井は渡辺に訊いた。

「殺人とはね。先に消えたかみさんが気になるけど、それとも夫婦が第三者に殺されたのかな。当時は殺人の可能性は誰も考えなかったのか」

「不可解でしたけど、解釈できませんでした」

「夫婦は札幌が地元？」

「いや。亭主は埼玉出身。かみさんは千葉出身。東京で知り合って結婚。亭主がチェーン店の店長として札幌に転勤になったんで、札幌に住むようになったんです」

「いましがたお前、女だ、と断定してたな。根拠は？」

「首を切り落とそうとした痕跡があったということですよ」

「生き返るのを恐れて、ってことか？」

「いままで現実にそういう事件には出くわしてないですけど、これってそのケースの典型じゃないですか」

「このケースってのは？」

「DV亭主。女はとうとう逃げたけれども、亭主に居場所を探し当てられた。なので刃物を取り出し、無我夢中で振り回し、突き刺した。相手が抵抗をやめたあとも、生き返って報復されるのが怖くてたまらない。だから首を切り落とそうとした。残念ながら、かみさんには肉を切り分けたり、骨を切る経験はなかった。切り落とせないまま、死体を遺棄した」

エレベーターのドアが開いた。津久井たちはフロアに降りると、並んで廊下を歩いた。

「その推理どおりだとすると、かみさんはその後、どうなっちまったのかな」

「いつ殺人が発覚するかわからない。実家には戻っていないでしょう。ひっそりと日本のどこかで生きてる」

「殺人が発覚すると、本名では生きられない」

「彼女の人生は、亭主を殺したところで終わってます。あとは、やり残したことをやって自爆でしょうね。あの白骨死体が見つかったのは八日前でしたっけ？」

「テレビでニュースになったのは」

「そのニュースで、女には自爆スイッチが入りましたよ。きっと」

指示された会議室の前に着いた。津久井はいったん足を止め、息を整えた。


本部の置かれたホテル前の広場で、岩崎裕美子が踊り手や裏方全員に向かって大声で言った。

「観客投票、昨日の確定結果は、総合十八位。観客特別賞出場圏内です！」

わあっとチームメンバーが歓声を上げた。もちろんチームの九割は女性だから、その歓声は体育会系の音の調子とはちがう。高くて、軽やかで、しかも最高に気分の高揚を感じさせる歓声だった。

岩崎裕美子は続けた。

「きょうの演舞で、追いついて総合一位。やりましょう」

岩崎裕美子は、いきなり人差し指を暮れかけた札幌の空に向かって突き上げた。チームのメンバーが、一瞬遅れでみな同じように人差し指を突き上げた。たしか北京オリンピックで、女子ソフトボールチームが試合前に全員で取ったポーズ。あの金メダルにあやかろうと、いまこれは戦う女の子のグループのあいだに定着している。小島百合は、そのポーズに虚を突かれた。しないままに終わってしまった。いいだろう、と小島百合は自分に弁解した。わたしはチームのメンバーではないのだ。警察官だ。警戒のためにここにいるというだけだ。同じ夢とテンションを共有しなくてもいい。

村瀬香里が、うれしそうに小島百合に顔を向けてきた。

「あこがれのセンターステージ。明日あそこで踊れるなら、もう死んでもいいかもしれない」

「よして」小島百合は周囲に目をやりながら言った。「言い当てる、って言葉知ってるでしょ。縁起でもない」

「小島さん、古いんだ」

「こういう状況だからよ。あなたの生き死にには、冗談でも聞けないの」

「ごめんなさい」村瀬香里が素直に謝った。「ちょっと、うれしくなって」

そこに佐藤和枝が近づいてきた。手にプリントを持っている。一枚ずつ、メンバーに配っていた。

小島百合が手に取ると、今夜の詳細な予定だった。ステージの指示と、集合時刻、演舞予定時刻が記されている。

しかもきょうは、ミーティングがてら夕食を全員一緒に取るという。大通公園近くの大衆居酒屋が会場とのことだった。九時三十分から。この忙しい時期だけれども、なんとか予約を受け付けてくれたのだろう。地図も印刷されていた。

佐藤和枝が、不安げな顔で小島百合に訊いた。

「きょうも、警察のひとが大勢きているんでしょうね」

小島百合はプリントを畳みながら言った。

「ええ。きょうは、二重にわたしたちを囲む。昨日の倍の警官がついていてくれてるの。だから、おかしな人間がその囲みを破って近寄ってくる心配はない」

村瀬香里が言った。

「もしきょう何かやるお馬鹿が出てきても、その場から逃げることもできない」

「じゃあ、安心ですね」

佐藤和枝はそのプリントを配りながら、小島百合たちのそばから離れていった。

5

会議室に集まっているのは、たった六人だ。三日前のメンバーとは大違いだが、責任者だけをとりあえず招集したということなのだろう。もちろん道警本部長もいない。

捜査本部の河野が、壁の時計に目をやった。

津久井もつられて腕時計を見た。午後七時二十分だ。

「始めよう」と河野が言った。「ちなみに、いま入った情報だ。今朝九時五分、神奈川県警は横須賀市内で、現金輸送車襲撃事件の主犯として、棚橋幸夫を逮捕したそうだ」

津久井は手帳を手に取って立ち上がった。背後のスクリーンに、運送会社の伝票が写し出された。発送人は中島一郎。届け先は、札幌市内の中島一郎である。

津久井は、会議室のほかの五人の出席者の顔を眺め渡してから言った。

「鎌田光也の足どりを、自衛隊関係者の線から追ったわけですが、正解でした。鎌田は、八日前まで、自衛隊時代の悪友である棚橋幸夫のアパートに転がり込んでおりました。神奈川県横浜市瀬谷区です」

河野が補足した。

「神奈川県警の取り調べでは、鎌田の居場所はまだ訊いていないそうだ。ま、うちが神奈川県警だって、そっちの調べはあとまわしにするわな」

津久井は続けた。

「鎌田は、棚橋との現金輸送車襲撃事件が失敗に終わったあと、棚橋と共にアパートを追い出されました。このとき、荷物ふたつを札幌市内のこの届け先宛に発送しています」

堀江が立ち上がった。

「この住所は、西区内の貸し倉庫だ」

スクリーンには、車からウィンドウごしに撮影されたとおぼしき建物の写真。白いシャッターが四面並んでいる。手前が駐車場で、一台の軽トラックが停まっていた。左端のシャッターが上げられており、中で作業している男が写っている。

「番号では、中島一郎の借りていたのは右から二番目の貸し倉庫。幅二間《にけん》。奥行きは三間。さほど大きなものではない。大家から事情を聴いたが、借り主は、中島一郎という名義の男で、二年前から借りているそうだ」

原口が言った。

「二年前というと、帯広の強姦殺人事件の直後ということかな」

「そのとおりです。六月一日の契約。事件発生から八日後です。中にはトイレの設備があり、住むことも可能です。じっさい、しばしば寝泊まりしていたようだとのことでした。大家は写真を見て、この中島一郎が鎌田光也であることを確認しました」

河野が訊いた。

「この二年間、やつはずっとそこに潜んでいたということか？」

「いえ。ただ、家賃は三カ月分ぐらいずつまとめて振り込まれていたとか。最近一年ぐらいは、たぶん住んでいなかったろうとのことでした。冬のあいだも、まったく除雪の形跡がなかったそうですので」

「いま現在はどうなんだ？　いるのか？」

「まだ確認が取れません。灯《あかり》は漏れていないので、不在の可能性のほうが強いでしょう。もし潜んでいた場合逃げられるおそれがあるので、建物自体には捜査員を接近させておりません。近くの建材卸の会社にふたり張り付けているだけです」

「ふたりだけ？」

「よさこいソーランのほうにも、七人増員しましたので」

「よさこいソーランで押さえるか、ここで逮捕か、どちらかってことか？」

「村瀬香里襲撃を予告していますから、よさこいソーラン班を戻すわけにはゆきません」

「かき集められないか。あと二十人くらい。機動隊もいるだろうに」

「全員、祭りの警備に出ています。しかも、この週末はコンサドーレとファイターズの試合、石狩浜ではロック・フェスティバル。ひとを回す余裕がまったくありません」

「最低でもあと四人。よさこいソーランから回せないか」

堀江が言った。

「よさこいソーランで、チームが解散するのは、きょうは十時過ぎです。それまで何もなければ、あちらの面々、十四人をこっちの貸し倉庫に振り向けることができます。パレードが終わってしまえば、あとはうちの生安の五人でなんとか村瀬香里を守ることができる」

それまで黙っていた統括官の吉村が言った。

「それで行こう。よさこいソーラン班が合流するまで、津久井たちで。よさこいが何もなく終われば、よさこいの面々のうち半分を貸し倉庫に向ける」

津久井は言った。

「いるかいないか確認できないなら、両隣りどちらかの貸し倉庫の借り主と交渉しましょう。作業で出入りする様子と見せて、わたしたちが集音マイクをつけてきます」

河野がうなずいた。

「すぐ段取りをつける。道具類の手配も」

原口は立ち上がって、部屋の隅の構内電話に手を伸ばした。


この日の演舞も、昨日同様三カ所だった。ＪＲ札幌駅南口広場、南一条通り、薄野。会場から次の会場への移動はすべて徒歩である。

南一条通りで踊っているときだ。村瀬香里が鳴子を落としてしまった。手が汗で濡れていたのかもしれない。

地面に落ちた瞬間を小島百合も見た。

こういう場合、拾うな、という指示だ。踊り手が鳴子を使うことは、よさこいソーランの条件のひとつだが、個人の事故の場合はしかたがない。むしろ、落とした鳴子を拾おうとすると、踊りが乱れる。それくらいなら、落としたことなど気に止めずに、踊り続けたほうがよいのだ。足元に鳴子を見つけた誰かがさっと蹴《け》り出しておけば、演舞の脇にいるスタッフの誰かが拾う。もし落としたまま消えたとしても、予備はある。次の演舞には何の支障もない。

村瀬香里は、小島百合が見ていたかぎり、顔色ひとつ変えるでもなく、ぎこちなさを見せるでもなく、その演舞を終えた。

整列して、左右の観客に一礼したあと、移動を始めたときに佐藤和枝が追いついてきた。

「落としたの、誰ですか」

村瀬香里が手を振って言った。

「あたし。見つかった?」

「誰かに拾われたみたい。記念品になってしまったんでしょう」

佐藤和枝が、ショルダーバッグからひとつ鳴子を取り出して、村瀬香里に渡した。

小島百合は旗を旗竿《はたざお》に丸めて、周囲を意識しながら村瀬香里と共に歩いた。きょうもやつは近くにきているだろうか。村瀬香里を見つめているだろうか。

もちろん多くの視線は感じる。なんと言っても、若々しく躍動的な踊りを見せる娘なのだ。この艶麗輪舞というチームは、青少年から老人までの目を奪う。とくに最前列の村瀬香里は、長身で派手な顔立ちということもあるし、もちろん踊りもうまい。踊っているあいだじゅう、無数の男性の目を惹きつけていた。その視線の質は、必ずしも無害なものばかりではなかったことも、小島百合は感じ取っていた。熱い視線、飢えた視線、濡れた視線も、村瀬香里の踊りには注がれていたのだ。

その中に、やつの視線もあった？

しかし、小島百合はきょうもまだ鎌田を意識できていない。自分は一度は彼の憎悪に満ちた目と間近に対峙《たいじ》した。筋肉の接触さえあった。あの目がこの周囲にあったなら、絶対に感じ取れるという自信もあるのだが、きょうもついにその視線を意識できなかった。

6

津久井たちがその貸し倉庫のある通りに到着したのは、八時十五分だった。

三番の貸し倉庫を借りているのは、理容関連の器具の卸問屋だった。津久井たちは、その会社の配達用バンに乗り、夜のその貸し倉庫の前の駐車場に着いたのだった。

駐車場に入ると、津久井と渡辺はわざと大きな声で話しながら、バンを降りた。

「稲葉、打ったかな」

「珍しいよな。円山球場なんて」

野球の話題だ。無難だし、たいして無理なくそのやりとりを続けることができる。

運転席に残っているのは、この会社の営業マンだ。渡辺がバンのハッチドアを開けて、中から段ボールの箱をひとつ取り出した。

シャッターは一間半の幅で、その横にさらに狭いドアがある。

津久井はドアのロックをはずして、すぐ左手にある室内灯のスイッチを入れた。

スチール製の大きな棚が左右の壁に並んでいた。段ボールの箱がいくつもその棚に収められている。津久井はさっと見て、集音マイクを設置する位置を決めた。右手の壁のもっとも奥にひとつ、そこから真横に一間の位置にひとつ、出入り口付近にひとつ。津久井は設置位置を無言のまま渡辺に示した。渡辺は了解の印に指で丸を作り、段ボール箱を開けた。中には工具箱がひとつ。辞書ほどのサイズの黒い発信機が一台。

「稲葉はさ、梨田のあとは監督になるんじゃないか」

言いながら、津久井は作業ジャンパーのポケットから聴診器を取り出し、二番倉庫の側の壁に押し当てた。二番では何も物音は聞こえない。不在なのだ。

「どうかなあ。コーチ経験も必要なんじゃないですか」

「そういう管理職経験より、修羅場くぐってきた実績と、人望がある」

渡辺が器用に集音マイクの設置を終え、発信機を棚の上段に置いてアンテナを伸ばすと、電源スイッチを入れた。赤いインジケーターがつき、さらに三つ、ＬＥＤが赤くともった。

渡辺が、もうオーケーだとうなずいてきた。

「ようし、じゃあ行くか。忘れ物はないよな」

渡辺は、工具箱に目をやり、さらに集音マイクと発信機を全部確かめてから言った。

「オーケーですよ」

渡辺が再び段ボール箱を抱え、三番倉庫の外に出た。渡辺が段ボール箱を荷物室に収めたので、津久井は助手席に乗り込んだ。

「お手数かけました」と、津久井はその営業マンに言った。

営業マンはうなずいた。

「薬とか拳銃の捜査なんですか?」

「いや、話すわけにはゆかないんですが」

「隣りの倉庫に死体が転がってるとか」

「それはありません」

渡辺が後部席に乗ってきた。

津久井は営業マンに発進を頼んだ。

その貸し倉庫から百メートル離れた位置に、建材会社の社屋がある。そこの会社とも話がついていた。津久井と渡辺は、その会社の駐車場で理容器具卸会社のバンから下りた。

表通りからは見えない位置に、いま道警の捜査用ワゴン車が停めてある。後部には、長さ二メートルほどのアンテナ。強力な受信装置を搭載していた。津久井と渡辺はそのワゴン車に乗り込んだ。

いまあの貸し倉庫二番には、ひとがいないことははっきりした。神奈川で姿をくらましてからもう八日、すでに札幌に戻って、村瀬香里をつけ狙っていると考えるのが妥当だが、アジトはここひとつではない可能性もあった。これからの監視はへたをすると、あとほとんど丸一日続くかもしれない。

しかし鎌田は、運送会社には配達の時間を指定している。その時間帯、彼がここにくるのは確実だということだ。明日の十六時から十八時までのあいだだ。

きょうの演舞が終わった。いま観客の投票が集計されている最中だ。あと二、三十分で結果が出るだろう。

小島百合は、軽い疲労感を覚えながらも、またきょうも自分が少し高揚していることを感じていた。正直なところを言えば、任務を忘れた瞬間は昨日よりも多くなった。意識が村瀬香里から離れ、自分の振り付けに集中してしまったことが、何度かあった。そのぶんだけ、自分の踊りは昨日よりも確実に、見られるものになっていたことだろう。

札幌公園ホテルのロビーで待っていると、村瀬香里が降りてきた。また少し顔に緊張。手には携帯電話。

また？

小島百合は村瀬香里に駆け寄った。

村瀬香里がすぐに携帯電話を見せてくれた。メールのメッセージ。

タイトルは
「鳴子」

本文はこうだ。

「どこに行ったの？」

小島百合は村瀬香里と顔を見合わせた。

村瀬香里が言った。

「落としたところを、見ていたってことね」

小島百合は、背中の汗が瞬時に冷えたことを感じた。村瀬香里が鳴子を落としたところは、すぐ横にいた自分だから気がついた。でも観客はどうだ？　激しい踊りの最中なのだし、どのくらいの観客が彼女の手から鳴子が消えたことに気づいたろう。彼女は落としたあとも動きにほんの少しの乱れも見せず、踊りを続けた。落としたと確信できるのは、ごく身近で村瀬香里を凝視していた者だけだろう。

とん、と肩を叩かれた。小島百合はびくりと反応して身をひねった。

岩崎裕美子だった。

「どうしたの？」

反応が鋭敏すぎたかもしれない。小島百合は言った。

「いえ、ちょっと」

「まさかそのストーカーに叩かれたとは思わなかったでしょ」

「もちろん」

「中間集計、駅前でも薄野でも、すごくよかった。小島さんのおかげかも」

「振り付けのおかげでしょう」

「ミーティングのとき、たぶんいいニュースを発表できるわ」

岩崎裕美子は、ほかの面々が待つ外の通りへと出ていった。

小島百合は村瀬香里に、自分から離れるなと言い含めてからＰＨＳを取り出した。

「小島です。やつは、きょうもいました。すぐそばに」

堀江が疑わしげな声で言った。

「どういう根拠だ」

「またバンビにメールです。鳴子はどこに行ったの、と。バンビは落としたんです。すぐそばで見ていなければ、書けないメッセージでした」

「お前はやつに気がついたか」

「いえ」踊りに集中していた瞬間があった、とは告白できなかった。「まったく気がつきませんでした」

「まったく報告は上がっていないぞ。鎌田班の全員をいま本部に戻すよう指示した。あとは、大通署の村瀬班が残る。お前はきょうも、村瀬香里のアパートに泊まれ」

「はい」

答えてから、小島百合はとうとうひとつ結論を出した。ネットやケイタイのメールで執拗《しつよう》にメッセージを送ってくる男は、鎌田光也ではない。鎌田は村瀬香里のそばにいない。いれば絶対に自分が感じ取る。村瀬香里を狙っているのは、べつの人物だ。

もうひとつの気がかりがまた首をもたげた。その正体がどんなものか、自分は何を気にかけているのか、もどかしいが、「それは鎌田ではない。ほかの人物」。この結論でさえ不十分という気もする。自分がこれまで感じてきたいくつもの疑念から、何かもうひとつの仮説も導かれそうな気がするのだが。

小島百合はいまここでその正体を引っ張り出すことはあきらめた。自然にするりと出てくるまで、待つしかない。それがなんであれ、じっさいの誰かが出現する可能性のほうが早いのだ。あえて答を出すまでもない。答はその人物が登場した瞬間にわかる。

チームの面々が動き出した。きょうのミーティング会場に向かうようだ。ここから二ブロックほどの距離の居酒屋。そこでたぶん、我が艶麗輪舞の観客特別賞決勝戦出場確定が発表されるのだ。盛り上がることだろう。

函館中央署の坂井俊直巡査部長は、まだ今夜のよさこいソーランの余韻の残る薄野で、小樽警察署刑事・生活安全課の捜査員と会っていた。

渡辺が言っていたその捜査員は、家が札幌にあり、非番のこの日、酒を飲みに市街地に出てきていたのだ。塩山という警部補だ。坂井はその塩山と連絡がついたので、彼がいるというその居酒屋に赴いた。

塩山は五十年配の、鼻が酒焼けした男だった。八日前に函館の紅葉山《もみじやま》で見つかった白骨が、どうやら殺人と死体遺棄事件になった、と伝えると、塩山は目を丸くした。

「事件性があることじゃなかったはずだぞ」

塩山は六年前は大通署の刑事課にいたという。

塩山は六年前、札幌のアパートから消えた夫婦の捜索を担当したのだった。最初、千葉に住む夫婦から、娘の行方がわからない、結婚した相手とも連絡が取れないと札幌大通署に連絡があり、生活安全課が捜索願いを受け付けた。この時点では、警察はとくに捜索に動いてはいない。書類を受理したというだけである。

それから数日して、こんどは亭主のほうの勤め先から、店長が無断欠勤して行方不明だという通報があった。このとき、まず地域課が会社側担当者と一緒に夫婦の住んでいたアパートを訪ねた。中は生活がそのまま止まったような状態で、カップヌードルやペットボトルが山のようになっていた。亭主が使っていた小型の乗用車も消えていた。

この段階で刑事課も動いた。警察がＤＶの件を把握したのも、このときである。部屋の中が調べられたが、大量の血痕など、事件性を疑わせるものはなかった。

「亭主は血の気の多いやつだった」と塩山が言った。「見たところ、メガネをかけた、ごくおとなしそうな堅気なんだけど、腹の虫の居所次第で、女房に手を上げるんだ。あまり親しくない人間は、おとなしそうな男と言う。少し知ってる人間は、切れると怖そうだったと証言するんだ」

付近住民の話では、亭主は家庭内暴力の常習者だったという。みかねた近所のひとが夫人を部屋に匿《かくま》ったこともあった。警察に通報するよう勧めたが、最初は夫人はかたくなに拒んだ。しばらくしてまた暴行があったあと、その近所の住人はこんどこそ警察に通報すべきだと強く勧めた。夫人が自分ではできないと言うなら、その住人自身が一一〇番通報すると。夫人はようやく、警察に行くと答えたという。それが六年前のちょうど六月、このよさこいソーラン の時期だった。

だが、警察が夫人を保護にきた様子はない。夫人はまだそのあと十日ほど姿を見せていたが、やがて見えなくなった。家を出たのだろうと住民は考えたという。じっさい亭主と会ったときに確かめると、実家に帰った、という返答だった。

それから数日して、こんどは亭主の車が見当たらなくなった。旅行に出たのだろうかと思っていたところ、警察が亭主の会社の担当者と一緒にやってきた。亭主が出勤していないと。

亭主が会社を欠勤し始めてから七日目に、埼玉に住む亭主の両親の名で捜索願いが出された。

「その後、二回、双方の実家に電話した。子供が帰ってきていないかってね。帰っていれば、捜索願いは取り下げてもらうことになるけど、まだ双方とも、行方はわからないままだってことだった」

坂井は訊いた。

「その実家への電話は、ふたりの失踪からどのくらいの時期です？」

「一回目は、亭主の捜索願いが出てふた月目か。二回目は、六カ月目」

「塩山さんの推測では、事件でしたかね」

「それは疑った。亭主が女房を殺して死体をどこかに捨てた。逃げきるつもりでいたけども考え直し、自分も行方をくらませたんじゃないかなって」

「事件にならなかった理由は？」

「電話だ。女房が、友達に一度電話しているとわかった。わけあって、ちょっと札幌を離れた。たぶんこのまま実家に戻って、亭主のもとには戻らないって。電話を受けた友達というのは、ＤＶのことを知っていた。生きているうちに逃げたのでほっとしたそうだ。それが、亭主の消える二日前」

「ということは、亭主が殺していたわけじゃなかったんだ」

「だけど、亭主が消えた理由はわからないままだ。あ、店で使途不明金が見つかったとか聞いたか。たしか六万円程度。会社も、横領とは判断しきれなかった。そしてその白骨死体だろ」

「かなりの外傷を受けたと思える骨だったそうです。近くの崖下《がけした》に、亭主の乗っていたセダンの残骸《ざんがい》」

「女房かな。居所を突き止められて逆襲、殺してしまった。女房はまた身を隠した」

「この時代、身分証明書もなしに六年間生きるのは容易じゃありませんよ」

「いろんな意味で、そろそろ限界だろうな」

坂井は同意の意味でうなずき、きょうの情報のお礼の意味をこめて、ビールを追加注文した。

7

津久井は、ワゴン車の中で時計を見た。

午後十一時三十分。

これまであの貸し倉庫ではまったく何の音もしなかった。そこに住み着いている人間がいるとしても、まだこの時刻まで、あの貸し倉庫には戻ってきていないのだ。

二時間前には、本部から連絡があった。村瀬香里にまたメッセージ。すぐそばにいたことを窺《うかが》わせる中身のものだったという。ただし周囲を固めた捜査員は誰ひとり、鎌田光也を確認してはいなかった。その捜査員の一部はまだ村瀬香里の周辺を目立たぬように警戒している。しかし、その後もやはり収穫はないのだろう。

渡辺は、ヘッドホンをしたまま、津久井に顔を向けてきた。そろそろ眠たくなってきましたね、という顔だ。このあとは、交代で仮眠を取ったほうがよいかもしれない。捕り物はまちがいなく近いのだ。ふらふらと寝不足の頭で判断力を落としたくない。身体の瞬発力を弛緩《しかん》させたくなかった。

「交代で眠ろう」と津久井は言った。「お前が先に一時間眠れ」

渡辺が言った。

「いいえ。なんとか頑張ります。祭りの日なんですから、せめて一時までは。夜行性動物が動き出すのはこれからです」

「そうだな」

津久井も同意して、カップホルダーからコーヒーの紙コップを持ち上げた。

村瀬香里は、不服そうに顔を上げた。

「もうおしまい？」

ＪＲ琴似駅前の、村瀬香里のアパートにも近いバーだ。彼女はきょう、艶麗輪舞の観客特別賞決勝戦出場決定のお祝いをしようと、ミーティングからまっすぐ部屋に帰ることを拒んだのだ。上機嫌の彼女の気持ちは、隣りで踊った自分にもよくわかる。ダンスは最高の自己表現なのだと、心地よい疲れの中で小島百合も確信することができた。その自己表現に、観客投票で七位という客観評価が与えられたのだ。これを喜んでも罰《ばち》は当たるまい。たとえ今夜も彼女がストーカーに狙われているにしてもだ。

バーの中にはふたり、そして表にもふたり、自分を入れて合計五人の警官が彼女を守っている。不測の事態は避けられるだろう。警察のために、おとりになってくれているのだ。あと少しつきあってもいい。いや、彼女のテンションをもう少し下げるためにも、軽めのアルコール類が必要だ。

「いいわ」と小島百合は言った。「もう一杯だけ」

「百合さんも」

「あなたを守る警官が、酔っぱらうわけにはいかない」

「さっきビール飲んだじゃない」

「汗をかいたぶんだけ、水分を補給したのよ。脱水症状になるわけにはゆかないから」小島百合は、口ひげを生やした中年のバーテンダーに言った。「わたしにはジンジャーエールを」

村瀬香里が言った。

「あたしには、六月のサッポロ。できる?」

「バーやまざきのオリジナルでしたか?」

「たぶん」

「できます」

小島百合は、入り口近くの席に陣取るふたりの捜査員に顔を向け、もう一杯だけ、という意味をこめて微笑した。


狸小路八丁目にあるそのバーは、金曜のせいか、ほぼ満員だった。もしかすると、よさこいソーランの喧騒《けんそう》を逃れて、というお客も多いのかもしれない。

新宮昌樹は、カウンターの左寄りで、ひとり席に着いていた。右も左も、見知らぬ客である。席は埋まっている。

二杯目の地元のモルト・ウィスキーが空《から》になったところだった。マスターの安田《やすだ》が近寄ってきて、目だけでもう一杯注《つ》ぎますかと訊いた。

新宮昌樹は首を振った。

「そろそろ帰ります」

かつては北海道警察本部の警察官だったという安田が、慰めるように言った。

「とうとういらっしゃいませんでしたね」

馴染《なじ》み客の佐伯が来なかったと言っている。

新宮は訊いた。

「このごろ、来ていないの?」

「一週間に一度ぐらい。お忙しいんでしょう？」

「そんなはずもないんだけど。明日休みだから、飲むのかと思っていた」

「ま、来週はぜひおふたりで」

新宮は勘定を支払って、スツールから降りた。

佐伯は例のとおり、ときおりこの自分を遠ざけてなにごとかひとりで始めてしまう。たぶんこんども何か、組織として、部下と一緒にやってはならないことに手をつけているのではないか。もしそうなのだとしたら、邪魔をしないように放っておいたほうがいい。

それに、と新宮はその店、ブラックバードを出てから思った。

明日は合コンではないか。いい週末になる可能性は大なのだ。

土曜日

1

午前八時半に、交替のふたりがやってきた。

津久井はヘッドホンをはずして、車を下りた。渡辺も、目をしょぼつかせて駐車場に降り立った。

「ひとの気配はまったくない」と津久井は交替要員のひとりの住谷《すみたに》に言った。「ヤサはべつなのかもしれない」

渡辺が住谷に訊《き》いた。

「よさこいソーランのほうはどうです？」

「村瀬香里にはまたメッセージ。近くにいたようなんですが、誰も確認していない。あっちは鎌田ではないんじゃないかって、みな言い始めてます」

「本部の判断は？」

「まだ二方面作戦は続行でしょうね」

渡辺が首を振りながら言った。

「少しは仮眠できるだろうか」

住谷は気の毒そうな顔で言った。

「すぐに捜査会議ですよ」

津久井は渡辺の肩を叩《たた》いて、住谷たちが乗ってきた捜査車両に向かった。


寝室から顔を出した村瀬香里が、まだ前夜の興奮を残した顔で言った。

「あたし、飲みすぎた？」

小島百合は、台所でサラダを作る手を休めずに答えた。

「はしゃぎすぎてた」

「だって、センターステージですよ。観客特別賞決勝ですよ。常連や強豪が大勢いるっていうのに」

「それはわかる」

「もしかして、何か怒ってる？」

「怒ってないよ」村瀬香里にもう一度目を向けて言った。「お姉さん、ちょっとお疲れって感じ」

「朝ご飯ぐらい、あたし作ります」

「ここまでやってしまったから」

村瀬香里は冷蔵庫を開けて言った。

「タマゴ、買いに行かなきゃ」

「表の誰かに買ってきてもらいましょう。出なくていい」

「そういう贅沢《ぜいたく》に慣れるのが怖い」

「ずっとつけ狙《ねら》われるのがいいの？」

村瀬香里は笑って言った。

「あたしの踊りを、それだけ熱っぽく見つめてくれてる誰かがいるなんて。小島さんには申し訳ないけど、少し幸せかも」

小島百合は台所を明け渡して言った。

「あとはやって。九時半には出るのよ」

「ちょっと待ってください。メール入ってるかも」

村瀬香里が、寝室の充電器から携帯電話を取り上げて戻ってきた。

村瀬香里の顔が曇った。

「まただわ」

小島百合はモニターをのぞきこんだ。

「きょう」というタイトル。

本文はもっと短かった。

「かな」

小島百合はすぐに自分のショルダーバッグに駆け寄った。

2

会議室に集まっているのは、昨夜と同様、津久井たちふたりを除けば、幹部ばかりだった。統括官の吉村や捜査一課長の河野、堀江、原口、鹿島といった面々だ。

津久井たちが昨夜の張り込みで成果がなかったことを報告すると、河野が言った。

「運送会社からの配達時刻が十六時から十八時。やつはそれまでに村瀬香里への報復を果たす、ということかもしれん。うちとしては、村瀬香里の警戒態勢はそのままに、その貸し倉庫を張らなくちゃならない」

堀江が言った。

「包囲網の完璧《かんぺき》さを知って、やつはもう報復は延期する気になっているかもしれない。そっちに集中しては？」

「いや、いま小島から連絡があった。きょうかな、というメッセージだったそうだ。昨夜のは、いつでもやれた、という脅し。今朝のは、決行日の告知だ。いまあっちの警戒を解くわけにはいかない」

「じゃあ貸し倉庫は、どういう態勢で？」

スクリーンに、西区の貸し倉庫周辺の地図が映し出された。半径二百メートルほどの範囲で現場が示された、かなり縮尺の大きな地図だ。赤い色で塗られている建物が、その貸し倉庫だった。赤いバツのマークは、集音マイクで音を拾っているチームと、双眼鏡で倉庫の正面を監視しているチームの居場所だ。

河野は地図を示して言った。

「この貸し倉庫は、国道五号線、札樽道《さっそんどう》札幌西インターに近い軽産業エリアにある。昼間でも歩行者は少なく、広い駐車場を持つ事業所には事欠かない。しかも貸し倉庫前からほかの道路につながっているのは三カ所の交差点だけ。鎌田が貸し倉庫に現れた瞬間にこの交差点を封鎖すれば、やつを封じ込められる。これは、西署の交通課がやる」

津久井が訊いた。

「現場には?」

「いま言ったように、二班四人。午後二時を目途《めど》に、お前たちももう一度あの駐車場に行ってくれ」

渡辺が冗談めかして言った。

「もっと眠っておけばよかった」

「一時半まで仮眠しろ」

津久井は確認した。

「つまり六人?」

「昨日、帯広署に応援を四人出すよう指示した。きょうのお昼には着く。この四人のうちふたりが、いま双眼鏡で監視している建材会社に入る。あとのふたりが、昨日協力をもらった会社の三番倉庫に入って待ち構える。つまり」

河野はもう一度地図を示した。

「現場を十人、四両でふさぐことになる」

津久井は確認した。

「段取りを」

「運送会社が到着するまでは一切動かない。運送会社が指定時刻に、現場で中島一郎こと鎌田光也と会い、荷物を渡してサインさせたところで、三番倉庫から捜査員ふたりが出て身柄確保。この瞬間は無線で拾うから、このとき津久井たちもダッシュ。建材会社からも四人が駆けつける。ひとり殺している相手だし、一回撃たれて警官には恨み骨髄のはずだ。抵抗した場合、拳銃《けんじゆう》使用をためらうことはない」

「運送会社には、こういうことがあると伝えてあるのですか」

「いや、運転手の応対が不自然になっては困る。一切知らせていない」

「現場の指揮は？」

「鹿島」と河野は答えた。

鹿島警部が、よろしくと言うように頭を下げた。彼は機動捜査隊の副隊長の経験もあるはず。こういう捕り物には場馴《ばな》れしているだろう。

佐伯宏一は、とくに身体検査を受けることもなく、千歳空港の手荷物検査場を抜けた。荷物のほうの透視検査も難なく通った。すぐに黒い旅行用ショルダーバッグが佐伯に渡された。佐伯はそのショルダーバッグを肩に掛けると、搭乗口の案内に従って歩きだした。検査場の真正面には千歳署の制服警官が仁王立ちだったが、佐伯にはとくに注意を払った様子はなかった。

かつては、管轄外への旅行には事前に届け出が必要だった。いまはこれだけひとが頻繁に移動する時代だ。誰もそんなことはやっていないし、幹部も求めてはいない。海外旅行に行く場合だけ、上司に確実に事前に伝えることになっているが、しかしそれも百パーセント守られているかどうか。各地の生活安全課の職員がときおり二泊三日ほど、こっそり韓国旅行しているというのは、たぶん事実のはずだ。うちの幹部クラスまで、パチンコ業者の接待を受けていると報道されたのはいつのことだったか。

ともあれ、きょうは有給休暇を取った。明日は休みの日。小島百合との約束を土壇場キャンセルということになったが、相手の都合もあることなのだ。これは優先せざるを得ない事情だった。

出発がこの時刻なのは、ディスカウントの宿泊つき航空券なので、やむを得なかった。便の選択肢はなかったのだ。着いてから相手と会うまで、六時間ほどの時間がある。どこかの駅のコインロッカーに荷物を預けて、北海道の事情とは大違いの東京のいくつかのエリアの実際を見ておくとするか。新宿歌舞伎町《かぶきちょう》とか、新大久保とか。そういうエリアの空気を吸ったことがあるかどうかは、自分の仕事にもまちがいなく役に立ってくるはずだ。そのような体験は、何か不可解な事件が起こったとき、想像力を引っ張りだすためのフックとなる。たぶん。

相手は、そう長い時間は取れないとも言っていた。すると、そのあと夜もぽっかり空くことになる。昼間行けなかった繁華街の個人視察と行くか。それとも、ライブハウスにするか。ブルーノート東京ではいま誰が出ているのだろう。あるいは新橋のサムデイは。あとで、情報誌を買ってみよう。

搭乗口近く、列の端のシートに腰を下ろして時計を見た。まだ午前十時十分前だった。鎌田光也が札幌に現れた、という情報が入ってからもう四日になるか。また小島百合が元風俗嬢の警戒に駆り出されていたはずだが、捜査本部はまだ鎌田の身柄を確保していないのだろうか。

ふと思った。かつて秘密捜査や裏捜査本部で一緒に仕事をした連中とも、このところごぶさただった。こいつらとはまるでバンドを組んでいるようだ、とさえ思った仲間なのに。いまはそれぞれがやっている仕事についての情報もろくに入ってこない。何か名目をつけて集まる時期だ。バンドを結成するわけではないけれども、音合わせ程度の意味で。いつかまた図らずも一緒にプレイをすることがあるかもしれないのだから。

3

午後の四時八分となったときだ。津久井のイヤホンにあわてた様子の声が入った。

「宅配便だ。運転手が降りて、いま荷物室から段ボール箱ふたつを抱えた」

建材会社の監視チームの松園《まつぞの》の声だ。

津久井は驚いて、運転席の渡辺を見た。

まだ鎌田は現れていないはずだが。

渡辺も同じようにイヤホンをしている。彼は瞬きしていた。

松園が続けて報告してきた。

「ドライバーがドアをノックしてる。誰も出てこない」

当然だろう。中にひとがいた気配も入った様子もないのだ。

「ドライバーはあきらめて、何か伝票を書いている。ドアの郵便受けに入れた」

不在連絡票のことだろうか。鎌田は指定の時刻に間に合わなかった？　それとも、用心しているだけか？　あるいは。

津久井は渡辺に言った。

「よさこいソーランの班が身柄確保か」

「まだ何も連絡はありませんよ」

松園がさらに報告してきた。

「ドライバーはトラックに戻った。いまリバースして……駐車場から発進」

鹿島の声が割り込んできた。

「動くな。そのまま待機だ。鎌田は現れる。不在連絡票を取りにくる。動くな」

「了解」という声がいくつも返った。

津久井も応えた。「三班、了解」

渡辺がふしぎそうに言った。

「届け先の変更なら、営業所に電話すればよいことでしょうに」

「電話の記録を残したくなかったか。それとも」

「それとも？」

「この監視がもうばれているかだな」

渡辺は苦しげな息をついてから、そばのペットボトルに手を伸ばした。


午後五時を十五分まわったときだ。

また松園の声。

「駐車場にバイクが入ってきた。若い男のようだ。フルフェイスのヘルメット」

津久井と渡辺は目を交わして息を殺した。

松園が報告を続けている。

「下りて、一番の倉庫。郵便受けに何か入れた」

一番?

「二番にまわってここでも何か。チラシか?」

ピザの宅配便の従業員だろうか。片っ端からクーポンつきの広告チラシを投函《とうかん》している?

「ん、ちょっとドアの前で、手を入れて、いや、動いた。三番の郵便受けにも入れた。四番にもチラシみたいなもの」

鹿島の指示が入った。

「動くな。待機」

松園が報告する。

「またバイクに乗った。発進。東方向に」

「追うな。待て」と鹿島の声。

津久井は時計を見た。まったくこんなときに、まぎらわしいことをしてくれる。チラシ配り。たしかに自分の集合住宅にも、毎日何枚ものチラシが投函される。郵便受けの脇《わき》には、チラシをすぐ捨てられるよう、管理人が大きなダストボックスを置いてくれているぐらいだ。

松園の声。

「新しい車です。白いバン。駐車場に入りました。男ひとり」

津久井は緊張した。

松園の報告は続く。

「下りてきません。アポロキャップをかぶった男です」

「あ、いま車の向きを変えてバックで倉庫のほうに」

「下りました。黒いシャツ。黒いアポロキャップです。顔は判別できません。バンのうしろを開けました」

「待てよ」と鹿島の声。

「一番の倉庫のシャッターに手をかけてます」

一番？　鎌田が借りているのは二番なのだ。

「一番のシャッターを開けました」

「いまバンから何かを持って、一番の倉庫に。すぐ出てきました。シャッターを降ろしてます」

鹿島の指示があった。

「出るな。無関係だ」

「発進してゆきました」

津久井はふっと息を吐いた。

ここを指定しておきながら、いま鎌田はどこにいるのだろう。ほんとうに札幌に戻ってきているだろうか。あれから九日、彼の逃走の予定がどこかで狂ってしまったということはないか。

それからさらに三十分が経過した。

鎌田が配達時刻として指定した時間帯はもうあと十五分ほどで終わる。鎌田は最初からここに現れるつもりはなかったのか？　いや、それでは送った荷物の受け取りはどうやるつもりだ？

とつぜんある可能性に思い至った。

津久井はイヤホン・マイクで鹿島に言った。

「不在連絡票を確認させてください。あるかどうか」

鹿島の声。

「いま誰も姿をさらすわけにはいかん」

「おおっぴらにやれば、大丈夫です。倉庫関係者のように」

「わかった。聞いたか。三番倉庫、不在連絡票を確認してくれ」

「了解」の声。

数秒して、三番倉庫の監視班らしき男の声。

「不在連絡票、ありません」

「ない？」

津久井は訊いた。

「チラシ、どこのです？　ピザ屋ですか？」

「いえ、美容院のキャンペーンのチラシです」怪訝《けげん》そうな声。「くしゃくしゃです。真新しいものじゃない」

「どこの美容院です？」

「中央区東六丁目」と三番の監視班が言った。「近所ですか？」

彼は帯広から来ている。土地勘がない。

津久井は言った。

「やつです。鎌田です。不在連絡票を回収にきたんだ」

鹿島の声がうわずった。

「営業所に連絡を。不在連絡票を受け取ったと、電話があったはずです」

「もう三十分はたってるぞ」

「やらせる」

八分後、鹿島が疲れ切ったような声で言った。

「建材会社の駐車場に全員集まれ。三番倉庫の班も」

その声の調子から、鹿島が伝えたいことは見当がついた。鎌田はすでに荷物を受け取って逃走したのだ。

駐車場に、指揮車両の鹿島たちふたりを含め、十二人の捜査員が集まった。捜査員たちはみな、それぞれの車のボンネットに腰を預けたり、ドアに寄りかかったりという姿勢だ。

建材会社の社員が、二階の窓からまるで犯罪者一味の青空会議でも見るかのような目で見下ろしていた。

鹿島が、苦々しげな調子で言った。

「営業所には何も連絡はなかった。営業所からドライバーに問い合わせると、連絡票に書かれていたドライバーの携帯電話に直接電話があったそうだ」

鹿島はこう説明した。

鎌田と思える男は言った。行き違いになったので、どこかで直接受け取りたいと。ドライバーは、配達途中での受け渡しはまずいといったん断った。しかし男は、発送伝票の控えもあるという。ドライバーはけっきょく承諾した。再配達の手間も省けるのだ。配達中の場所を教えると、五分ほどで男はバイクに乗ってそこにやってきて、荷物を受け取って去っていったという。受け渡しの時刻はいまから三十五分前の午後五時二十分ごろ。場所は手稲《ていね》東中学校のそばだったという。

松園がふしぎそうに言った。

「営業所に電話をかけて配送先を指定しなおせば、こんな手間かける必要もなかったろうに」

渡辺が言った。

「鎌田は、荷物を発送した時点では、ここがまだ使えるアジトかどうか、確信がなかったんです。とりあえず指定し、札幌に入った直後から新しいアジトを探して、すでに確保済みなんでしょう。ここは用済みになった。それで不在連絡票だけ取りにきた。用心深く」

「だから、それは営業所への電話一本で済む」

「新しいアジトの場所を教えることになる。顔も覚えられる。でもドライバーとの直接交渉なら、顔はともかく、新しいアジトは知られずに済みます」

津久井は鹿島に訊いた。

「ドライバーは、バイクのナンバーなどは確認していますか？」

「いや。わからんそうだ。仕事が終わったところで、事情を訊くが」

津久井は松園に身体《からだ》を向けて言った。

「この事務所からは、あの倉庫をビデオでも監視してましたね。バイクのナンバーが読み取れるかもしれない」

松園がもう駆け出しながら言った。

「すぐに見る」

松園は三分後に戻ってきた。紙を手にしている。

「なんとか読み取れた。車種は、ホンダのスーパーカブ。原付じゃなく、一二五cc車だ」

鹿島が言った。

「すぐ照会を」

盗難の届けが出ているかどうかは、すぐわかる。また陸運局に名義を確かめるのも容易だ。警察からの問い合わせであれば、持ち主はすぐに判明するはずである。

渡辺が携帯電話を取り出した。

「バイクの照会です。盗難かどうか。名義は。所有者は」

「ええ。待ちますよ」

「一昨日も？　この番号についてですか？」

「ええ。はい」

「それは、うちの誰です？」

「はい、北一条東交番の山上巡査ですね」

電話を切ると、渡辺が説明した。

「このバイクの番号については、一昨日北一条東交番の山上巡査から、盗難車ではないかという照会があったそうです。盗難届けは出ておりません」

「名義のほうは？」

「陸運局への照会は、週明けになるそうです」

「糞《くそ》官僚主義！」鹿島がうめいた。「山上って巡査は、それがどこにあったものか、知ってるってことだな？」

「たぶんそうなのだと思います」

鹿島が、ひとつ吹っ切ったような顔となって指示を出した。

「津久井と渡辺は東交番に。松園たちは引き続きあの貸し倉庫を張れ。帯広組の一班は運送会社。あとの者はいったん引き上げるぞ」

全員がさっと散った。

大通り西八丁目広場のセンターステージの裏手、西九丁目側の芝生の上に、艶麗輪舞の面々が全員揃《そろ》った。

とうとう観客特別賞の決勝戦なのだ。栄光のセンターステージでの演舞がいよいよ始まる。

各組一般審査員投票一位のチームは、明日のファイナルに出場する。そのファイナルに出場するチームがトップテンということである。各組の二位のチームは、明日セミファイナルに出場する。これも十チームだ。この二十チーム以外で、観客による携帯電話投票のベストテンのチームが、観客特別賞決勝戦に出場する。艶麗輪舞は第七組の審査員投票で四位。ファイナルもセミファイナルも逃した。しかし観客投票では第十位。観客特別賞決勝戦進出の条件をクリアしたのだ。今夜観客特別賞決勝戦で優勝すれば、来年は無条件に同じ決勝戦の出場資格を得る。

「わくわくしてきた」と村瀬香里は頰《ほお》を輝かせて言った。「もう最高の気分だわ」

彼女は、大舞台を前にして燃えるタイプなのだ。あがったり萎縮《いしゆく》したりしない。根っからのパフォーマーなのだ。

小島百合は、不安を押し殺してセンターステージを見つめた。鉄パイプで組まれたそのステージは、一千人以上を収容する観客席に向かい合っている。しかもテレビのライブ放送があることもあって、照明が強い。そこにいれば、踊り手たちはまるで無防備な射的の人形も一緒なのだった。観客席からだけではなく、左右の広場からもステージの上はよく見える。もし鎌田が肉薄攻撃ではなく狙撃銃《そげきじゆう》でも使おうと考えているなら、これまでよりも今夜のほうが断然やりやすいのだ。

もちろん捜査本部も、この場面がこれまででもっとも危険な状況であることは承知しているだろう。観客席にも、そしてステージの袖《そで》にも、何人もの捜査員が配置されているはずだ。観客席への入り口でも、不審な荷物を持った男はチェックされているはずだが。

小島百合は去年の洞爺湖サミット警備結団式のことを思い出した。あの数千人の警察官が固めるこの大通公園の式場に、あの男はなんと裏手のビル工事現場のクレーンを使って登場してきたのだった。鎌田も自衛隊出身。重機は扱えるし、フィジカルな点でも、意表を突くことを彼はやる能力を持っている。

そこに佐藤和枝がやってきた。ショルダーバッグを抱えている。

「鳴子なくしたひといませんか。衣裳でトラブル出ていませんか」

芝生に座りこんでいたひとりが、手を挙げて言った。

「タンクトップ、脇のところが少しほころびたの。なんとかなる?」

佐藤和枝はすぐ彼女のそばに駆け寄って芝生の上に膝《ひざ》をつき、その部分を確かめた。

岩崎裕美子が横から言った。

「いっそ新しいのにしましょう。センターステージなんだから」

佐藤和枝は、ショルダーバッグからビニール袋に入ったタンクトップを取り出して渡した。

岩崎裕美子が言った。

「急いでホテルで着替えてきて」

その子はすぐ芝生から立ち上がって、ホテルのほうに駆けていった。


新宮昌樹は、腕時計を気にしながら、地下鉄すすきの駅を出た。

空はまだ明るい。夏至《げし》まで二週間という季節なのだ。午後六時二十分でも、ようやく日没かどうかというところだろう。しかし一方でネオンサインの人工光も増えている。

合コン会場は、薄野のはずれの居酒屋だ。よさこいソーランの最中だから、便のいい場所では会場にできる店が見つからなかったのか。それともその店は特別料理が旨《うま》いとかお洒落《しやれ》とか、特別の理由があるのかもしれない。

ただ、この駅から十分以上歩かなければならないのが難だ。急ぎ足で歩いても、会場に着くのはぎりぎりだ。合コンで遅刻してゆくというのは、最初からポイントを落とすことになるから、絶対に避けねばならないところだ。しかし、官舎を出るときに少しファッシヨンで悩んだために、出るのがつい遅れてしまった。けっきょくファッションは、コットンのジャケットに半袖シャツとした。シャツをインパンツとするか出すかでも悩んだ。インパンツはあまりにもこの職業人っぽいが、かといって新宮の風体自体が、もうこの職業人そのものになってきている。アウトパンツがはたして似合うものやら。それで、ジャケットをずっと着ていれば、インパンツでもおかしくはないだろうという判断になったのだ。

出がけに靴を磨き直したのもまずかった。会場は居酒屋の座敷だから、靴は目につく。汚れは禁物だと、あわてて靴箱からブラシを取り出したのだった。

歩道は通行人が多すぎて歩きにくかった。法被《はっぴ》のような衣裳や、韓国服とかモンゴル服っぽい衣裳の男女が目立つ。これはもちろんよさこいソーランに出場するチームの踊り手たちだろう。祭り化粧という範疇《はんちゅう》を超えて、歌舞伎かロックバンドの舞台化粧のようなメイクアップをしている者も少なくない。ほかに一般の市民や観光客がぞろぞろと歩いている。一ブロック歩くのに、四分もかかった。通常の三倍だろう。

交差点を渡って駅から二ブロック目に入ると、ひとの波は消えていた。このブロックはすでに薄野のはずれになる。飲食店の数も隣りのブロックに較《くら》べて格段に少なくなるのだった。

左手のコンビニエンス・ストアの看板を見て思い出した。二日酔い防止のドリンクを飲んでおいたほうがよいのではないか。口臭防止の錠剤も必要かもしれない。

そのコンビニの入り口に向かおうとしたとき、ふと右手の車道に停《と》まっているバイクが目に入った。グレーの地味なビジネス車だ。乗っている男は、フルフェイスのヘルメットをかぶっていた。ビジネス・バイクには不釣り合いな、大仰《おおぎょう》なヘルメットだ。後部のナンバープレートが、上に折り曲げられている。暴走族がよく使うノウハウ。ナンバーを読み取らせないための工作だ。エンジンはかかったままだった。バイクの左側のフェンダーが破損しており、ライトのガラスも割れている。つい最近転倒事故を起こしたバイクなのだろう。

なんとなくその男と彼のバイクに目を留めてから、新宮はコンビニに入った。店の中はけっこう混んでいた。十人以上の客がいる。二カ所のレジの前にも列ができている。新宮はドリンク剤と口臭予防の錠剤を持って、列に並んだ。

レジ・カウンターの左手、新聞・雑誌の棚の奥に、ＡＴＭがある。その前にも四人の男女が列を作っていた。週末だし、お祭りでもあるのだ。現金の需要は多いのだろう。ふと、その列を凝視している男が目に入った。雑誌の棚の前に立っているのだが、視線はＡＴＭを見つめている。男はニットの帽子をかぶり、黒っぽいＴシャツ、七分《しちぶ》丈《たけ》のパンツ。左の肘《ひじ》の部分に、包帯を巻いている。包帯は素人が巻いたと見えた。左足の膝の横にも大判の絆創膏《ばんそうこう》が貼られていた。

新宮の買い物の精算が済んだ。新宮はビニール袋を持ってレジの前から離れ、そのニット帽の青年を見守った。ＡＴＭの前から、中年の小柄な女性が離れた。財布をトートバッグに入れながらだ。ニット帽の青年はその中年女性を目で追うと、女性のあとをつけるように店を出た。新宮はすぐ店を出て左手に進んだ。すぐ右手前方をいまの中年女性が歩いてゆく。右手に携帯電話を持ち、笑っていた。左手にトートバッグを提げている。

新宮は半分だけ振り返った。さっきのビジネス・バイクの後部シートに、ニット帽の青年が乗っている。ちょうどバイクは発進したところだった。

フェンダーの破損。ヘッドライトのガラスも。そして乗っている男のひとりは、包帯を巻くだけの怪我《けが》……。

新宮は歩道の左脇で足を早めた。あの中年女性の前にまで出なければならない。十メートル先でまた交差点だ。行く手の信号は赤だった。右手の信号を見た。黄色になっている。新宮はジャケットを脱ぎながらさらに足を早めた。

女性を追い越し、交差点の端まできた。振り返ると、あのバイクが歩道に上がって徐行してくる。通行人が道をよけていた。バイクの先を中年女性が歩いている。

バイクが加速して、女性のすぐ脇まできた。女性の左側から追い抜く態勢だ。黒いニット帽の男が後部シートから手を伸ばした。バイクが女性を追い抜く瞬間、青年はトートバッグをひったくった。バイクは急加速した。女性は携帯電話を耳に当てたまま棒立ちになった。

新宮はビニール袋を路面に落とすと、ジャケットを右手にバイクの前に立ちはだかった。バイクはわずかに進路を新宮の右手に変えた。新宮は突進してくるバイクのライダーのハンドル部分にジャケットを叩きつけた。ジャケットの端がからまった。すかさず右手に力を入れ、踏ん張った。ジャケットがぴんと引っ張られた。こらえきれずに手を離したが、バイクをかわしざまに、後部シートの青年の背に左手をかけた。青年はシートの上でぐらつき、ライダーにしがみついた。ライダーも安定を崩し、バイクは大きく傾いて、歩道上に倒れかかった。乗っているふたりが路面に足をついた。新宮はすぐに駆け寄って後部シートの青年の肩に手をかけ、ひきずりおろした。バイクは転倒し、よろけたライダーは下敷きとなった。

新宮はニット帽の青年に馬乗りとなって、青年の腕をねじり上げた。青年は悲鳴を上げた。そうだ、彼は怪我をしているのだ。新宮は立ち上がると、絆創膏をした青年の左膝を蹴《け》り上げた。青年は膝を押さえて路面で激しく身をよじった。しばらくは彼は歩くこともできまい。

ライダーはヘルメットのままで這《は》って逃げようとしていた。新宮は上から飛びかかり、組みついて頭を路面に押しつけた。男の抵抗は一瞬だけだった。すぐに力を抜いた。

通行人が唖然《あぜん》としたように立ち止まり、新宮たちを見つめてくる。

新宮は叫んだ。

「警察だ。薄野交番に連絡して。ひったくり犯をつかまえた」

そばに立っていた中年男が言った。

「薄野交番がいいのかい」

「そのほうが早い」

「番号は？」

男はもう携帯電話を取り出している。新宮は、大通署の警察官なら誰でも覚えている薄野交番の代表電話番号を口にした。

目の前に、千切《ちぎ》れたジャケットがある。パンツもいまのアクションでどこかすり切れたことだろう。

いま薄野交番の制服警官が駆けつけてこの場を代わってくれたとしても。

新宮は泣きたい気分で思った。

きょうの合コンには欠席するしかないだろうな。

4

津久井たちは、山上巡査と共に、その空き家のそばまで歩いた。まだこの空の明るさだ。制服警官を交えてうろつけば目につく。

「指を差さないように」と津久井は言った。「ふつうの巡回みたいな顔でそのまま歩いてください」

「了解です。右手のあの傾いたぼろ家がそれです」

「ひとが入った気配はないんですね？」

「施錠されているので、中は確認していません。ただ、もし居ついてしまった誰かがその錠をつけた、ってことも考えられますね。通報者は大家がつけた錠なのかどうか、判断できませんでした」

「そのバイクは？」

「左手、ブルーシートがありますね。あの下に隠されていた」

「ホンダのスーパーカブ、一二五cc」

「そのとおりです」

「いまのふくらみは、どうです？　あの下にありそうですか」

「あのかたちならあるでしょう。めくってみるわけにはゆかないんですね」

「ええ」津久井は左手の駐車場に入る出入り口を指さした。「こっちに行きましょう」

空き家を背に二十メートルほど歩いてから、津久井は山上に礼を言った。

「おかげで、凶悪犯にあと一歩です」

「報告書にはぼくの名前もきちんと書いてください」

「北一条東交番の」

「山上です。山川のヤマと、上のカミ。下の名前は翼です。翼の巡査」

左手にまた出入り口があって、山上はそこで敬礼をせずに津久井たちから離れていった。

渡辺が言った。

「やつは、中ですかね？」

津久井は首を振った。

「おれなら、あんなボロ家は眠るだけにする。バイクは隠したけれども、うちの中にはいないさ」

「村瀬香里を狙ってる？」

「祭りの中に身を置いている」

「警官も大勢出てるのに」

「法被や韓国服着たり、隈取《くまど》りしてる連中があふれてるんだ。いまは祭りの中にいるほうが、職質もなくて安全じゃないか」

津久井は携帯電話を取り出し、原口に電話をかけた。

バイクについての山上巡査情報とその周辺の情報を伝えると、原口が言った。

「そっちがほんとのアジトか」

「バイクがありますから、まちがいないでしょう。侵入の道具類を持ってきたと想像できますし。そのうち、ここを根城《ねじろ》に稼いでまたどこかに消えるのでしょうが」

「貸し倉庫の班も引き上げさせる。そっちに向かわせるぞ」

「地図で確かめていただきたいんですが」津久井はその場で周囲を見渡してから続けた。「その空き家から西に五十メートルのところに、北潮《ほくちょう》物産という会社があります。その駐車場が、現地指揮所を置くのに都合がよいかと思います。表通りからも、問題の空き家からも隠れた位置です」

「そこにいて、その会社と話をつけておいてくれ」

「はい」

携帯電話を切ると、渡辺が言った。

「二度は逃がせませんね」

「病院からの逃走を入れると、もうすでに二度逃がしてるんだ」

渡辺は肩をすぼめた。自分たちはつくづくドジなんですねと、漫才師が自嘲《じちょう》的に締めたように見えた。


センターステージでの決勝戦を終えて、いったん艶麗輪舞は休憩することになった。審査結果が発表されるまで、あとまだ四十分以上あるのだ。結果次第ではもう一回、センターステージで演舞することになる。

小島百合は村瀬香里とホテルの控室に一緒に入った。ここまでくると、もう村瀬香里は自分がストーカーに狙われていることなどほとんど忘れているかのようだ。演舞の前からずっと、テンションは上がりっぱなしだ。

村瀬香里が、控室の自分のポーチから携帯電話を取り出して電源を入れた。小島百合が表情を見守っていると、村瀬香里は苦笑した。

「ばかみたい」

「どうしたの？」

「またよ。ほら」

例のアドレスからのメールが入っている。

「まだ」というタイトル。

「わからないの」という本文。

村瀬香里は、もうまるで恐怖感などないという顔で言った。

「こいつ、きょうやるとか書いてなかった？　もう口だけよ、こいつ」

小島百合は、その文面をもう一度読んで覚えてから、自分のＰＨＳを取り出した。

「またメールです。バンビのケイタイに」

長沼が訊いた。

「メッセージは？」

「まだ、わからないの？」

「それがメッセージか？」

「ええ」

「そばにいることは証明していないな」

「いよいよ追っているという印象は受けます」

「そりゃそうだ。こっちも追い詰めてる。手をかけるところまできている。これまでどおり、お前は村瀬のそばに」

了解です、と答えて、小島百合はＰＨＳを切った。

こんどのメールには、これまでのものにはない何か異質な感じがあるのだが、何だろう？　どこが、ちがう、と感じさせるところなのだろう。

控室の入り口で岩崎裕美子が言った。

「あと五分で、ステージのうしろに集合してね。遅れないで」

はあい、と村瀬香里を含めた踊り子たちが、明るい調子で答えた。


東京駅につながる地下街の食堂だった。

午後の八時という時間帯だ。客はほとんどがこの駅周辺で働くホワイトカラーと見える。クールビズ・ファッションというのか、暗い色のスーツの下に、ほとんどの男がボタンダウンのシャツを着ている。札幌と較べてかなり蒸している陽気だから、たしかにネクタイはきつかろう。佐伯自身、きょうはネクタイをつけずに上京してきたのだった。

この店にしようと決めたのは、愛知県警の服部警部補だった。自分はすぐ名古屋にトンボ帰りしなければならないので、ゆっくりはできない。東京駅から離れないほうが都合がよいのだがと。

それでいま佐伯は、服部の向かい側の席で、ビールに口をつけたところだった。

目の前では服部が、ジョッキを一回持ち上げただけで、佐伯が札幌から持参してきた資料を読み続けている。資料は先日、上司の伊藤が道警本部から取り戻してきたもののコピーだ。前島興産事件の関連記録と報告書類のひと揃いである。何十通もの捜査報告書、それに供述調書が大半だ。厚さ十五センチにもなる書類ホルダーにまとめられていた。

服部の表情はしだいしだいに、強い感情を抑えている、と見えるものになった。その感情が、怒りなのか、悲嘆なのか、それとも落胆なのかはわからない。しかし、いずれにせよこの資料が、服部にとって退屈なものでないことは確実だ。

二十分ほど無言のまま読み続けてから、ようやく服部は顔を上げた。いま佐伯には、その表情の意味がわかった。賛嘆と、感謝だ。

服部が佐伯を真正面から見つめて訊いた。

「いいのか、これ、ほんとに」

「ああ」佐伯はうなずいた。「役に立つかな」

きょう、挨拶《あいさつ》のあとのやりとりで、服部は佐伯と同い歳、警察学校入学の年も同じだとわかった。佐伯は、おれお前で話そうと提案し、服部もこれを受け入れていた。

「もちろんだ。この供述調書から、いまざっと読んでも五つか六つ立件できる」

「愛知の四駆窃盗グループに迫れるかな」

「やれる。大どころがやれる」

「役に立つなら、おれの仕事も多少は意味があった」

服部は真顔になった。

「だけど、あんたは、あの本部長たちの犯罪には迫れない。地検次席検事や、函館税関署長たち、あのキャリア連中の糞にも。それでもかまわないのか」

「かまわない。それを暴くことで、元警官が死ぬ。そういう二者択一ってことになれば、答は出る。おれは警官だ」

「やつは道を踏みはずした警官だ、とは思わないんだな」

「あんな任務に就いたら、おれだってそこまでやるかもしれない。おれはあんなふうには絶対にならないとは、とても言えない。そうなるように組織が強要したんだし、やつは被害者だ。たまたまそのときその椅子《いす》に座っていただけの、現場の警官だった。その意味じゃ、おれはいまもあいつの側にいる。反対側じゃない」

「わかる」と服部は言った。「無理にでもあんたがやってくれとは、おれも言えない。連中の犯罪を立件できないのは糞いまいましいけど、あんたが出した結論には同意する」

「その書類、生かしてくれ」

「もちろんだ。あんたは前島興産を摘発することで、盗難車を出す川下のシステムをつぶそうとした。おれは前島興産に迫ることで、盗難車の川上のシステムを挙げるつもりだった。生かせる。助かる」

「いまはもう盗難車のロシア・ルートはなくなった。少なくとも北海道では。ロシアの日本製中古車輸入規制が効いてる」

「ロシアに売れなくても、あの四駆が欲しいって国は世界中にある。愛知ではあの車の盗難はまったく減っていない。外国人組織も含めた窃盗団を、なんとかつぶさなきゃならない。あんたの捜査は、全体の流通ルートを浮かび上がらせてくれた」

服部は、その書類を自分のショルダーバッグに収めて腕時計を見た。

「次の新幹線に乗る。そろそろ行くが、ここはごちそうさせてくれないか」

「いや」佐伯は首を振った。「そういうことはよそう。割り勘にしないか。おれたちには一切貸し借りはない。どうだ、そういうことで？」

服部は少しのあいだ佐伯を見つめていたが、けっきょくうなずいた。

「いいよ」

勘定を済ませて地下街のその食堂を出た。

店の外で佐伯は別れようとしたが、服部が何かまだ言いたげな様子だった。服部は小柄で、あまり仕立てのよくない綿《めん》のジャケットを着ている。重いショルダーバッグをいつも提げているせいなのか、ジャケットの肩のラインが崩れていた。不器用そうで、風采《ふうさい》も上がらない中年の地方公務員だ。しかし、有能な捜査員であることは、同じ警官にはすぐに理解されるだろう。少なくとも自分にはそう見抜ける。

佐伯は首をかしげて、服部の言葉を待った。

服部は、いったん唇を結んでから言った。

「おれたちは、県警はちがうけど、同じ警官同士だ」

「ああ」

「キャリアどもが何をやっていようと、おれたちはくさらず、自棄にならず、まっすぐ自分の仕事をしような」

半分は自分に言い聞かせているような言葉と聞こえた。佐伯は微笑した。それは全面的に賛同できる提案だ。

「ああ」

「じゃあ」

服部はショルダーバッグを肩にかけなおすと、手を振って地下街を歩み去っていった。

5

津久井のイヤホンに、一班からの報告が入った。

「いま地下鉄駅の十番出口を出た若い男がいます。ひとり。メガネ、ニットの帽子。黒っぽい半袖。だぶだぶのズボンです。会館方面に歩いていています」

会館、というのは、例の空き家につけたコードだ。一班が張っているのは、南一条の地下鉄バスセンター駅近く。鎌田がいま足を持っていない以上、今夜出入りがあるとしたら、徒歩で空き家に近づくという判断から、一班をここに置いたのだった。

鹿島の声が入った。

「そのまま動くな。通報の根拠は？　挙動不審か？」

「いえ、根拠はありません。ただ、よさこいのこの夜にしては、雰囲気がまったく合ってなくて」

「どんな祭りの日にだって、絶望して自殺を考えている人間もいるさ。二班。その男の接近に注意」

「二班了解です」

津久井は渡辺にちらりと目を向けてから、窓ごしに空を見上げた。もう八時四十分。空は完全に夜となった。遠く、と言ってもほんの二キロ弱のあたりから、よさこいソーランの音楽が響いてくる。明日、ファイナルがあるにせよ、祭りのクライマックスは今夜だった。ファイナル出場に落ちたチームはむしろ緊張から解放されて乗りまくっているはずであり、次のレベルに進出が決まったチームはまたそれを理由にハイになっているはずなのだ。だから観客にとっても、今夜の踊りこそが最高なのだ。

村瀬香里の艶麗輪舞チームは、観客特別賞の決勝戦に進出を決めたという。つまり今夜センターステージでの演舞。それは強い照明を浴びて、村瀬香里が殺人者に無防備に身をさらすことに等しかった。あちらの班はあちらでまた万全の態勢をとっているはずだが。

津久井たちの捜査車両が停まっているのは、南一条と大通りとのあいだの中通りを監視できる駐車場だった。空き家に通じる路地は、その中通りの中ほどにある。入口を監視できる位置に停めているのだった。シートに浅く腰掛け、頭がのぞかないようにしている。

暗視双眼鏡は、渡辺と交替で使っていた。

渡辺が、その捜査車両の運転席で前方を指さした。

津久井は無言のまま、その指の示す先を見た。中通りに自転車が入ってきたのだ。空き家に通じる路地の方向に近づいている。表通りの街灯の灯と、付近のビルから漏れる光しかないから、姿かたちははっきりとは見えない。事実上、シルエットだけだ。ただ、体格のよい男だと見える。

「三班です」津久井は言った。「中通りに自転車です。会館入り口のほうへ。いま停まりました」

鹿島が怒鳴るように言った。

「四班、何を見てた?」

四班の住谷の声。

「気がつきませんでした。南一条を反対側からでしょうか」

「お前、いまどっちを監視してる?」

「地下鉄駅のほうです。メガネの男がくるのを待ってます」

「馬鹿」

四班は車の後方を注視していたらしい。

自転車の男は、しばらくその場で何度か左右に首をめぐらしていた。鎌田であれば、路上駐車している車があれば、絶対にそれは覆面の警察車だと気づく。だからいま各班の車両はすべて、空き家周辺の事業所の駐車場に停まっているのだった。一見したところ、何も異常は見えないはずである。鎌田がこの数日、どの駐車場にはどんな車両が停まっていたか、見分けて記憶しているのでもないかぎり。

その男は、ようやく路地に自転車を入れた。

津久井は報告した。

「会館の路地に、自転車が入りました」

鹿島が指示した。

「五班、東を封鎖」

「はい」との返答。そのあとすぐに、大きなエンジン音がした。

「どうした？」鹿島が、怒鳴るように訊いた。

返事はもうわかる。五班のドライバーが緊張のあまり、発進時にアクセルを踏み込みすぎたのだ。

渡辺が叫んだ。

「出てきました」

自転車の男が、いま入っていった路地から飛び出してきた。自転車を猛烈な勢いで漕いでいる。男は中通りを北側に折れた。つまり、津久井たちの車がある方にだ。渡辺が車両を急発進させ、駐車場の出入り口へと走らせた。津久井はホルスターから拳銃を抜いた。右手から、自転車の男が走ってくる。渡辺は、車両を中通りに飛び込ませて急停車した。

運転席のドアウィンドウの向こうで衝撃があった。自転車の男が、停まりきれずに衝突したのだ。男の身体が車両のルーフの上に飛んだ。ルーフでごつんごつんという音。男は助手席側の路面に落ちた。

「ぶつかった！」

津久井はイヤホン・マイクを頭からむしり取り、助手席のドアを開けた。

渡辺が、やはり拳銃を握って運転席から飛び出した。

三メートル先で、男が這いつくばっている。

「動くな！」津久井は拳銃を両手で構えて言った。

渡辺が津久井の右手から、男の真横にまわろうとした。

中通りの北側で、サイレンの音。捜査車両が北側の出口をふさいだ。南側でも急停車の音がした。いくつもの靴音。ここを固めていたすべての捜査員たちが、この一点に集まり出している。

男は立ち上がり、建物のあいだの路地に飛び込もうとした。津久井はうしろから飛びかかった。男は身体をひねり、津久井を建物の壁へと叩きつけた。津久井は一瞬の衝撃に耐えた。男は股間《こかん》を蹴り上げてきた。津久井はこれをかわして、男の頬に拳銃のグリップを叩きつけた。鈍い手応《てごた》えがあった。男は膝を折ると、その場に前のめりに倒れ込んだ。

渡辺もその場に駆けつけ、拳銃の銃口をぴたりと男の上体に向けた。

「撃つぞ。抵抗するな」

男は立ち上がれなかった。

捜査員たちが、路地の前まで駆けつけてきた。みな拳銃を構えている。大きな半円を作り、その半径を少しずつ縮めていた。

津久井は拳銃を両手でかまえたまま、一歩前に近づいた。男の頬から血が出ている。自分がいまグリップを叩き込んだせいだろう。額から右の目にかけても、黒っぽく汚れていた。こちらは自動車にぶつかったときの裂傷だろうか。しかし、これが鎌田かどうか、判別がつかない。そもそも自分は、数年前の写真と、去年撃たれて逮捕されたときの腫《は》れた顔の写真しか知らないのだ。

津久井は拳銃を向けたまま、男に言った。

「両手を頭に置け」

相手が反応しないので、津久井はもう一歩近づいて拳銃を上下に揺らした。

男はうつぶせの姿勢のまま、ゆっくりと両手を頭の上に置いた。その瞬間に渡辺が男に覆いかぶさった。

刑事たちが、どっと殺到して渡辺に加勢した。男はたちまち手荒に凶器の所持をあらためられ、両腕をしっかりと押さえられた。

鹿島が駆け寄ってきた。ひとりの捜査員が男のシャツをはぎ取った。べつのひとりが、男の右の肩口に懐中電灯の光を当てた。そこにははっきりと銃創と弾丸摘出手術の痕《あと》があった。

「まちがいないな」と鹿島が言った。「津久井、渡辺、お前たちの戦果だ」

津久井は拳銃をホルスターに収めると、腰から手錠を取り出し、男の顔の前で持ち上げた。

「鎌田光也、公務執行妨害だ」

この罪の要件を満たしているかどうか自信がなかった。しかし、殺人罪で逮捕状が出ている男だ。公判ではさほど問題にはなるまい。津久井は鎌田の右の手を取って、その手首に手錠を当てた。手錠は半回転してカシャリともう一度輪を作った。

渡辺が津久井の真横で言った。

「六月十三日午後八時五十分。逮捕」

鹿島が、マイクを口もとに近づけて言った。

「鹿島です。いま鎌田光也確保。怪我をしています。とりあえず救急車を呼びます。意識はあります」

ほかの捜査員たちが四人で鎌田光也を囲み、中通りの北側に停まった捜査車両のほうに引き立てていった。

渡辺が、荒く息をつきながら言った。

「まさか、きょう取り調べってことないですよね。おれ、もう眠くてぶっ倒れそうです」

考えてみると昨夜からふたりとも、三時間も眠っていないのではないだろうか。

津久井は言った。

「おれもだ。運転は代わる」

渡辺がふらりとよろめいた。

本部までの帰路、途中のドラッグストアで渡辺のために栄養剤を買ったほうがよいかもしれない、と津久井は思った。上等のステーキと同じくらいの値段の、強力なやつを。

自分にも一本必要だ。もうひとり、きつい任務に就いている小島百合のことを想《おも》った。彼女に鎌田逮捕の連絡がゆくと、渡辺同様、その場に崩れ込んでしまうのではないか。それとも、踊りはこれでおしまいなの？　と、不服そうな反応が返るのだろうか。

いずれにせよ、村瀬香里警備の態勢もこれで解かれることになるのだろう。村瀬香里はもうストーカーの襲撃を気にすることなく、踊りに集中できるのだ。

津久井は艶麗輪舞の踊りを一度見ておきたかったと悔やんだ。なんでも女戦士のような衣裳で踊っているのだとか。村瀬香里の踊りにせよ、小島百合の旗振りにせよ、それはさぞかし見物《みもの》であるにちがいない。


観客特別賞決勝戦の結果は、二位だった。

それでも、当初の目標は果たしたのだ。

小島百合はまわりのチームメイトの顔を見渡した。

艶麗輪舞のチームの面々には、さほど不服も落胆もないように見えた。むしろ、センターステージで演舞できたことを喜んでいる。そのことに感激している。

いまこれから、センターステージ裏の芝生の広場できょうのミーティングがある。きょうはこのあとは一緒に食事をしたりしないようだ。メンバーそれぞれ、祭りのクライマックスの夜を楽しめということになるだろう。自分たちにとってはもう審査も投票もないし、明日は祭りのいわば出涸《でが》らしということになる。祭りは今夜がいちばんの盛り上がりなのだ。今夜は数人ずつの仲間同士で、自分たちの高ぶりを受け止めてくれる酒場なりなんなりに行くにちがいない。村瀬香里もそれを望むはずだから、昨夜に続いて自分も彼女に遅くまでつきあうことになる。

村瀬香里が、小島百合に訊いた。

「きょうは百合さんはどうするの？」

「あなたは？」

「梢たちとか、最前列グループでちょっとお祝いしてもいいかなって。一緒にどうですか？」

「どこに行くの？」

村瀬香里は、屋上に巨大な観覧車のあるアミューズメント・ビルの名を挙げた。そこはバーも居酒屋もカラオケ屋もゲームセンターも入っているのだ。薄野に近いエリアにある。しかし、さほど繁盛してはいないという話だ。観覧車など、いつ行ってもがら空きだとか。

「ちょっと待って」

小島百合はその後の指示を受けるため、ＰＨＳを腰のポシェットから取り出して電源を入れた。二分前に、通信があったばかりだった。

リダイヤルして名乗った。

「小島です。センターステージでの演舞も終わりました」

原口が言った。

「カルビー確保だ。十分くらい前に」

「あ、やりましたか」

「九時をもって、そっちの張りつけ警戒を解く」

「解く？」

「何か？」

「いえ、あのメッセージは鎌田が送ったと認めたんですか」

「何を言ってる？　やつが送ったという前提でやってきたことだぞ」

「でも」

「とにかく、ご苦労さまだった。明日は踊るのか？　たしか休みのはずだけど」

「決めていませんが」

「月曜、詳しい報告を聞く。じゃあ」

腑《ふ》に落ちない想いで小島百合はＰＨＳをポシェットに収めた。

まだ気がかりがあるのだ。この一連の村瀬香里への脅迫メールについて、何かすっきり納得できないこと。鎌田光也が逮捕されたと聞いたのに、自分の五感はどこかでそれでは安心できないと警告している。まだ気をゆるめるな、襲撃があるはずだと。

でも、その根拠がまだ見極められない。自分がこんなにこの件で神経質になるのは、いったいなぜなのだろう。この件のどの部分に、自分は不自然なものを感じているのだろう。

それでも小島百合は村瀬香里に言った。

「鎌田が捕まったわ。十分ぐらい前に逮捕」

「やったあ。じゃあ、百合さんも一緒、いいでしょ」

「少しつきあうわ」

佐藤和枝が近づいてきて、村瀬香里と小島百合の顔の中間あたりに目を向けながら言った。

「みなさんは、今夜はこれからどうするんですか？」

村瀬香里が言った。

「お酒。食事。観覧車」

小島百合は笑って言った。

「わたしも香里ちゃんにつきあう」

「もうストーカーの心配は？」

「捕まえた」自分の気がかりは無視して小島百合は答えた。「もうガードの必要はなくなったの」

「ほかの刑事さんたちも?」

「もう解散」

「わたしもご一緒していいですか」

「もちろん」と村瀬香里が言った。「最初は一階のイタリアンから」

「どうぞ」と小島百合も答えた。

岩崎裕美子が近づいてきた。あまり愛想のいい顔ではなかった。小島百合は身構えた。

「いま、刑事さんから教えられた。もう香里ちゃんガードの必要はなくなったんですって?」

「ええ。護衛任務は終了です」

「あなたも」

「ええ。おしまいです」

「明日、踊ってもらえないの?」

「明日は」

言いかけて思い直した。どうせ小島百合巡査のせっかくの休日の予定はキャンセルとなった。だったら、任務を離れてもう一日、この演舞のチームにつきあってもよいかもしれない。余計な心配をする必要はないから、踊りにも集中できるだろう。自分にとっても、明日はむしろ最高のパフォーマンスを見せられる日となるだろうから。

小島百合は言った。

「集合は何時ですか？」

岩崎裕美子は安堵《あんど》した表情で言った。

「九時半。この広場」

「やらせてもらいます」

岩崎裕美子は会釈して離れていった。

振り返ると、佐藤和枝の姿も消えていた。たぶんあとで合流してくるのだろう。

6

津久井は、コンビニで買ってきた弁当を食べながら、病院に行った捜査員たちからの報告を待っていた。

逮捕時、彼は自分が鎌田光也であることも認めていない。法律的にはまだ、自分たちは氏名不詳の男を公務執行妨害現行犯で逮捕したというだけである。肩の傷口で鎌田と同定したというのは、いわば便宜上のことでしかなかった。怪我の処置を受けさせながら、捜査員たちはあの男から、自分は鎌田光也であるという確認を取ろうと頑張っているはずだ。

九時も四十分を過ぎたというころ、原口が津久井のデスクに寄ってきて言った。

「認めた。鎌田光也だ。座間の現金輸送車襲撃事件については黙秘。村瀬香里へのこんどのストーカー行為については知らないと言ってる。怪我は軽い。応急措置が終われば、留置場に入れる」

津久井は確認した。

「ストーカーをやっていないと言ってるんですか？」

「知らないと」

「じゃあ、村瀬香里を狙っている男がまだいるんだ」

「犯罪者は、どんな微罪についてもまず否定するさ」

「どうでしょう。まだ村瀬香里は狙われているんじゃありませんか？　もう警戒は解いたんですよね」

「九時で全員引き上げた」

津久井は時計を見た。

「いま村瀬香里は無防備ですか？」

「小島百合の任務も解いたからな。もっとも、彼女はチームの一員になったつもりでいるかもしれない」

原口はそのままフロアを出ていった。あとは明日、ということかもしれない。

津久井は自分の携帯電話を取り出し、メモリーから小島百合の電話を呼び出した。

六回か七回のコールで、やっと小島百合が出た。周囲はそうとうにうるさい。居酒屋だろうか。

「仕事？」と小島百合は言った。ご機嫌な調子だ。酔っているわけではないだろうが。

「そうなんです。いまどちらです？」

小島百合は、観覧車があることで知られる南三条のアミューズメント・ビルの名を出した。いまこれから、村瀬香里たちと一緒に観覧車に乗るところだという。

「あなたも乗らない？　きょうはお手柄だったんでしょう」

「行きます。合流しますよ。そこにいてください。必ず待っててもらえますか」

「何かずいぶんシリアスな調子ね。何があったの？」

「鎌田光也は、村瀬香里へのこんどのストーカー行為について、否定したんです。大嘘《おおうそ》の可能性もありますが」

「あれは、鎌田じゃないの？」

「本人はちがうと言った。きちんとした取り調べじゃないんですけど。とにかくわたしも行きますから、そこから動かないでください」

「観覧車に乗る。もうじき順番」

電話が切れた。

津久井は立ち上がった。北二条のこの道警本部ビルから、南三条のあのビルまで、約一キロメートルか。祭りのひとがまだ引いていない時間帯だ。この距離でタクシーに乗せてもらえるかどうか。走るしかない。

津久井は立ち上がり、まだロッカーに収めていない拳銃のホルスターを腰につけた。

村瀬香里も飯島梢も、たいへんなはしゃぎっぷりだった。まるで高校文化祭の最後のファイヤーストームでも前にしているかのようだ。きゃっきゃっと十五か十六の女の子のように笑い転げている。とうとう観覧車に一緒に乗ろうとまで言い出したのだ。チームメイトの何人もが賛同の声を上げた。しかたなく小島百合もその居酒屋を出てみなと一緒にエレベーターに乗り、観覧車の設置されたこの屋上までやってきたのだ。まだ気がかりはあったから、観覧車に乗りたいという村瀬香里を、ご勝手にと見送るわけにはゆかなかった。

津久井から電話があったのは、ちょうど屋上に出たときだった。電話を終えて、携帯電話をポーチに収めた。村瀬香里やほかのチームメイトは、まっすぐ観覧車の乗り場に向かっている。

ホイールの真下の乗り場に列を作ると、輪切りにしたバウムクーヘンのようなかたちのゴンドラが、ゆっくりと滑り込んできた。

若い男性係員が、四人乗りのゴンドラの扉を開いて大声で言った。

「次のかた」

村瀬香里が列から一歩前に出て言った。

「あたし。梢、来い」

一緒に乗ろうとした小島百合を、飯島梢が押さえた。

「あたしが乗る」

飯島梢は、足をふらつかせてゴンドラに身体を入れた。続いて、村瀬香里。村瀬香里がうなずくと、係員がすぐに扉を閉じてロックした。ゴンドラはすぐに一回ぐらりと揺れて、左手方向に動いた。

「次のかた」とまた係員。

小島百合は、一歩前に出た。

うしろで声があった。

「あたしもいいですか」

佐藤和枝だった。

小島百合はうなずいて身を屈め、そのゴンドラに乗り込んだ。四人乗りとはいうが、トイレの個室にも思える大きさだ。佐藤和枝も乗ってきて、向かい側のシートに腰をおろした。膝の上には、帆布のくたびれたトートバッグ。

佐藤和枝は、まっすぐに小島百合を見つめていた。かすかに微笑している。裏方スタッフとして彼女にも高揚感があるのだろうか。

そのとき、背中にはっきりと戦慄《せんりつ》が走った。ちがう。彼女はべつに高揚しているんじゃない。そもそも彼女がいまここ、このゴンドラの中にいる理由は。

急速にもやが晴れていったような気分だった。

小島百合は、ようやく自分の気がかりの正体を知った。狙われていたのは村瀬香里ではない。あのメッセージは村瀬香里に送られたものではない。小島百合のケイタイの電話番号、ケイタイのメールアドレスを知らない誰かが、村瀬香里に送れば確実にこのわたしが読むと期待して送ったものだ。

村瀬香里の携帯電話への送信だから、発信人は鎌田光也だと思い込んでしまった。鎌田光也が、自分を撃った女性警官への報復のために村瀬香里にメッセージを送り、小島百合を目立つところに呼び出した、という可能性もあった。しかしその可能性を、自分たちは厳密には検討しなかった。村瀬香里宛のメッセージではないのかもしれない、と気づいていれば、発信人が誰かももっと早く特定できていたかもしれないのに。

でもいまならわかる。送信先は記されず、発信人の名もない。そしてあの文面。あれは、村瀬香里に近い誰かに向けてのメッセージだと読むべきだった。

あのメッセージ。

「また会おうね。見つけたよ。気をつけな」
「踊り見てた。刑事多すぎ。だけどそろそろ痛い目にあうよ」
「おはよう。今夜はいいお祭りになるよ」
「鳴子はどこに行ったの?」

そしてきょうのメッセージ。

「まだ、わからないの？」

女言葉だ。一連のメッセージ、すべて女言葉だ。女性に向けた言葉だから中性的、と受け取ってしまったけれど。

正面に腰掛けている佐藤和枝が言った。

「まだ、わからないの？」

低くて自信なげな声。この声には記憶がある。自分はこの声をずっと前にも聞いたことがある。

小島百合は、震えをなんとか押し殺して言った。

「わたしが狙いだった？」

佐藤和枝が、口だけで微笑した。

「そう」

「どうして香里ちゃんのケイタイに？」

「小島さんのケイタイ・アドレス知らなかったから」

「だけど、わたしと香里ちゃんの仲は知っていたのね。脅迫メールを送れば、わたしが読むと」

「ネットで知った。あなたが香里ちゃんを助けたことも」

「あなたは誰なの？　前にたしか会っているわね」

「六年前。こんなよさこいソーランの時期に」

思い出した。鮮明に思い出した。あの日、大通署の生活安全課のカウンターに、眼帯をつけて現れた女性。あとになってＤＶの被害者かと想像したが、ろくに相談ごとも聞けないうちに彼女は去ってしまった。よさこいソーランの最中だから、迷子の世話で生活安全課の女性警官たちが多忙を極めている日だった。

「あのとき、相談に乗ってやれなかった。深刻だったんでしょう？」

「ええ。助けてもらえなかった」

「いまどうしているの？　ご主人とは別れた？」

「逃げた。でも見つかって、殺したわ」

「え？」

「殺した。わたしは亭主に殺される前に、亭主を殺したの。殺人犯。最近、白骨になった死体が見つかったんだって」

「あの白骨のこと？　ほんとうなの？」

「嘘で、人殺しを告白しない」

「あのときもし、わたしが相談をきちんと聞けていたら」

「そうね。どうなっていたろう」

佐藤和枝は、鼻で笑って横を向いた。

小島百合も佐藤和枝の視線の先に目を向けた。ゴンドラはもうかなり高いところまで来ている。時計で言うなら、十時のあたりまでは上がったろうか。薄野方面のネオンの夜景がきれいに見えるようになっていた。

佐藤和枝はまた小島百合に目を向けて言った。

「わたしを助けてはくれなかった。でも、あの村瀬香里は助けた。どうしてなの？　どういう差なの？」

「差なんてない。あなたの相談は聞けなかった。香里ちゃんは、警察に相談にきた」

「わたしも相談に行ったわ。殺す前に。殺されるかもしれないって、それを相談するつもりで」

「そうね。あの日は聞けなかった。間が悪かった。でも、聞くつもりでいた。信じてもらいたいけど」

「わたしは、世界中にひとりの味方もいなかった。わたしの悩みを聞いてくれるひとはなかった。なのに小島さんは、どうしてあの村瀬香里には親身になったの」

「わたしが決めたことじゃない。組織で対応したというだけ」

「わたしには対応してもらえなかった」

堂々巡りだ、と小島百合は思った。あの日わたしに話を聞いてもらえなかったことが、彼女のオブセッションとなっている。彼女はそのことを恨み続けて生きてきた。自分を救ってくれなかった者として、自分を殺人者にした者として、わたしを恨みながら。

ゴンドラはまた少し上昇した。左右の視界がかなりよくなっている。北にはＪＲタワー。南には薄野のネオン街。眼下の通りは、よさこいソーラン帰りのひとが歩道をほぼ埋めている。歓声や酔っぱらいの笑い声が、この高さまで聞こえてきていた。

佐藤和枝が続けた。

「逃げたのに見つけられて、無我夢中でわたしは亭主を殺した。それから六年間、名前も隠して、誰とも連絡を取らず、生きてきたわ。まともな仕事には就けず、まともな部屋にも住めずに。でも、ネットで見つけたの。あなたの活躍。村瀬香里を助けたこと。チャット・レディやっていたからね。ちょうど亭主の白骨死体が発見された日のこと。神様の啓示のような気がした。ふたつのことが偶然に起こったのじゃなくて、何かやれという指示なんだと思って」

「それでわたしを探したの？　ずっと大通署にいたのに」

「殺人犯が、警察署にあなたを訪ねてゆくわけにはゆかないでしょ。村瀬香里のそばに行き、携帯電話を拝借することが必要だった」

「あのメッセージはやっぱり、わたし宛のものだったのね」

「どうして気がつかなかったの」

小島百合は思い出した。

最初のネットワーク・サービスへの書き込みの言葉。

「見つけたよ」

わたしが発見されたのだ。

佐藤和枝は言った。

「村瀬香里を守るために、あなただけが親身になったわけじゃなかった。男たちも、きょうも二十人以上も」

「警察の仕事だから」

「わたしは相手にされず、村瀬香里はしっかりと守ってもらえた。どんなちがいなの？　警察が守るのに、何がわたしには足りなかったの？」

思い当たる理由はあったが、小島百合はそれを口にしなかった。

「いまどうしたいの？」小島百合は訊いた。「わたしをどうしたいの？」

「さあ」

ゴンドラは完全に天頂部分に達した。と思った瞬間、ゆっくりと下降の運動に入った。

佐藤和枝が膝の上に視線を落とした。厚手帆布のトートバッグが置かれている。佐藤和枝はその中に手を入れると、タオルでくるんだ細長いものを取り出した。彼女はタオルをはずした。くるまれていたのは、出刃包丁だった。

「責任を取ってもらいたいのかもしれない」

小島百合は包丁から目を離さずに言った。

「わたしの応対が親身でなかったというなら、謝る」

彼女は素人。刃物を振り回しても、自分はかわすことができるだろう。いや、彼女はひとり殺した実績の持ち主か。技術はともかく、ひとを殺すことの心理的バリアはないかもしれない。その場合、素人でも強い。しかもゴンドラはこの大きさ。いま手を伸ばすだけで、相手の鼻をつまめる。

「亭主の死体も見つかった」と、深い絶望を感じさせる声で佐藤和枝は言った。「たぶんわたし、指名手配されるんでしょう？　ちがう？」

「出頭すればいい。あなたの事情は、裁判官に斟酌《しんしゃく》してもらえる」

「何年刑務所に入るの？　わたしはそのあとどうやって生きていったらいいの？　いままでがどん底。これから先にも、あとどんな希望があるっていうの？　わたしがちがう人生を生きるとしたら、警察署に行ったあのときが、分岐点だった。あのとき助けてもらえたら」

「わたしはそれを、公判で証言するわ。証人になる。あなたは助けを求めていたのだって。ご主人の暴力は、そのくらいに深刻だったんだって」

「いまさら」

小島百合は、佐藤和枝の身体の中に殺意が充満してゆくのを感じた。ふつふつと、たぎる音さえ聞こえるほどに、いま彼女は自分自身の内側に殺意をみなぎらせている。それも、きわめて意識的にだ。

まずいことに、と小島百合は思った。自分には、彼女に対抗できるだけの敵意がない。

憎悪もない。たとえばあの鎌田光也を逮捕したときのような、強烈な懲罰への意志はなかった。むしろいまあるのは憐憫《れんびん》であり、同情であり、そして自分自身の仕事ぶりについての深い自罰意識だった。いま彼女が包丁を振り回してきたら、自分はこれをかわして包丁を取り上げ、彼女を組み伏せることができるかどうか、まるで自信がない。

その弱気を、佐藤和枝もおそらく感じ取った。ふいに包丁で払ってきた。

小島百合はさっと小手突き払いで包丁をかわした。包丁は叩き落とせない。佐藤和枝はもう一度包丁を振ってきた。小島百合は床を蹴るように佐藤和枝の上体に飛びかかった。その右腕を押さえようとした。

飛びかかってみてわかった。佐藤和枝の身体は、痩《や》せていた。健康な痩せ方ではない。はっきりと栄養不足だ。あるいは長い期間にわたる過労が、彼女の肉体全体をむしばんでいる。そんな痩せ方だった。そう思ったことが、また彼女を組み伏せようとする意志をかすかに躊躇《ちゆうちよ》させた。

すぐに佐藤和枝の右手を押さえてねじ上げた。佐藤和枝の手から、意外なまでにあっさりと包丁が離れた。小島百合はその包丁を取り上げると、自分の腰のうしろに隠した。

佐藤和枝は小島百合を下から蹴り上げてきた。小島百合の身体は、ゴンドラの扉に激しくぶつかった。ゴンドラが揺れて、どこかで女性の悲鳴が聞こえた。この様子は、べつのゴンドラから見られたのだ。

小島百合は佐藤和枝の腹に拳《こぶし》を叩き込んだ。佐藤和枝がうっとうめいて動きを止めた。

非情になれ、と言い聞かせて、さらに顎《あご》の下にも一撃。佐藤和枝の上体が真横に倒れ込んだ。

小島百合は佐藤和枝の上体に上から組み付き、羽交い締めで押さえ込んだ。

ゴンドラが左右に大きく揺れたが、ちょうど乗り場に戻っている。ホイールの最下部。小島百合は身体をひねって、扉のほうに目を向けた。ドアが外から開いた。自分の知り合いが外にいる。脚を大きく開き、顔の真正面で拳銃を構えていた。

小島百合は佐藤和枝を羽交い締めにしたまま、相手に言った。

「彼女だった」

津久井が拳銃を少しだけおろして、意外そうに訊いた。

「女性？」

「ええ」小島百合は息を整えてから答えた。「殺人の自供。出頭」

小島百合は佐藤和枝の背中を押した。佐藤和枝はさからわなかった。開いた乗降口からよろけるように外に出て、床に膝をついた。乗り場に列を作っていた客たちが悲鳴を上げてあとじさった。小島百合は佐藤和枝の右手をうしろ手にねじ上げて立たせた。佐藤和枝は、ふらつきながら立ち上がった。

津久井が訊いた。

「怪我は？」

「何も」

「額に血が」

小島百合は額をぬぐってみた。手の甲にわずかに赤いものがついた。自分の傷ではない。佐藤和枝かもしれないが、負傷はさほど大きなものではないはずだ。

小島百合は言った。

「彼女がストーカーだったの。村瀬香里を使ったのは、わたしの直接の連絡先を知らなかったから」

「どうして小島さんを」

「複雑」

佐藤和枝が背をひねり、小島百合を見つめてきた。もうその目には、いましがたの殺意や憎悪は見当たらなかった。ただ、何もかもが不可解、という想いが感じ取れるだけだ。

小島百合はねじ上げた手から少し力を抜いて言った。

「さ、行きましょう。付き添うから」

佐藤和枝はふしぎそうに小島百合を見つめていたが、ふいに倒れかかってきた。貧血でも起こしたかのように見えた。小島百合は彼女の身体を、正面で受けとめて支えた。津久井がさらに小島百合の背中を支えてくれた。

佐藤和枝の頭ごしに、先にゴンドラを下りていた村瀬香里の顔が見えた。彼女は大きな目をいっそう大きくみひらいていた。それってほんとうのことなの、とでも言っている目だった。

小島百合はうなずいた。

エピローグ

佐伯がＪＲ札幌駅に着いたのは、午後の八時五分という時刻だった。

ホテル付き東京往復の格安航空券だったし、申し込んだのがぎりぎりというせいもあった。使うことのできる飛行機便には制限があったのだ。日曜ということもあって、羽田発千歳空港行きは、この時間帯の便しか取ることができなかった。千歳に着いたのが、五十分前。それからすぐＪＲ千歳線に乗り、いま札幌駅到着だった。

駅はよさこいソーラン祭り帰りの観客たちでたいへんな混みようだった。まだ市内の会場では踊りが続いているはずだが、そろそろ出番もなくなって、帰路についた参加者たちも多いと見えた。

休日の夜だが、佐伯にはこのあとをどう過ごすべきか、何のアイデアもなかった。これからひとり暮らしのアパートに帰っても、やれることは限られる。ひとりでビールを飲むにしても、着くころにはファイターズの試合の放送も終わってしまう。かといってきょうは、好きなＣＤを聴く気分でもなかった。

佐伯は携帯電話を取り出して、同僚のひとりの番号を呼び出した。

「はい」と、津久井が応《こた》えた。「ひさしぶりです」

受話器の向こうから、よさこいソーランらしい音楽が聞こえてくる。彼はいま、屋外にいるのか？

「お前、いま何をやってる？」

「ビール飲んでます」

「大通公園か？」

「当たりです。佐伯さんはいまどちらです？　昨日は札幌には不在でしたよね」

「いま札幌駅」

「合流しませんか。新宮と一緒です。昨日から鎌田光也確保、白骨死体事件解決、連続ひったくり犯も逮捕。祝杯を上げてるんです」

「ひったくり犯逮捕？　あのバイクの？」

「新宮が現行犯で挙げたんですよ」

「おれがいないあいだに出し抜いたのか、あいつ」

「これで一人立ちだって騒いでますよ」

「どこだ？」

「西六丁目のフードパーク」

「よさこいの最中だ。混んでるだろ」

「席はあります」

「お前と新宮と、ほかには？」

「その」佐伯は咳払《せきばら》いしてから訊《き》いた。「小島百合巡査は？」

「と言いますと？」

「ああ」津久井は笑った。「いません」

佐伯は一瞬迷ってから言った。

「行く」

「広場の南側にいます。パレードも間近に見えて、いい席ですよ」

佐伯は駅前通りを南に歩き、十五分後に津久井たちに合流した。そこは臨時のフードパーク、ビアガーデンとなっている広場だった。多くの提灯《ちょうちん》に囲まれて、夜の公園の中に浮かび上がっている。席は八分がた埋まっていた。この時間、ここに席を確保できた面々は幸運と言うべきだった。

津久井たちの席からは、木立ごしに南大通りのパレードがよく見えた。ほんの十メートル南で、演舞がおこなわれているのだ。桟敷席《さじきせき》ほど観《み》やすくはないが、ビールを飲みながら踊りを鑑賞できることを考えると、特等席とも言えた。

津久井がすでに佐伯のために生ビールを注文してくれていた。

津久井が言った。

「まず、いろいろ事件解決に乾杯」

津久井と新宮がジョッキを持ち上げたが、佐伯は持ち上げることができなかった。自分はきのうひとつ、立件を葬ると決めて、証拠書類やら捜査報告書のたぐいの一切合切を他県警の捜査員に渡してきたのだ。あまり乾杯する気分ではない。

「どうしました？」と津久井が訊いた。

「いや」佐伯は自分の胸のわだかまりを抑え込んで言った。「ご苦労さん、だ」

新宮が言った。

「乾杯。おれがひとりで活躍してすみません」

「そんなことはかまわん」

「プライベートって、何だったんですか？」

「プライベートだってことは、詮索《せんさく》するなってことだ」

三人がビールをひと口あおった。

津久井が、口のまわりの泡を手の甲でぬぐって言った。

「ちょっと涼しいけど、鎌田確保ができたので、ビールはうまいです」

「白骨死体事件ってなんだ？」

「函館で、十日ぐらい前に他殺体が見つかった件です。DV被害のかみさんの犯行でした。小島巡査が犯人確保です。小島巡査は、出頭してきたと報告しています」

「生活安全課にいて、何をやってるんだ、あいつは」

「いいじゃないですか。組織の硬直って、日頃《ひごろ》言ってるくせに」

「知らん」

よさこいソーランの音楽が大きくなってきた。南大通り会場で、新しいチームの演舞が始まったようだ。乗りのいい曲だったので、佐伯は思わず南大通り側に目を向けた。

黒いタンクトップに黒いカーゴパンツの女性たちが、テンポの早い曲に合わせて、ヒップホップふうのダンスを踊っていた。漁場の労働の名残など微塵《みじん》もない振り付けの踊りだった。この祭りでは、優勝を狙《ねら》うチームはどうしてもソーラン節のメロディと漁場の雰囲気から離れられないのがふつうだから、そのチームの踊りはずいぶん新鮮に見えた。佐伯はジョッキを握ったまま、踊りの列が近づいてくるのを待った。先頭の踊り手たちの脇《わき》で、小柄な身体《からだ》つきの女性が、旗をバトン・トワリングのように扱っていた。佐伯の目はその女性に引きつけられた。

佐伯にもっとも近い位置まで来たとき、その女性は音楽に合わせて旗を宙に放《ほう》り投げた。佐伯はその旗を目で追った。旗は尾を引くように垂直に落ちてきて、ふたたび踊り手に受け止められた。旗竿《はたざお》を受け止めた女性と目が合った。

小島百合？

向こうも目をみひらいた。

次の瞬間、群舞は中心から外側に爆発するような動きとなった。小島百合は旗を大きく頭上で振りながら、身体を一回転させた。腿《もも》が宙に弧を描き、一瞬静止して足先が鋭く伸びた。次の瞬間、小島百合の脚は地面を踏んで、ふたたび踊りのステップとなった。小島百合は旗をまわしながら、佐伯のそばから離れていった。

「どうしました？」と新宮が訊いた。

佐伯は、踊り手たちに視線を向けたまま答えた。

「いま小島がいた」

「そうですよ。小島さん、踊ってましたよ」

「あいつ、警官だぞ」

「警官だって踊っていいし、サックス吹いてもいいでしょう」

「おれに回し蹴りをくれたぞ」

「踊りの振り付けですよ」

「あいつ」佐伯は新宮に顔を向けて言った。「あいつ、きょうは休みだからおれとランチつきあうって言ってたんだぞ」

津久井が苦笑して言った。

「佐伯さんからキャンセルしたんじゃないですか？　休みの日なんだもの、小島さんが踊ってたって問題ないでしょ」

「よさこいソーランを？」

「何ならいいんです？」

佐伯は答える代わりに、あらためてジョッキを持ち上げ、口もとに運んだ。

こいつらはそれぞれ仕事の成果を上げて、そこそこいい休日を楽しんでいる。まあ、いい。みんな、休日を楽しんでよいだけ、働いていたようだし。

佐伯はジョッキに残ったビールを一気に半分まで空けた。

昨日の服部の言った言葉が、よみがえった。キャリアどもが何をやっていようと、おれたちはくさらず、自棄にならず、まっすぐ自分の仕事をしような、と。

やつが自分の仕事をひとつ終えていい休日を取れるのは、いつになるのだろう。そのときが来たという連絡がくれば、やっと一緒にビールを飲み交わすのもいい。そのときには、やつにごちそうになる。遠慮なくだ。

佐伯はもう一度ジョッキを持ち上げた。


新宮は、苦笑しながらジョッキを口に運んだ。

いろいろあったが、自分たちが抱えていた仕事上の懸案の多くは昨日のうちに解決していた。自分も津久井も、小島百合も昨日は十分に働いた。それにたぶん佐伯も、この数日のうちに何か部下を遠ざけておくべき必要のある職務上の重大案件を処理したのだ。有給休暇も休日もつぶして。ならば自分たちは、きょう、この休日を楽しんで何のやましいところもない。神経を弛緩させてこのようにビールを飲むことについても、誰も咎めたりしないだろう。もっとも、札幌方面の警察が多忙の時期、という部分について、若干の申し訳なさも感じないわけではない。でも自分について言えば、職務のために昨日は合コンの約束をふいにして、ジャケットを一着駄目にしてしまったのだ。大目に見てもらえるだろう。

きょうは、いまのところ大事件は発生していない。大きな事故があったようでもない。緊急の呼び出しもなかった。ビールを飲み続けても、気がゆるんでいるとなじられる事態にはならないだろう。いや、この場の盛り上がり次第では、二次会に移ってもいいくらいだ。

こんなふうにビールを飲める夜は、札幌で勤務についているかぎり、一年でもそうそう多くはないのだ。このままきょうがつつがなく終わることを、自分は願う。どうぞぶちこわしの緊急呼び出しなどありませぬように。愚劣な事件など起きませぬように。

新宮がジョッキに残ったビールを一気に喉に流し込んだときだ。

誰かの携帯電話が鳴った。勤務中の警察官の顔となった。佐伯も津久井も、表情が一瞬変わった。ふたりとも、背がすっと伸びた。新宮もあわてててジャケットの胸ポケットに手をやった。ちがう。自分の携帯電話の着信音は、あるカンフー映画の主題歌だ。ベルの音には設定していない。

自分たちのすぐうしろのテーブルで、若い男の声がした。

「もしもし、ああ、待ってた」

見知らぬ誰かの携帯電話が鳴っただけだったのだ。

佐伯と津久井が顔を見合わせて笑った。いかにも警官めいた自分たちの反応がおかしかったのだろう。

佐伯が、照れ笑いのような表情を新宮に見せて言った。

「きょうはもう電源はオフだ。新宮、ビール追加頼んできてくれ」

新宮は、はいと短く答えて立ち上がった。了解です。自分たちは、完全にオフです。オフとします。

解説

西上心太

現在も四つの警察小説シリーズを書き継いでいる佐々木譲が、警察小説の牽引者の一人であることに疑問を抱く人はいないだろう。

親子三代にわたる警察官一家の転変をドラマティックに描きつつ、戦後日本の歩みも同時に活写した『警官の血』（新潮社）は『このミステリーがすごい！2008年版』の投票で一位になるなど読者の熱い支持を集めた。続編の『警官の条件』も「小説新潮」二〇一一年三月号で最終回を迎えたので、遠からず刊行されるだろう。

札幌で有能な刑事だった男が田舎町の駐在勤務に異動させられてしまうという珍しい設定の警察小説が川久保篤シリーズだ。『制服捜査』（新潮社）では、直接捜査に携われない制服警官という立場ゆえのジレンマに悩みながら、田舎町特有の濃い人間関係が横たわる事件を解決に導く。暴風雪によって孤立してしまった町の一日を描いたのが二作目の『暴雪圏』（新潮社）である。町に逃げ込んできた強盗一味、家出を試みる少女、不倫相手との関係を精算しようとする人妻など、さまざまな人々が町外れのペンションに集結する。群像劇と川久保を孤立無援の状態に置くという二つの趣向が用いられた作品である。

二〇一〇年一月に第百四十二回直木賞を射止めたのが『廃墟に乞う』（文藝春秋）だ。捜査中に負った心の傷のため休職中の刑事・仙道が、リハビリを兼ねながら依頼を受けた捜査にかかわっていく。警察手帳もなくあくまで私人という立場だが、そのかわり管轄に縛られず、廃墟となった炭坑の町、外国人に人気が高いスキーリゾート、気の荒い漁師町、大都会札幌など、北海道全土にわたる異なった環境の地を舞台にしたユニークな連作短篇集だった。

残る一つがハルキ文庫で刊行中の『笑う警官』、『警察庁から来た男』、『警官の紋章』、本書『巡査の休日』と続く北海道警察シリーズである。

四つの警察小説シリーズといっても、作者は場所や主人公が違うだけというような安易な創作態度をとっていない。『警官の血』（二〇〇七年、新潮社上下巻）はスチュアート・ウッズの名作『警察署長』（一九八四年、早川書房）にインスパイアーされた作品で、先述したように歴史のうねりと、そのうねりに対峙し、あるいは翻弄《ほんろう》される一家を分かちがたく描いた大河小説と呼ぶのがふさわしい大作である。また作者自身は、小さな田舎町で単身活躍する川久保シリーズを保安官小説、休職中という立場で自由に動ける仙道が登場する『廃墟に乞う』をプライベート・アイ小説、そして北海道警シリーズは地方公務員小説であると定義している。このように警察小説と一括《ひとくく》りにされてはいるが、内容や味わいも変化に富んでいるのである。

佐々木譲のデビューは一九七九年に「鉄騎兵、跳んだ」で第五十五回オール讀物新人賞を受賞したことに溯る。一九五〇年生まれの作者は札幌の広告代理店を経て、東京の自動車メーカーに勤務している時期だった。その後、東京の広告代理店に転職し二足の草鞋を履くが、一九八四年に専業作家となった。

初期のころはハードボイルドやバイク小説あるいはジュブナイルやホラーなどを手がけていたが、佐々木譲の名を高めたのが、後に第二次大戦三部作と呼ばれるようになるシリーズの二作が、矢継ぎ早に刊行された時からだろう。『ベルリン飛行指令』(一九八八年、新潮社)と『エトロフ発緊急電』(一九八九年、新潮社)である。特に後者は第四十三回日本推理作家協会賞、第三回山本周五郎賞、第八回日本冒険小説協会大賞の三冠に耀いた傑作である。

この後は歴史や時代小説のジャンルにも手を染め、蝦夷地幕末ウエスタンともいうべき快作『五稜郭残党伝』(一九九一年、集英社)や榎本武揚を取り上げた第二十一回新田次郎文学賞受賞作『武揚伝』(二〇〇一年、中央公論新社上下巻)、安土城建設にかかわることになる石積み職人の半生を描いた『天下城』(二〇〇四年、新潮社)など多くの印象深い作品を発表している。

このようにさまざまなジャンルに挑戦してきた作者が満を持して取りかかったのが、北海道警察シリーズ第一作となった『うたう警官』(二〇〇四年、文庫化の際に『笑う警官』に改題)だったのである。前年の二〇〇三年に刊行された『ユニット』(文藝春秋)の取材中、北海道警シリーズの背景となる道警のスキャンダルを耳にしたことが直接のきっかけになったという。このスキャンダル(稲葉事件)については『笑う警官』の解説に詳しく書いたので、ご参照いただきたい。

多くの読者はこの北海道警察シリーズを順を追ってお読みだろうが、そうでない読者のために、これまでのことをざっとおさらいしておこう。というのもシリーズが進むに連れ、佐伯警部補や津久井卓巡査部長がかかわってきたいくつかの事件が闇《やみ》の中から急浮上し、後の展開に重要な影響を及ぼしているからなのだ。

　警察が借りている秘密アジトで女性警察官が殺されているのが発見される。管轄の大通署は捜査から外され、事件を引き継いだ道警本部は、被害者とつき合いがあった津久井巡査部長を犯人と断定。発砲する恐れのある覚醒剤《かくせいざい》中毒者であると発表し、全署員に津久井の射殺命令を下した。だがこれは道議会から翌日に道警の裏金問題について証言を求められている津久井を抹殺しようとする道警上層部の企みだった。大通署の佐伯警部補は生活安全課の小島百合巡査らとともに影の捜査本部を設け、真相を暴き出し津久井の命を救うとともに上層部の陰謀を瓦解《がかい》させた（『笑う警官』）。

　前回の事件からおよそ一年後。道警本部に警察庁から特別監察が入った。監察官の藤川は、見せしめ人事で左遷され閑職にいた津久井に協力を依頼する。一方、佐伯はホテル客室への侵入事件を追ううちに、事故死として処理された転落事件にかかわる新たな殺人に遭遇する。やがて二つの捜査が一つに結びつき、別の利権をめぐる闇が浮上する（『警察庁から来た男』）。

　三作目の『警官の紋章』は『笑う警官』の事件のおよそ二年後の物語だ。北海道警察は洞爺湖《とうやこ》サミットのための特別警備結団式を数日後に控えていた。その最中、勤務中の制服警官が銃を持ったまま失踪《しっそう》した。彼の父親は二年前、一連の事件の渦中で自殺していた。津久井はその警官の捜索任務に駆り出される。佐伯はかつて自分が手がけていた盗難車違法輪出事件の顚末《てんまつ》に疑問を抱きひそかに捜査を進める。強姦殺人をしでかしていたストーカーを銃撃して捕らえた小島百合巡査は、結団式に出席する女性大臣を警護するSPの支援に抜擢《ばってき》される。そして結団式の当日、連続して起きた事件によって三者の活躍が一つになって結びつく。

三作を通じて鍵《かぎ》となるのが、現実の稲葉事件をモデルにした、拳銃摘発ヤラセ問題に端を発した覚醒剤取引及び裏金問題である。ひとたび決着したかに思えるこの問題が、シリーズが進むに連れさまざまなところで顔を出してくるのだ。さらに『笑う警官』以前に佐伯と津久井が携わったおとり捜査がある。人身売買組織摘発のため二人はスナック経営者として人身売買組織と接触したのだ。だが二人が警察官だということが露見し危うく殺されそうになった。この影響で佐伯はPTSDとなり、しばらく現場から離れなければならなかったのだ。だがこの時の強い結びつきが、女性警察官殺人事件の際に津久井の無実を信じる根拠となったのである。最後が佐伯が担当していた盗難車違法輸出事件である。首謀者を逮捕する寸前まで捜査が進んでいたのだが、その首謀者が覚醒剤密輸にかんするおとり役だったことから、佐伯は事件から手を引かざるを得なかったのだ。その後、覚醒剤密輸を企てた外国人が逮捕されたが、この一連の事件がでっち上げではないかという疑問が浮上する。

本書はこのような経過と背景のもとに幕が開くのだ。

『警官の紋章』の事件が決着した直後、小島百合が逮捕したストーカーで強姦殺人犯の鎌田光也が入院中の病院から脱走する。札幌市内は厳戒態勢だったのに行方は杳として知れなかった。

それから一年二カ月後。六月の札幌は一年で最も忙しい時期を迎えていた。道内最大のイベントである「よさこいソーラン祭り」が控えていたのだ。百人を超す大集団を擁するいくつものグループが、市内の中心部に複数設置された会場で踊りまくる熱狂の四日間である。

そんなおり、神奈川で起きた現金輸送車襲撃事件の二人組の一方が鎌田であることが判明した。鎌田事件捜査本部に配属された津久井は、コンビを組んだ渡辺巡査部長とともに、鎌田が所属していた自衛隊関係者を追っていく。

同じころ、鎌田にストーキングされていた村瀬香里に再び脅迫メールが届いた。風俗嬢を辞め美容学校に通い始めた村瀬香里は、同僚が参加するよさこいソーラン踊りのチームに加入していた。小島百合もチームの一員に扮して香里を護衛することになった。

そして佐伯は先述した、かつての自分の担当した事件と繋《つな》がる覚醒剤密輸事件のでっち上げ疑惑をひそかに追っていく。

このように『警官の紋章』までで一区切り付いたと思った問題が、再び本書で浮上するのだが、これまでのような組織対個人という図式は希薄になっている。そのかわりにエド・マクベインの87分署シリーズなどでよく見られるモジュラー型の警察小説に挑んでいるところが注目点だろう。モジュラー型とは現実のように、同時多発的に起きる事件を交互に描いていく手法である。佐伯は私的な捜査のほかに、公務であるバイクによるひったくり事件を担当するし、新人の地域課の巡査も重要な役割をはたす。また函館の山中で発見された白骨死体の一件もメインストーリーに意外なかかわりを見せる。

夏の札幌の最大行事といえる「よさこいソーラン祭り」をバックに、それぞれの立場で捜査に従事する警察官たちの姿が活写される。強姦殺人と強盗事件で手配された凶悪犯は何処《どこ》にいるのか、小島百合に阻止され未遂に終わった村瀬香里への襲撃が、衆人環視のイベントの最中に実行されるのか。複数のプロットが交錯し、物語はスリリングに展開されていく。

警察官たちによる五日間にわたる不眠不休の捜査が生き生きと描かれている。佐伯らと上層部との戦いに本当の決着が訪れるのか。そして本書を読み終えた時に判明する『巡査の休日』というタイトルの意味とは？

北海道警察シリーズ《第一期》の掉尾を飾る会心作をお楽しみいただきたい。

追記

前段までの「解説」は、北海道警察シリーズ四作目の『巡査の休日』が文庫化された際の二〇一一年の春に書いたものである。執筆当時は五作目の『密売人』はまだ刊行されていなかった。

解説の中で縷々《るる》述べたように、『笑う警官』、『警察庁から来た男』、『警官の紋章』は組織対個人を描いた三部作であり、モジュラー型の趣向を用いた本書とは明らかに方法論が違う。だが物語の時間軸が『警官の紋章』と重なっていたため、「《第一期》の掉尾」と書いたのであるが、その後のシリーズ展開を鑑みれば、『密売人』文庫解説で青木千恵氏が記しているように〝第二期〟の開幕を告げた作品とするべきであったろう。

佐々木譲はこれ以降『密売人』、『人質』、『憂いなき街』、『真夏の雷管』、『雪に撃つ』、『樹林の罠』、『警官の酒場』と書き続け、十一作に及ぶ大シリーズになった。そして本書から作者は警察小説で描かれる定番の事件を取りあげていくと決め、モジュラー型の踏襲はそのままに、ストーカー犯罪と凶悪犯が登場する本書を皮切りに、誘拐事件、人質立てこもり事件、覚醒剤と殺人、爆弾テロなど多岐にわたる事件を描いていったのである。

さらに忘れてはならないのが、佐伯宏一と小島百合との関係の深まりである。近作では親の介護問題なども加わり、二人の先行きにも目が離せない。そしてついに佐伯の出世および転勤が現実のものとなる。佐伯は警部に昇進し、札幌を離れ函館に異動になるのだ。そう十一作目の『警官の酒場』で第一シーズンは幕を閉じ、新たな第二シーズンが始まるのだ。その第二シーズンの開幕作『非情の港』は現在「ランティエ」で連載中である。期待はふくらむばかりである。

（にしがみ・しんた／文芸評論家）

本書は、二〇一一年五月に小社よりハルキ文庫として刊行された
『巡査の休日』を改訂し、新装版として刊行しました。

ハルキ文庫

さ 9-17

巡査《じゅんさ》の休日《きゅうじつ》（新装版）

著者 佐々木《ささき》 譲《じょう》

2011年5月18日 第一刷発行
2025年4月18日 新装版 第一刷発行

発行者 角川春樹

発行所 株式会社角川春樹事務所
〒102-0074 東京都千代田区九段南2-1-30 イタリア文化会館

電話 03（3263）5247（編集）
03（3263）5881（営業）

印刷・製本 中央精版印刷株式会社

フォーマット・デザイン 芦澤泰偉
表紙イラストレーション 門坂 流

ISBN978-4-7584-4709-6 C0193 ©2025 Sasaki Joh Printed in Japan
http://www.kadokawaharuki.co.jp/［営業］
fanmail@kadokawaharuki.co.jp［編集］ ご意見・ご感想をお寄せください。

炎の影
香納諒一

日航機墜落事故当時に遺体確認の現場指揮を執った父を突然亡くし、
故郷で非道な詐欺事件に遭遇する男。地元暴力団と巨大組織の影、
日航機事故との思わぬ接点とは？（解説・関口苑生）

ピカソ 青の時代の殺人
佐伯泰英

競馬場の駐車場でロールスロイスが炎上、
その中から死に化粧を施された死体が発見される。国際色豊かに描く、
壮大なサスペンス・ミステリー長篇。（解説・細谷正充）

ゲルカニに死す
佐伯泰英

ピカソの代表的名画「ゲルニカ」が日本にやって来る。
しかしそれは悲劇の幕開けであった。ゲルニカの過去と現在を結ぶ
闇の歴史を照射する長篇ミステリー。（解説・細谷正充）

フレンズ シックスティーン
高嶋哲夫

銃声が響いた瞬間、15歳の私の目の前で、親友のユキは、
すべてを失い心を閉ざした。16歳を迎える高校生が
復讐を遂げようとしたものは、大人たちが避けつづけた闇なのか⁉

（新装版）公安捜査
浜田文人

渋谷と川崎で相次いで会社社長と渋谷署刑事が殺された。
二人は、詐欺・贈収賄などで内通していた可能性が——。
警察内部の腐敗に鋭くメスを入れる、迫真の警察小説。（解説・関口苑生）

二重標的《ダブルターゲット》 東京ベイエリア分署

今野 敏

若者ばかりが集まるライブハウスで、30代のホステスが殺された。
東京湾臨海署の安積警部補は、事件を追ううちに同時刻に発生した
別の事件との接点を発見する——。ベイエリア分署シリーズ。

硝子《ガラス》の殺人者 東京ベイエリア分署

今野 敏

東京湾岸で発見されたTV脚本家の絞殺死体。
だが、逮捕された暴力団員は黙秘を続けていた——。
安積警部補が、華やかなTV業界に渦巻く麻薬犯罪に挑む！(解説・関口苑生)

虚構の殺人者 東京ベイエリア分署

今野 敏

テレビ局プロデューサーの落下死体が発見された。
安積警部補たちは容疑者をあぶり出すが、
その人物には鉄壁のアリバイがあった……。(解説・関口苑生)

神南署安積班

今野 敏

神南署で信じられない噂が流れた。速水警部補が、
援助交際をしているというのだ。警察官としての生き様を描く8篇を収録。
大好評安積警部補シリーズ待望の文庫化。

警視庁神南署

今野 敏

渋谷で銀行員が少年たちに金を奪われる事件が起きた。
そして今度は複数の少年が何者かに襲われた。
巧妙に仕組まれた罠に、神南署の刑事たちが立ち向かう！(解説・関口苑生)